KEITAI
SHOUSETSU
BUNKO
野いちご SINCE 2009

君に好きって言いたいけれど。

善生茉由佳

○STARTS
スターツ出版株式会社

カバーイラスト/なま子

もう誰も信じない。
　また"あの時"のように傷付くぐらいなら、はじめから心を閉ざしてしまえばいい。
　本当の自分を隠して取り繕う毎日。
　これからもずっと変わることなんてないって諦めていたのに。
「つらかったね」
　君が、そう言ってくれたから。
「本当はずっと寂しかった……」
　素直な感情が零れ落ちたの。

　本命をつくらないチャラ男　×　心に傷を負った美少女
　上原　光希　　　　　　　　　宇佐美　妃芽
　Mitsuki　Uehara　　　　　　　Hime Usami

「これからは、ちゃんと俺を頼ってよ」
「……なんか最近、妃芽といると調子が狂うな」
　いつだってそばにいてくれた。
　私を助けてくれたのは君だったよ。
　――ほかに好きな子いるの知ってるよ。
「多分もう、妃芽のこと特別な目でしか見れない」
　でも、どうしても君が好き。

contents

1st 誰も信じない

ただ、寂しかっただけ	10
意外に、紳士的なのかな？	27
クリスマスケーキじゃなくてね	36
消したい過去	60

2nd 誰にでも優しい理由

優しい君の体温	78
だから、忠告したのに	96
フラッシュバック	106
人に話すのははじめてだけど……	131

3rd 好きな人

その子が、君の特別？	156
変わりたいって、決めたから	175
ほんとのこと、聞かせて？	188
誰にも言えない	210

4th 変わるための決意

まずは、行動から	230
過去と向き合うために……	241
もう、おしまいにしよう	259
あと、もうひとつだけ	278

5th 君に恋してよかった

ちゃんと恋をしたね	306
最後からもう一度、好きになる	321

番外編

2度目のクリスマス	342

書籍限定番外編

「一泊二日の温泉旅行!」(妃芽side)	348
「一泊二日の温泉旅行!」(光希side)	372

あとがき	386

1st
誰も信じない

愛とか恋とか、そんなの全然信じてない。
どうせ、いつかは裏切られるし、人に期待するだけ無駄だから。
傷付くぐらいなら、はじめから諦めようって思ってた。

ただ、寂しかっただけ

「——よいしょ、っと」
　両手に抱えていた段ボールをフローリングの床に下ろし、腰に手を当ててため息をひとつ。
　今日の午前中、引っ越し業者に運んでもらった荷物を整理していたら、あっという間に時間が過ぎてしまった。
　まだカーテンが引かれてない窓の外は夕日色に染まりはじめている。
「今日からひとり暮らし、かぁ……」
　ポツリと呟き、ひとり暮らしには広すぎる部屋の中を見回す。
　このマンションは、メゾネットタイプの部屋しかない2階建ての住宅。
　各住居の内部には階段が設置されていて1階と2階があり、風通しが良く一戸建ての感覚が味わえるからと人気のようだ。
　マンションの1階部分に玄関があるこの部屋は、玄関を上がるとすぐ階段があって、基本的に1階が生活スペースで、2階が寝室兼勉強部屋になっている。
　私としては、リビングから繋がる庭や、2階のバルコニーから明るい日の光がたっぷり差し込んでくるところが気に入っている。
　最寄り駅からは徒歩5分。

近場にアーケード街があるので、生活必需品がすぐに揃うという利便性の高さにも魅力を感じている。

　ここはお母さんが所有している部屋で、数年前まで家族と一緒に住んでいた場所。

　なので、この家に越してきた感想は、新鮮っていうよりも懐かしい気分。

　しばらく人に貸していたけど、諸事情でひとりで暮らすことになったんだ。

「対面式キッチンだけど、ひとりだと少し物寂しいかな？」

　バストイレは別々で、8畳のリビングには1人掛けのソファとテレビを設置。

　映画鑑賞が趣味なので、テレビ台の下にぎっしりDVDを並べた。

　1階の片付けもひと段落。

　次は、階段の手すりを掴んで2階へ。

　真っ白な天井と壁紙。

　シャンデリア風の間接照明。

　窓には、バラ柄プリントのレースカーテン。

　部屋の大部分を埋め尽くしているアンティーク調のアイアンベッド。布団カバーと枕は、ラブリーなピンク色で統一している。

　フリルたっぷりのいわゆる"姫系"。

　勉強机やサイドチェスト、ドレッサーも姫系の猫脚デザインで揃えて、ピンクのベッドと白い家具のコントラストが甘い雰囲気を醸し出している。

——ブブッ、ブブッ。
　襟元にレースのあしらわれたカーディガンのポケットから、メッセージ受信を知らせるバイブの音が聞こえて、スマホを取り出すと。
【これから駅前のカラオケ店でB組の男子達と遊ぶんだけど、妃芽も参加しない？】
　かわいいスタンプと共に、合コンのお誘いメッセージが入っていた。
　特別仲がいいわけじゃないけど、私がいるとイケメンの参加率が上がるからって、定期的に声かけしてくる同級生の女子からだった。
「……本当は行きたくないな」
　はぁ、とため息を零して、メッセージを読み返す。
　断りたいけど、断ったら文句を言われるのが目に見えているので、憂鬱な気分で【参加するね】と返信する。
　本音は行きたくないくせに……意気地なし。
　……でも、相手に合わせることで交友関係がうまくいくなら、多少の我慢も必要だよね？
「合コン、苦手なんだけどな……」
　ウォーク・イン・クローゼットのドアを開けて、先ほどハンガーに吊るしたばかりのパステルピンクのシフォンワンピースを取り出す。
　上着はピンクのファーコート、靴は黒のロングブーツで決まりだから、メイクと髪形もそれに合わせよう。

おっくうながらも、ドレッサーの前に座って髪形をセットしなおす。
　いつものように腰まで伸びた長い髪を耳より高い位置でツインテールに結び、ヘアアイロンで毛先を巻いていく。
　髪の1本1本が細いので、しっかり巻かないとすぐほどけちゃうんだ。
　メイクはピンクベースの、ふんわりナチュラル。
　バッグにお財布とスマホを入れて、誰もいない部屋に向かって「いってきます」とあいさつすると、玄関の戸締りをきちんとして家をあとにした。
「……さむ」
　12月の寒空の下、合わせた両手に「はぁ」と白い息を吹きかける。
　マフラーを首に巻きながら、深いため息を漏らしていた。

　宇佐美妃芽、高校1年生の15歳。
　自分で言うのもなんだけど、私の容姿は人よりも目立つらしく、子どもの頃から「本物のお姫様みたい」って言われてきた。
　容姿端麗な両親の間に生まれ、美少女と呼ばれてきたけど……。
　小顔でパーツがバランス良くおさまっているとか、ぱっちり二重の大きな目に長い睫毛がうらやましいとか、そんなふうに言われることもあるけど、自分ではあまりピンとこない。

ただ、スッと通った鼻筋は自分でも気に入っている。「横顔美人」って評されたこともあったっけ。
　でも、それだけ。
　生まれつき肌が白くて、髪は栗色。
　華奢な体つきをしているせいか、儚い雰囲気をまとっているように見えると言われることもあるけれど。
　実際は、周りの様子をよく観察して、どう振る舞えば人に悪く思われずにすむのか頭を悩ませている。
　正直に言えば、この見た目で得をしたことなんてほとんどなかった。
　子どもの頃は、両親や周りの大人達にかわいがられて単純に嬉しかった。
　でも、小学校に入った頃から、必要以上に優しくしてくる男の人に違和感を覚えて。
　ひとりだけ特別扱いを受けているように見える私を、女の子達は嫌悪するようになっていた。
『男子にちやほやされて調子に乗ってるよね』
『あたし、妃芽ちゃんの隣に並びたくな～い。比較されるのとか、絶対無理！』
『みんなの注目独り占めしてずるいよね。目障りだから、ハブっちゃおうか』
　周りの女の子達から陰口を言われる度に、そんなことないのに……って、つらくなった。
　自分で自分のことをかわいいなんて思ってないし、男子に優しくされて調子に乗ったことなんて一度もない。

良くも悪くも中身を見てもらえず、見た目で全て判断されることに苦痛を覚えていた。
　小学校、中学校と軽いいじめに遭って人間不信に陥りかけたけど、ある時、ふと女子達から目をつけられない方法を思いついて。
　あることを実行したら、思惑どおり事態が好転した。
　それは、私に声をかけてきたイケメンと連絡先を交換すること。
　そして、彼らに想いを寄せるものの、なかなか連絡先を聞き出せずにいる女子に「パイプ役」として仲介を買って出ることだった。
　みんなはイケメンと知り合いになれて満足、私も変なやっかみを受けない分、いじめに遭ってた頃よりも安心して生活を送ることが出来る。
　ただし、当然、リスクも付き物。
　たとえば、紹介した子よりも「宇佐美妃芽の方がいい」って言われてしまい、怒り狂った女子に呼び出されたり、陰で文句を言われたりすることも……。
　みんながみんなうまくいくわけじゃない。
　それでもまるっきり無視されていじめられるよりはマシだから、パイプ役に徹することに決めている。
　本音を言えば、人に嫌われるのは悲しい。
　でも、私は過去の経験から、人に期待する方がいけないと知っている。
　また『あの時』のように傷付くくらいなら……。

多少、無理してるとしても、平穏な毎日を過ごすために、なんにも気付かないフリをして笑ってるんだ。

「やっべ！　本当に妃芽ちゃん来てくれたんだけどっ」
「すげぇ～かわいい！　廊下で見かける度、みんなでかわいいって騒いでたけど、実物を間近で見たら破壊力半端ないわ」
「そこらの女子とはマジでレベルが違うよな」
　……うわぁ。
　内心では引きつりながら、私を囲む3人の男子達に愛想笑いする。
　カラオケに入室したとたん、一斉に質問攻めされてたじろいでいると、調子に乗った男子のひとりにベタベタと体を触られて鳥肌が立った。
　助けを求めようと、向かい側の席に並んで座る同じグループの女子達を見るも、全員白けた様子でつまらなさそうにこっちをにらんでいる。
　私を中心に、左右に座る男子達。
　彼らがほかの女子達を完璧無視して私にだけに話を振るので、放置された彼女達は面白くないのだろう。
　私を呼び出したクラスの女子はみんな不機嫌な態度で。
　男子にちやほやされる私をふて腐れたようににらんだり、テーブルの下でスマホをいじりだしたり、誰も歌おうとしないので仕方なく曲を入れて歌っていたりと気まずい雰囲気に。

入室早々、男子達が自分達に目もくれず、ひとりの女子だけにちやほやしていたら、面白くなくて当然だ。
　毎回のことだけど、どうすればいいか困っていると。
「あたし、化粧室行ってくる」
「アタシも」
「うちも〜」
　今日、お誘いの連絡をしてきた香梨奈と、香梨奈と同じグループの女子達が席を立ち、バッグを持ちなおしてカラオケルームから出ていってしまった。
　……駄目だ。完全に怒ってる。
　すれ違いざまに鋭い目つきでひとにらみしてきた香梨奈の目は激しい怒りに燃えていて、小さく舌打ちする音が聞こえてきた。
　松崎香梨奈は、普段は私のことを無視するのに、お目当ての男子に接触したい時だけ、調子良く私に声をかけてくる、同じクラスの女子。
　顎の下で切り揃えた黒髪のワンレンボブに、気の強そうな顔立ち。
　167㎝の長身で、ひと言で表すと威圧感のある美人。
　頭も良くて、クラスの女子をまとめるいわばボス的存在。
　一番モテていてもおかしくないと思うんだけど、いかんせん近寄りがたいオーラを放っているので異性には敬遠されがちみたい。
　顎を突き出して、腕組みして足を組んで上から目線で話されたら、よほど自分に自信がある人以外は気後れすると

思うんだけど……。
　本人には指摘出来ないよね、そんなこと。
　自分より目上の人には必要以上に愛想良くして媚を売るのに、少しでも自分より劣ってると感じると容赦なく見下した態度を取ってくる。
　なんとなく偉そうというか、生まれながらの女王様気質なんだと思う。
　中学までは、成績優秀でスタイル抜群の美人として周囲からもてはやされていたみたいだし……。
　なのに、高校に入学してからは、どこに行っても男子の視線が私に向いてるせい（？）で面白くなさそうなんだ。
　そんなことないと思うけど、皮肉っぽく「みんな妃芽に夢中だもんねぇ」と嫌みを言ってくるので、香梨奈の中では、以前よりモテない原因は私のせいなんだと思う。
　みんなの前では笑顔で接してくれるけど、ふたりだと本当は私のことを嫌ってるって丸わかり。
　でも、私を「ダシ」にすれば、お目当てのイケメンと近付けるので、パイプ役として同じグループに入れてくれている。
　自ら買って出た狙いどおりの役回りだけど、つくづく、都合良く使われてるよね……。
　とはいえ、香梨奈がはじめてだったんだ。
　高校に入ってから、気さくに話しかけてくれたのは。
　男子にモテることで周りの女子に疎まれやすい私は、香梨奈のおかげではじめて女の子のグループに入ることが出

来て。
　たとえそれが私を利用することを目的にしていたとしても、私は学校での居場所を与えてもらえてほっとしていたんだ。
「私も化粧室行ってくるね」
　遠慮がちに微笑み、そっと男子達の輪から抜け出す。
　部屋から出るなり、胸に手を当てて深くため息をつくと、香梨奈達のあとを追って化粧室に向かった。
　だけど。
「……で、マジありえないんだけど。宇佐美の奴、調子乗りすぎ」
「普通さぁ、みんなで来てるんだから、男子に歌うよう勧めるとか席替えを提案するとかするでしょ。自分だけ特別扱いされてればいいって考え方、本当信じらんない」
　化粧室に近付くと、洗面所の中から私の悪口を言う香梨奈の取り巻き達の声が聞こえて、足の動きがピタリと止まった。
　背中を壁にもたせかけて、こっそり盗み聞きすると、香梨奈達は私に対する愚痴で盛り上がっている最中だった。
　こうなるから私に来てほしくなかったとか、でも私を呼ばないと男子が集まらないから仕方なかったとか、次々と暴言が飛び出してきて。
　罵詈雑言の数々にズキリと胸が痛んで、俯いてしまう。
　やっぱり、嫌われてるってわかってても、正直キツイな……。

「ごめん。あたしが呼んだせいで……。でも、妃芽がいれば、ミナの好きな高崎くんが来るっていうからさ。どんなきっかけであれ、親しくなる口実になればいいなって思ってたんだけど、かえって嫌な思いさせちゃったね」

 気が強い女王様タイプの香梨奈。

 そんな彼女がしおらしく謝れば、取り巻きのふたりは決まって「とんでもない」と否定する。

「香梨奈は悪くないよ！　むしろ、アタシなんかのためにB組の男子達に話しかけてくれて、遊ぶ約束まで取りつけてくれたじゃん。香梨奈がいなかったら、高崎くんとプライベートで話せる機会なんてなかったと思うし、感謝してるよ」

「てか、悪いのは、場の空気が読めないアイツじゃん。香梨奈もミナも自分を責める必要なんてないよ。宇佐美が男好きなのが悪い！」

 憎々しげにハルナが言い放つ。

 声のトーンから、"絆を深め合う私達"──な空気に酔いしれてるのがひしひしと伝わってきて、複雑な心境に陥ってしまう。

 私を悪く言うことで友情を深めているんだと思うと、ますます自分の存在が馬鹿らしくなって……。

「そうだね。言われてみれば、全部誰かさんのせいだったよね」

 つい数秒前のしおらしい姿はどこへやら。

 コロッと態度を変える香梨奈にうんざりする。

こっそり中を覗き、鏡の前で化粧直しをしながら私の悪口大会で盛り上がる3人の姿を目にして、ぐっと拳を握り締めた。
　いくら陰口に慣れてるとはいえ、人に嫌われて平気でいられるわけがない。
　——本当、何しにきたんだろう……。
　胸が痛みはじめて、ぐっと下唇を噛み締める。
　今日の目的は達成したんだし、これ以上ここにいる必要もないよね？
　どうせ、香梨奈の取り巻きが気に入ってる男子を呼び出すために、ダシに使われただけなんだから。
　……もう、いいや。
　役目は果たしたし、このまま、こっそり帰ろう。
　そう思って、化粧室から離れようとした時だった。
「ひどい言い草だね」
「！」
　いつの間に背後に人が立っていたのか、きびすを返した直後、鼻先が誰かの胸元にぶつかって。
　顔を上げたら、長身の男の子が女子トイレから聞こえてくる香梨奈達の悪口に顔を顰めていた。
　驚きで目を丸くしたのは、下から見上げた相手の顔に見覚えがあったからだ。
　真っ先に目に飛び込んできたのは、ミルクティーベージュ色の柔らかそうな髪色。
　その髪は整髪料でアシンメトリーにセットされている。

イケメンにしか許されないっていわれているほど、野暮ったくなりがちな髪形だけど、彼においては全く違和感がないどころかしっくりきている。
　スッキリしたフェイスラインにおさまる、中性的な顔立ち。
　長い睫毛のぱっちり二重の目。
　筋が通り、高くなめらかで横幅の狭い鼻。
　どこか上品さを感じさせる薄い唇と、彫刻のような美しい顔立ち。
　肌もきめ細やかで、すごく綺麗。
　前開きにした黒のテーラードジャケットの下には、鎖骨があらわになった白いVネックのカットソー。
　スラリと伸びた長い脚にはベージュのチノパンとスニーカー。
　左右の耳にはピアスが光り、首元には革紐に通されたプレートのネックレスが揺れている。
　——この人、B組の上原光希くんだ。
　校舎で見かける度に、目を引くイケメンがいるなって意識してたからすぐにわかった。
　いつも女の人に囲まれて騒がれてるから、嫌でも目に入るというか。
　オシャレで垢抜けてるから、ひときわ目立つ存在なんだ。
「あれ、君の悪口でしょ？」
　180㎝はあるだろう長身の彼に見下ろされて、ぐっと言葉に詰まる。

細身の長身でスタイル抜群とか、全く隙のない人だな。
「えっと……、あはは」
　肩をすくめて苦笑したら、上原くんは意表を突かれたように目を丸くして首を傾げた。
　おそらく、私が陰口をたたかれたショックで呆然としているように見えたんだろう。
　涙ぐんで肯定するかと思えば、あいまいに笑ってごまかしたから、違和感があったんだと思う。
「そんなことより、上原くんもカラオケに来てたんだ」
「うん。って言っても、俺は今帰るところだけどね。さっき、会計済ませて、一緒に来てた子とバイバイしたばかり」
「ああ、もしかして彼女と？」
「ちゃんとした彼女じゃないけど、彼女みたいな子、かな？」
　ふっと口元に笑みを浮かべて、うまい具合に質問をはぐらかす。
　上原光希は"来る者拒まず、去る者追わず"のチャラ男で、不特定多数の彼女らしき女がいる。
　──という噂は、どうやら事実のようだ。
「宇佐美さんは？」
「友達に誘われて来たら、男の子達の質問がその……私ひとりに集まっちゃったというか。一緒に来てた子達が怒っちゃって。そんな状態であの場に戻るのも気まずいし、どうしようか迷ってたところなの」
「奇遇だね。俺もちょうど、宇佐美さんをどこかに連れ出せないかなって考えてた」

私の名前知ってるんだ、なんてのんきなことを考えてたら、上原くんに手首を掴まれ、この場から逃げ出すようにエレベーターホールの方に駆け出した。
　香梨奈達の話し声が大きくなり、足音が近付いてくる。
　そろそろ部屋に戻るか、このまま帰宅するか迷っていた直後だったので、ある意味好都合だったのかもしれない。
　上原くんに手を引かれるまま、カラオケ店を出ようとしだけど。
「あ、待って。まだお金払ってない」
　エレベーターを待つ間にハッと我に返り、バッグの中からお財布を取り出そうとすると、
「何号室にいたの？」
「えっと、8号室」
「了解。立て替えておくから、宇佐美さんは先に下行ってて」
　エレベーターの扉が開くと、私を中に押し込んで1階のボタンを押し、笑顔で手を振る上原くん。
　そのまま扉が閉まり、5階から1階まで下りると、目の前のコンビニに移動して、彼が下りてくるのを待っていた。
「……そういえば、小銭切らしてたんだった」
　上原くんに立て替えてもらった分を返すのに、お札を崩しておいた方がいいよね？
　ブルーベリーガムを1個持ってレジに向かうと、会計している時、アルバイトの若い男の人に「連絡先教えてよ」って口説かれた。
「あの……、人と待ち合わせてるからごめんなさい」

内心では動揺しつつも、すぐさまお断りして背を向ける。
　まさか、仕事中に堂々とナンパしてくるとは思わなかった。
　お釣りをもらう際、男の人に掴まれた手首に触れてため息を零す。
　やだな。若干だけど震えてる……。
　まだ『あのこと』を乗り越えられていないのかと自分に失望しながら店を出ると、ちょうど向かいのビルから上原くんが出てきて、にこやかに右手を上げた。
　そういえば、さっき上原くんに手を掴まれた時、平気だった。でも……。
　あんまり考えたくはないけど——。
　女子にいじめられて落ち込んでるところを優しく慰めて、あわよくば……とか考えてる？
　そう考えたら、再びおっくうになってきて、虚しい気持ちが込み上げた。
「どこ行ってたの？」
「コンビニ。細かいお金がなかったから、お札を崩してきたの」
　バッグの中から長財布を取り出し、立て替えてもらったカラオケ代を返すと、
「このあと、何か予定は？」
　お金を受け取りながら、上原くんが訊ねてきて。
「……特には」
　正直に答えつつも、内心では下心ありきで助けてくれた

んだってガッカリしている自分もいて。
　いつもなら、ここでうまくはぐらかして帰るんだけど、今日に限ってはどうしてかな。
　諸事情でひとり暮らしを始めることになってしまったせいか、妙(みょう)に感傷的な気分になっていたらしい。
「……ひとりで家に帰りたくないな」
　このまま、誰もいないあの部屋に帰るのが寂しくなって、無意識のうちに本音を呟いていた。
　相手は、遊び人で有名な上原光希だというのに。
「じゃあ、送ってこうか？」
「え？」
「もう暗いし、送ってくよ。家、どっち方面？」
　戸惑(とまど)う私を尻目(しりめ)に、なぜだか上原くんに家まで送り届けてもらうことになって。
　内心、動揺しつつも断りきれなかったのは、真っ暗な夜道を歩くのが怖(こわ)かったのもあるけど。
　それ以上に、ひとりでいるのが寂しかったからだった。

意外に、紳士的なのかな？

「へぇ。こっちの方に越してきたんだ。うちから結構近いね」
「うん。家の事情で、しばらくひとり暮らしすることになったんだ」
「ひとりで？　未成年の女の子が怖くない？」
「……まあ、今のところはそんなに」
　カラオケの店舗が入った雑居ビルをあとにすると、私は家まで上原くんに送ってもらうことになった。
　といっても、駅から徒歩5分の距離にあるので、繁華街を抜けてすぐマンションが見えてきたんだけれど。
　マンションは線路沿いに建っていて、夜でも周辺の明かりが消えることはなく、近くに交番もあるので、治安はそんなに悪くないと思う。
　電車の音が気になる人には厳しい環境かもしれないけど、人の気配を感じられる方が落ち着く私にとって、この立地は最適だった。
「あそこが家」
　自宅を指差すと、上原くんが意外といった様子で目を丸くした。
「ひとり暮らしって普通のマンションとかアパートだと思ってた。これって、一軒家みたいな感じのマンションでしょ？」
「そうだよ。1階はリビング、2階は寝室にしてるの」

月明かりと外灯に照らされた夜道を歩くこと、約5分。
　到着した我が家の前で、上原くんは「すごい家賃高そう」と、オシャレな外観をまじまじ見上げ、感慨深げに呟いた。
「元々は、家族で住んでた場所だから。しばらく人に貸してたんだけど、私がひとり暮らしすることになったから戻ってきたの」
「そうだったんだ」
　そうこう話しているうちに、バッグからカードタイプの鍵を取り出して玄関のドアに差し込んだ。
　内側からガチャッと解錠音が聞こえたのを確認し、ドアを開ける。
「え、えっと……上がってく？　まだ引っ越しの片付け中で、そこら辺に荷物が散らばってるけど……」
　後ろを振り返り、おずおず話しかける。
　つい状況的に「家に上がる？」なんて言っちゃったけど、どうしよう……。
　自ら墓穴を掘って後悔する。
　すると、上原くんは、首の後ろに手を添え、何やら考え込んだ様子で「うーん……」とうなり、驚くべきことを口にした。
「せっかくだけど遠慮しとくよ。そういう目的で家まで送り届けたわけじゃないし、俺が言うのもアレだけど、ひとり暮らししてる家に男を簡単に上がらせない方がいいと思うよ」
　柔らかく苦笑しながら、諭すように話す上原くん。

家まで送り届けてくれたのは、純粋に私を心配してくれたからだと知り、目を丸くする。
　だって、相手はあの上原光希。
　学校屈指のモテ男で、チャラいと噂されている人物だけに、意外な一面に驚きを隠せなかった。
　ほんの少しでも下心があるのではと疑ってしまった自分が恥ずかしい。
「で、でも、家まで送り届けてもらったお礼とか……」
「お礼なんていらないよ」
　——ポン、と大きな手のひらに頭を撫でられて、目を見開く。
　穏やかな笑顔を浮かべた上原くんは「戸締り気を付けてね」と言うと、すぐさま私から距離を取り、くるりと向きを変えて来た道を引き返していった。
『上がっていく？』と聞いたのは不本意だっただけに、ほっと胸を撫で下ろす。
「……案外、ちゃんとした人なのかな？」
　ポツリと呟き、玄関のドアを開ける。
「上原光希、か……」
　手の早いチャラ男だと思ってたら、意外と紳士的な人なのかも。
　ひとり暮らしの家に男を簡単に上げない方がいいよって心配までしてくれたし……。
　なのに、そんな人を最初から疑ってしまうなんて最低すぎる。

見た目だけで人のことを決めつけないでほしいと思ってる自分が、噂だけで人のことを決めつけていた。
　そんな自分の愚かさに気付かされて反省した。
「ふぅ……」
　リビングに入るとパチンと部屋の電気を点けて、1人掛けのソファに腰を下ろす。
　ガラス製のローテーブルに置かれたリモコンを手に取り、テレビを点けると、ソファの背もたれに深く寄りかかって瞼を閉じた。
　ひとり暮らしって、予想以上に寂しいもんだな……。
　話し相手がいないから、テレビから聞こえてくる笑い声に無性にほっとする。
　寂しさを紛らわせるよう、寝るまでずっとテレビの電源を点けっぱなしにしていた。

「昨日、どうしたの？　妃芽が途中で抜けて心配してたんだよ」
　朝、昇降口の前で遭遇するなり、香梨奈が私の肩を叩き、にっこりと話しかけてきた。
「心配かけてごめんね……。ちょっと体調崩しちゃって、みんながトイレ行ってる間に帰っちゃった」
　顔の前で両手を合わせてごめんねのポーズをつくると、香梨奈は特に気にしたふうでもなく「そうなんだ」と納得してくれた。
「妃芽が帰ったあとから、カラオケ超盛り上がったんだよ。

男子もはじけまくってたし、歌い終わったあともゲーセンで遊んだり、みんなで食事してすごい楽しかったんだから」
「……そうなんだ」

　聞いてもいないのに、私が帰ってから男子達とどれぐらい盛り上がったか自慢っぽく説明されて、口元が引きつりそうになる。

　お前が邪魔だったって言われているみたいで、胸の奥がチクチク痛む。

　勝ち誇った顔で見下ろす香梨奈は、のけ者にされてしょんぼりする私の顔を見るのが何よりも嬉しいんだろうな。

　そんなの友達でもなんでもない。

　それぐらい、十分わかってる。

　だけど私はひとりになりたくなくて、香梨奈のグループから離れられずにいるんだ。

　そんな自分がほんとに情けない。
「妃芽もまた誘うからおいでよ」
「うん。香梨奈に声かけてもらえるの楽しみに待ってるね」
　——実際は、楽しみでもないし、待ってもいないけど。

　どうせまたお目当ての男子を誘い出すための「ダシ」に使われるんだろうから……。

　いつも私目当てのイケメンと接触したい時だけ誘ってくるし、集まりに参加したところで邪険にされるのは目に見えてる。

　純粋に声をかけてもらえるなんて思えるはずがない。
「あっ。ミナ、ハルナ、おはよう！　昨日は楽しかったね」

自慢話を終えて用件が済んだのか、私にくるりと背を向け、下駄箱で靴を履き替えていた友達にあいさつにいく香梨奈。
　いつもの取り巻きふたりを従えて教室に向かう彼女の背を見送りながら、もう少し時間をかけて上靴に履き替えようと決意する。
　同じクラスなのに、3人でがっちり固まって、私の存在はまるで無視。
　べつに、一緒に行きたいわけじゃないのに、香梨奈達の後ろについて歩く形になるのも嫌なので、普段は会釈だけで済ませている男子達のあいさつに笑顔で受け答えしてゆっくり歩いた。
「妃芽ちゃん、今度、オレらと遊ぼうよ」
「あはは……」
　私の顔を見るなり近寄ってくる男子達。たいして仲良くもないのに「遊ぼう」と言われても困ってしまう。
　私の性格なんて知らないのに……。
　みんな私のどこを見てくれているんだろうと思うと、時々すごく虚しくなる。
「宇佐美ちゃん、おはよ～。てか、今日の放課後暇してる？」
「妃芽ちゃん、かわいい～」
　廊下を歩いてると男子達に話しかけられるので、常に笑顔をキープしてなるべく目を合わせず、足早に通りすぎる。
　自分のクラスに向かっていると、階段の踊り場で大勢の女子に囲まれているひとりの男子生徒が目に入って、思わ

ず歩くスピードを落としてしまった。
「ねぇねぇ、今日はあたしと遊んでよ」
「いや、先約してるのはうちらの方だし。放課後、クラスのみんなで遊びにいくんだよね〜？」
「何それ、ずるい！ じゃあ、昼休みは？ まだ誰とも約束してないよね!?」

　ひとりの男子生徒を巡(めぐ)って、バチバチとにらみ合う肉食系タイプのギャル達。
「みんなケンカしないで。いっぺんに相手することは出来ないけど、ひとりずつ順番に──ね？」

　今にも取っ組み合いのケンカが始まりそうな中、穏やかな笑みを浮かべて彼女達をいなすのは、昨夜、私を家まで送り届けてくれた上原光希で。

　彼の腕を左右から引っ張る女の子達に無言で目配せすると、そっと腕を引き抜き、その場にいた全員に優しく微笑みかけた。

　中性的な甘いマスクで笑いかけられたみんなは、顔を真っ赤に染めて腰砕(くだ)けの様子。

　上原くんにメロメロな彼女達は、従順に「はーい」と返事をして、うちらケンカしてないよねアピールまでしはじめた。

　上原くんの嫌がることは絶対しないってことなのか、さっきまでにらみ合ってた子達がフレンドリーに微笑み合ってる姿には、白々しさを通り越して若干の恐怖(きょうふ)すら感じる。

「うん。みんなが仲良くしてくれてよかった」
　本気でそう思ってるのだろう。
　ほっとした様子の上原くんを凝視していたら、強い視線を感じたのか、彼が階段の下にいる私に気付いて、パチリと目が合ってしまった。
「あ」
　と声に出しかけて、慌てて右手で口を塞ぐ上原くん。
　そんな彼を見て、不思議そうに首を傾げる女の子達。
　えっ、何!?
　人の顔見て「あ」って。
　心の中では動揺してるものの、顔には出さずに、上原くんから目を逸らして彼らの横を通りすぎていく。
　もし、ここであいさつでもしたら、私と上原くんの仲を勘ぐる女子が出てきて面倒なことになるのは目に見えている。
　これまでの経験上、モテる男子には自ら近寄らない方がいいと心得ているので、知らんぷりするのが一番だ。
　それ以前に、昨日のことが気まずくて顔を合わせにくいし……。

　教室に着いたら着いたで、ミーハーな男子達に席を囲まれ、朝からどっと疲れてしまった。
　当然、先に教室に来ていて、廊下側の自分の席に座って取り巻きふたりとファッション誌を見ていた香梨奈ににらまれたけど、気付かないフリして男子達の話に適当な相

槌(づち)を打ち、SHRが始まるまでの時間をやり過ごす。

　人から注目されるのって、一瞬(いっしゅん)ならいいけど、毎日続くとさすがにしんどい。

　悪目立ちして、ますます居心地も悪くなるし。

　学校の中では男子がしょっちゅう話しかけてくるのでひとりにならずにすむけど、その分、女子からは嫌われて冷たくされてしまう。

　男子と話していなかったとしても、比較されたくないとか隣に並びたくないとか、あらゆる理由を付けて距離を置かれる。

　そうなることはわかっているから、自分から絡(から)みにいったりしない。

　香梨奈みたく私をパイプ役に利用しようという目的があるとしても、話しかけてくる子とだけ話している。

　本来なら、自分から人に声をかけにいきたいのに、人を信じられなくて……。

　表面では笑って、素の自分を出せないまま殻(から)に閉じこもっている。

　こんな私じゃ本当の友達が出来なくて当然だと、すっかり諦めていた。

クリスマスケーキじゃなくてね

『もしもし、妃芽?』
　12月23日の夜、意外な人から電話があった。
　電話に出た瞬間、嬉しくて心の中で大喜びした。
　けれど、地獄に突き落とされた気分になったのは、衝撃の事実を知らされたから。
『……それで、今後のことはまた折り入って相談するから、しばらくそっちで頑張っててちょうだい』
　全く感情のこもらない、淡々とした口調。
　身内のことのはずなのに、まるで事務的な報告を受けてるみたい。
　スマホを耳に当てたまま、ぼんやりとリビングの壁時計を見上げる。
　時刻は、もうすぐ0時。
　もしかしたら、って期待した。
　日付が変わるタイミングを見計らって、この時間にかけてきてくれたのかもって。
『それじゃあ、また連絡するわね』
　──でも、違った。
　0時を迎えた瞬間、耳に入ってきたのは『ツー、ツー』という通話の切れた音だけだった。
　もう十分わかってたはずなのに、馬鹿だな。
「……なんで?」

スマホを耳から離して呟く。
テレビの前のソファに体育座りしたまま、膝の間に額をうずめて深いため息を吐き出す。
窓の外は、真っ白な雪が降り続いていた。

『今日は、12月24日！　赤と緑でライトアップされた街中に心躍る、クリスマスイブですね～！　みなさんは、家族や友人、恋人、誰とお過ごしですか？　さて、ここからは天気予報です』
12月24日。
クリスマスイブの朝に目を覚ましてテレビを点けたら、駅前の巨大ツリーを背景に女性アナウンサーが天気予報を報じていた。
もこもこのルームウェアの袖で目元をこすり、欠伸を噛みころしてソファから立ち上がる。
窓辺に立ち、そっとカーテンを開けると、灰色の空から粉雪が降ってるのが見えた。どうりで、朝から冷え込むはずだ。
「……さむ」
自分の体を抱き締めるように両手で腕をこすり、ソファの背にかけていたブランケットを手に取り肩に羽織る。
暖房の温度も上げて、体を内側から温めるためにキッチンで紅茶を入れて、ティーカップに注いで飲んだ。
……さて。今日はどうするかな。
今日は土曜日。冬休みに突入して2日目になる。

学校が休みなので、男子にしつこく誘われることもないし、香梨奈からも声がかかってないので、のんびりした1日を過ごせそう。
　季節のイベントが近付くと、周りからのお誘いが増えてくるので、冬休みに入るまでの数日の間は、既読をつけないようメッセージアプリを開かずにいた。
　特に、クリスマスイブの前は騒がしい。
　なるべく波風を立てないよう、スマホが故障してると嘘をついて、やんわり断っている。
「冷蔵庫——、ってなんにもないや」
　小腹が空いてきたので、適当に何か作ろうと冷蔵庫の中を開けたら、中身は空っぽ。
　元々マメに買い出ししてないせいで、食材のストックもなく、お米も切らしていた。
「うわぁ、最悪……」
　こんな浮かれた日に、ひとりでスーパーに向かうのはつらすぎる。
　家族連れで賑わうだろう店内を想像してげんなりした私は、スマホのアプリから出前を取ることにして、買い出しは明日以降にすることに決めた。
　だって、今日だけは幸せな家族の姿を目にしたくないんだもん。
　出前が届いてからは、ローテーブルの上に箱を広げて、レンタルしてきたDVDを鑑賞しながらピザを食べた。
　暇を持て余さないためにたくさん借りてきた映画も、お

昼を回る頃にはすっかり飽きて、気が付いたら夜までソファで寝ていた。

スマホのメッセージアプリ機能は通知をオフに設定した上で着信音も消してあるので、誰にも邪魔されることなく熟睡(じゅくすい)していたようだ。

ただ、目を覚ました時に、真っ暗な部屋にひとりでいるのが急に心細くなってきて……。

テレビを点けると、時刻は17時半。

チラリと窓の外を見て、どうしようか考える。

こんな日だもん。ケーキぐらいは食べたいよね？

クリスマス当日だし、売りきれてるかもしれないけど、行くだけ行ってみよう。

頭の中がケーキでいっぱいになった私は、玄関先のコートハンガーからお気に入りのコートを取って羽織ると家を出た。

えっと……。確か、駅の向こうの商店街に有名なケーキ屋さんがあったはず。

お店の名前が思い出せず、普段利用する駅の北口ではなく、反対側の南口の方に抜けて目的地を目指す。

ちなみに、自宅方面にある北口は繁華街、南口は商店街が栄えているそうだ。

「……うう。混んでる」

商店街のアーケードに入ると、大勢の買い物客で賑わっていて、やっぱり来なきゃよかった、って後悔した。

幸せそうな家族を目(ま)の当たりにする度、胸の奥がチクリ

と痛んで卑屈な気分になってしまうから……。

　クリスマスプレゼントを買ってもらってほくほく顔の子ども達、我が子を嬉しそうに見守る仲良し夫婦。

　私には決して手に入らないものだから、そんな光景を目にして虚しくなる。

　足取り重く歩いていると、長蛇の列が出来ているケーキ屋さんを発見。

　通行人の邪魔にならないよう壁沿いに並ぶ人達の最後尾に付いた。

　だって、こんなに並ぶってことは、かなり人気店ってことだよね？

　この列は、予約してない人向けに用意された数量限定のケーキみたいで、お店の前でサンタクロースの格好をした売り子さんが販売してるものらしい。

　それにしても、若い女性客ばかり並んでるような……？

　みんな頬を染めて、きゃいきゃいはしゃぎながら、サンタクロースに熱い視線を送っている。

　前に人が並んでるので顔はよく見えないけど、長身でスタイル抜群な男の人が接客をこなしているようだった。

　ぼんやりと店の外観や看板を眺めて、待ち時間をやり過ごす。

　オシャレでかわいいレンガの外壁と赤い扉、木製スタンドの看板には店名の『bonheur(ボヌール)』の下に「merry Xmas！」とケーキのイラスト付きで黒板に描かれている。

　女性客が好みそうなかわいいお店だな、とまじまじ観察

していると、女性の店員さんが並んでいる人数を確認しだし、ちょうど私までで打ちきられた。
「大変申し訳ありません……！　在庫はここまでです」
　なのに、いざ順番が回ってきたら、店員さんが人数を数え間違えていたと発覚。
　カウンターテーブル越しにサンタの格好をした売り子さんに頭を下げられてしまった。
　寒いのを我慢しながら並んでいた分、地味にショックを受けていると、サンタの格好をした男の人が「あれ？」という顔をして、私の顔を覗き込んできた。
「宇佐美さんだよね？」
　ふさふさの白い付け髭をはがし、にっこり笑う売り子さん。それは――。
「上原くん……？」
　えっ!?　なんで、上原くんがケーキ屋さんに？
　疑問符だらけで首を傾げる私に、上原くんは「完売」の札を立てながら、この状況を詳しく説明してくれた。
「ここ、俺の家なんだ。父親がパティシエで、母親が販売員。で、俺は父親の下で見習いにつきながら、毎年クリスマスシーズンには売り子としてこんな格好でケーキの即売をしてるってわけ」
「そ、そうなんだ」
　ケーキが売りきれてしまったことに落胆してしまい、しょんぼり肩を落としていると、落ち込む私を見て上原くんが「うーん」と顎に手を添え考え込んだ。

「商品として出すには若干型崩れしてて販売してないのがあるんだけど、それでもよければ持ってく？　もちろん、代金はいらないよ」
「え？」
「宇佐美さん、すごくケーキを楽しみにしてたみたいだし。きっと、家族も楽しみに待ってくれてるよね。せっかく並んでくれてたんだし、うちのミスで申し訳ないことしちゃったから。もしよければ――」
「ち、違うの！」
　上原くんの言葉を遮り、叫ぶ。
「……うちの親、子どものことなんてどうだってよさそうだし。この前、上原くんにも話したとおり、ひとり暮らししてるから、ひとりで食べる用のケーキが欲しかっただけっていうか」
　コートの上から腕をこすり、下唇を噛んで白状した。
「今日――誕生日だったから、自分の……」
　そう。
　今日、12月24日は、私の16歳の誕生日。
　親はひとり娘に会いにくる気配もなく、メールでひと言【クリスマスと誕生日のお金、いつもより多めに口座に振り込んでおいたから】と送ってきただけで、電話1本すらよこさなかった。
　むくれて、今日が終わるまで寝続けていようと思ったのに、目が覚めたら急に寂しくなって。
　クリスマスムードで盛り上がる街に出れば、幸せそうな

家族を目にして余計虚しくなるだけだってわかっていたけど……。

　せめてこんな日ぐらい、自分自身にささやかなお祝いをしようとケーキ屋さんまで足を運んだんだ。
「──って、全く関係ない話聞かされても困るよね。ケーキが手に入らなかったのは、早い時間に並んでなかった自分が悪いんだし、タダでもらうわけにはいかないから、今回は諦めるよ。べつに、絶対食べたいってわけでもないし。気を使ってくれてありがとう」

　いけない。

　余計なことをペラペラ話しすぎた。

　普段なら絶対人にこんなこと話さないのに、弱気になってたからかな。

　私が寂しいかどうかなんて、そんなの上原くんには関係ないのに。
「じゃあ、お仕事頑張って」

　作り笑顔を浮かべて、くるりときびすを返そうとしたら。

　ガシッ、と腕を掴まれ、驚き顔で振り返ってしまった。
「ちょっと待って。タダでもらうのが悪いなら、俺個人としてプレゼントする分にはいいんだよね？」
「え……？」
「せっかくだから、お祝いさせてよ。誕生日ケーキ、今から俺に作らせて」

　そう言うと、上原くんは得意げな顔で、にっと口角を持ち上げた。

「出来上がるまで、ここに座って待ってて」
「は、はぁ……」

　困惑しながらうなずき、リビングのソファに座る。

　あれから、お店の2階部分にある住居に連れていかれ、戸惑う私をよそに上原くんはキッチンの奥に引っ込んでいってしまった。

　他人の家なので緊張するものの、ロココ調の家具が配置された部屋を見渡して、なんだか勝手に親近感を抱いてしまう。

　私の部屋も姫系仕様にしてるからかな。

　お店の外観に自宅の内装、どちらも外国を意識したつくりになっているのは、家族の趣味なんだろうな。

　——それにしても、どうしてこんなことに……。

　彼に引き留められ、大人しく家まで付いてきたはいいものの、手持ち無沙汰で落ち着かず、太ももの上で両手を握り締めて萎縮してしまう。

　幸い上原くんのご両親は店じまいするなり、夫婦仲良くクリスマスデートを楽しむと言って外出したので、私は玄関口で軽いあいさつをした程度。

　それ以上ご両親に顔を合わせることもなくてほっとしたけど。

『あらっ。光希のガールフレンド!?　すっごいお人形さんみたい。かわいいわね〜』

『やめろよ、母さん。宇佐美さんが緊張して固まってるだろ。それよりも、予約してた店にディナーに行くんでしょ？

父さん、着替え終わって下で待ってるよ』
『あらいけない!! じゃあ、たいしたおもてなしも出来なくて申し訳ないけど、ふたりでゆっくり楽しんでね。明日の仕込みがあるから、深夜前には帰ってくるけど、何かあったら連絡してちょうだい』

　先ほどの上原くんと上原くんのお母さんの会話を思い出して、ふっと口元を緩ませる。

　なんていうか、気さくでフレンドリーな人だったな。

　ふわふわのソバージュヘアと、フリルたっぷりの甘めの洋服。

　高校生の息子がいるとは思えないほど外見が若々しくて、少し年の離れたお姉さんと言っても通用しそうなほど。

　まさに年齢不詳の美魔女って感じ。

　上原くんの中性的で整った顔立ちは、美人のお母さん似なんだなって、並んでいるふたりを見て思った。

「……上原くんはお母さん似なんだね」

　手持ち無沙汰で部屋の中を見回しながら話しかけると、冷蔵庫を開けながら「よく言われる」と苦笑する上原くんの声が聞こえてきて。

「私も手伝うよ」

　ただ座っているのも退屈なので、ソファから立ち上がり、腕まくりして、キッチンの中に入っていった。

「じゃあ、ホイップクリームを用意してもらってもいいかな？　作り方はわかる？」

「うん。小学生の時に、何回か作ったことあるから」

泡立てるボウルよりもひと回り大きいサイズのボウルに氷と水を入れて、その上にガラス製のボウルを置いて生クリームとグラニュー糖を入れ、ハンドミキサーで中身が飛び散らないよう注意しながらかき混ぜていく。
「店の残り物で悪いけど、スポンジは用意してあるから、さっとデコレーションさせてもらうね」
　ここから先は俺に任せて、と完成したホイップクリームを絞り袋(しぼりぶくろ)に移し替えていく上原くん。
　スポンジを回転させながら、プロさながらの腕前でナイフを器用に使いこなしてクリームを塗(ぬ)っていく。
　顔だけのチャラ男だと思ってたのに、これまでの心象が大きく覆(くつがえ)るほどの真剣(しんけん)な横顔を目にして、思わず見入ってしまう。
　ちょっとカッコいいかも……。
　女子に囲まれてヘラヘラ笑ってるイメージが強かったせいか、意外な一面に驚くばかり。
　この人、こんなに真面目(まじめ)な顔も出来るんだ。
「あと少しかな」
　絞り袋で表面にデコレーションし、最後に苺(いちご)やブルーベリーをのせて完成——と思いきや。
「最後の仕上げに、これものせないとね」
　上原くんがいたずらっぽく片目をつぶり、いつの間に用意したのか【HAPPY　BIRTHDAY　宇佐美さん】と書かれたチョコレートプレートと16本のロウソクを立てて。
　ケーキから顔を上げた瞬間にとろけるような甘い笑顔で

「お誕生日おめでとう」って言ってくれたんだ。
「あ、ありがとう」
　不覚にもドキッとしてしまい、頬がどんどん熱くなる。
　だって、こんなの不意打ちすぎる。
　特別意識してなくても、変に緊張してきちゃうよ。
「事前にわかってたら、もっと凝ったものを作れたんだけど……」
　ごめんね、と眉を下げて謝られ、まるで彼女のような扱いに戸惑ってしまう。
　特に深い意味なんてないんだろうけど、上原くんの表情や言葉がそういう錯覚を起こさせてしまうんだ。
　さすが、チャラ男というか。
　女の子をその気にさせるのがうまいなと、変に感心してしまう。
「それより、せっかくだから、部屋を暗くしてロウソクの火を吹き消そうか。食べる時は、一回冷蔵庫で冷やしてからになるけど、その前に誕生日気分だけでも味わおうよ」
「えっ、そこまでしてもらわなくてもいいよ」
　──って、言ってるそばから、部屋の電気消してるし！
　部屋の明かりが消えると同時に、キッチンの一角──苺ショートのホールケーキに灯されたロウソクの火が暗闇を照らして。
　オレンジ色に光り輝くロウソクの火を見つめていたら、上原くんが手拍子を取りながら、優しい声でバースデーソングを歌いだし、私の誕生日を祝ってくれた。

リビングの隅には、家庭用のクリスマスツリーが飾られ、キラキラと電飾が光り輝いている。
「♪ハッピーバースデー、ディア宇佐美さん」
　パチパチと拍手しながら、上原くんが火を消すよう目配せしてくる。
　本当の家族ですら、お祝いしてくれなかったのに――。
　鼻がツンとして、目頭が熱くなる。
　促されるままロウソクの火を吹き消したら、上原くんが私と目線を揃えるために背を屈めて。
「16歳のお誕生日、おめでとう」
　スッと腕を伸ばし、慣れた手つきで私の横髪を優しく撫でてくれたんだ。
　とびきり穏やかな笑顔に、じんわりと頬が火照っていく。
　やっぱり、この人、相当女慣れしてる。
「あ、れ……？」
　いつもなら、やんわりとあしらうところなのに。
　大粒の涙が目から零れ落ちて、キッチンマットの上に染み込んでいく。
「なんで、止まらな……」
　自分でもびっくりして、両手でゴシゴシ目元を拭うものの、せきを切ったように涙は止まらず、感情のブレーキが利かない。
　泣き続ける私の目元に指先を添えて、そっと拭い取ってくれる上原くん。
　何も聞かないし、何も言わない。

そのことに安心感を抱いたせいか、普段なら誰にもしないプライベートに関する話を彼に打ち明けていた。
「……年明け前に正式に離婚するって。昨日、親から連絡が入ったの」
　ひとり暮らしを始めてから、はじめてかかってきた電話。
　着信相手が母親だったことに驚き、喜びを隠せないまま通話に応じたら、別居状態が続いていた父親と離婚が決まったと淡々とした口調で告げられた。
　親権は母親側になること。
　ただし、当分の間は、諸事情でひとり暮らしを継続してもらうことになると、疲れきった声で謝られた。
「——でも、本当は私のことなんて引き取りたくなくて、顔を合わせるのも嫌だから別々に暮らしてるのかもしれないって想像したら怖くなって……」
　見捨てられたらどうしよう、嫌われてたらどうしよう、って。
　感情が高ぶって涙が止まらない。
　喉の奥が焼けるように熱くて、胸が締めつけられる。
　まるで水中であがいているような息苦しさに襲われて、目の前が真っ暗だ。
　多分、誰でもよかった。
　話を聞いてくれそうな人なら、相手が上原くんじゃなくたってよかったんだ。
　……なのに。
「つらかったね」

上原くんが気遣うように、私の頭を撫でてくるから。

　その表情が、自分のことのようにつらそうだから。

　思わず彼の胸に額を押し当てて、声を上げて泣いてしまったんだ。

「今日は、せっかくの誕生日なんだから、ひと言ぐらいお祝いしてほしかったよね」

　私の頭に顎をのせて、上原くんが今度は優しく背中をさすってくれる。

　ひっくひっくと泣きじゃくる私を落ち着かせるように、トントンとリズムをつけて。

「この前から少し気になってたんだ。どうしてひとり暮らししてるんだろうって。他人には言いにくい複雑な事情があったんだね……」

　男の人に体を触られるのはあまり好きじゃないけど、上原くんは平気だった。

　それはおそらく、彼の中に邪な感情が一切なく、人として純粋に気遣ってくれていることが伝わってきたから。

　この人は、根っから優しい人なんだと思う。

　そうじゃなきゃ、顔見知り程度の相手のために、わざわざ誕生日ケーキを用意したり、本気で慰めたりなんかしないよね。

　普通だったら、わけわかんない事情で泣きだされても迷惑に感じるだけだろうに……上原くんは違うんだ。

　冷たく突き放したりせず、親身に慰めてくれる。

「俺なんかでよければ、いつでも話聞くよ。だから、ひと

りで寂しい気持ちを抱えないで、宇佐美さんが限界になる前に適度に吐き出してよ」
　ね、と穏やかに微笑んで、上原くんが苦笑する。
　彼のおかげで少しずつ落ち着いてきた私は、鼻を啜りながら苦笑し返す。
　おかしいね。
　私達、お互いの連絡先すら知らないのに。
　柔らかな口調のせいかな。
　本当に、また話を聞いてもらえるような気がしてしまうのは……。
「……急に取り乱して、ごめんなさい」
　上原くんの胸に両手をついて体を離す。
　今更だけど、人前で泣いてしまったことが恥ずかしくて頬が火照ってしまう。
　きっと、耳のつけ根まで真っ赤になってるはず。
「昨日の今日で混乱してたみたい。でも、もう大丈夫だから」
　無理矢理口角を上げて、作り笑顔で平気なフリをする。
　誰かに頼るなんて発想、私の中にはないから。
　自分の問題は自分で解決する。
　だから、上原くんの優しさにもたれかかるわけにはいかない。
「このケーキ、家に持って帰って食べてもいいかな？」
「もちろん。今、専用の箱と保冷剤を用意してくるから待ってて。その前に、部屋の電気点けてくるよ」

そう言って、上原くんがリビングの入り口に向かおうとした直後、パチッと電気が点いて。
「……部屋暗くして何やってんだよ」
　上原くんと同時に顔を上げて、声のした方を向いたら、和装した黒髪の美形男子が鋭い目でこっちを見ていた。
　どうやら、彼が照明スイッチを押してくれたみたい。
　ドアにもたれて呆れた様子でため息をついている。
　黒い着物と羽織を着用した彼は、どこかで見覚えが——。
「蛍、来てたの？」
「来てたも何も、今何時だと思ってるんだ？　店じまいした後に小野田家に集合してクリスマスパーティーする約束だっただろ？　お前が来ないからヒナが心配してるんだぞ」
　ツカツカと歩み寄り、上原くんの腕をグイッと掴み上げる和装男子——彼の顔と名前がピンと一致した私は「あ」と小さく声に出してしまった。
　そうだ。思い出した。
　この人、うちの学校で上原くんと同じぐらい人気があるB組の緒方蛍くんだ。
　学年トップの秀才で、テストの結果が張り出される度に話題になってる人物。
　長い睫毛に、見る者全てが吸い込まれてしまいそうな黒曜石の瞳に、高く通った鼻筋、薄い唇。
　顔面のパーツは完璧に配置され、目を見張るほど整った顔立ちをしていて、思わず見惚れてしまう。
　上原くんが中性的なイケメンだとしたら、緒方くんは

クールな雰囲気をまとう正統派の美形男子。
　確か、上原くんの幼なじみだったような……？
　記憶(きおく)があいまいなのは、人気者の彼らが、黄色い悲鳴を上げた女子生徒に群がられているイメージしか浮かばないせいだろうか。
　学校内で知らない人はいないほど有名な存在なので、ふたりのことはなんとなく知っていたけど、大して興味(きょうみ)もなかったので、プロフィールについてはうろ覚えだった。
「ヒナを待たせておいて、自宅に女を連れ込むとか——お前は何を考えてるんだ？」
　威圧感のある低い声。
　眉間(みけん)に皺(しわ)を寄せ、怒りをあらわにして上原くんに詰め寄る緒方くん。
「はは。蛍が考えてるようなことは何もしてないよ」
　真っ向から問いつめられても怯(ひる)むことなく、上原くんは肩をすくめておどけてみせる。
「それに、前々から言ってるじゃん。クリスマス会は、俺抜きでふたりでしなよって。せっかくのチャンスなんだから、頑張ってよ」
「光希。お前、本気で言ってるのか？　ヒナは、俺達3人でパーティーするんだって、何日も前から張りきって準備してたんだぞ!?」
「本気だよ」
　——ガッ、と上原くんの胸ぐらを掴み上げ、緒方くんがものすごい剣幕で「ふざけるのも大概(たいがい)にしろっ」と怒鳴り

声を上げる。

　けど、上原くんは顔色ひとつ変えず、飄々とした笑顔のまま。

　緒方くんは今にも殴りかかりそうな勢いで、ふたりの間に立たされた私はオロオロしてしまう。

　……ヒナ？

　クリスマス会、って何の話？

「……悪いけど、彼女と予定があるから離してくれないかな？」

　ね、と柔らかく微笑んで、緒方くんの手に自分の手を重ねて、そっと引きはがす。

「行こう、宇佐美さん」

「あ……」

　目の前にスッと差し出された上原くんの手と、仏頂面で舌打ちする緒方くんを交互に見て、冷や汗を垂らしながらその手を取る。

　その時。

　微かに、だけど。

　上原くんの指先が震えてることに気付き、ハッと目を見開いた。

　彼の表情を見れば、表面こそ笑っているものの、瞳の奥が不安で揺らいでいるような気がして……。

　常日頃、作り笑顔で生活してる自分だからこそ、上原くんの動揺を見抜けたんだと思う。

　彼は私を理由に一刻も早くこの場を去りたいと感じてる

んだ。
「あの……悪いけど、上原くんは私と先約してて」
　グイッと上原くんの手を引き、カップルみたいに腕組みする。
「早く行こう。駅前のクリスマスツリー、見にいこうって約束したでしょ？」
「あ、ああ。そうだったね。急ごうか、宇佐美さん」
　とっさに浮かんだ嘘を口にしながら強引に腕を引っ張ると、上原くんはすぐさま調子を合わせてくれた。
　よかった。当たってみたい。
　緒方くんの横を通りすぎる際、チラリと顔を上げたら、冷たい一瞥を浴びせられてヒヤッとした。
「……これ以上、ヒナを悲しませるようなことするな」
　緒方くんの切なさをはらんだ声に、上原くんが苦しげに表情を歪めて、歩く速度を速める。
　リビングを出る直前、一度だけ後ろを振り返ったら、緒方くんが拳を壁に叩きつけている姿が見えた。

「変なところ見せちゃってごめんね」
　上原くんの実家が営む『bonheur』の裏玄関から外に出るなり、上原くんに頭を下げられて目を丸くした。
「私は特に気にしてないけど、さっきの話だと、緒方くん達とクリスマスパーティーする予定だったんじゃ……？」
　上原くんの顔をじっと見つめて質問する。
　すると、ケーキの箱を持っていない方の手で頬を掻き、

店の前に移動すると苦々しい表情で説明してくれた。
「正面から見て、うちの右に建ってるのが『駄菓子屋・おのだ』、更に、駄菓子屋の右隣に並んでるのが老舗和菓子屋の『緒方屋』。うちの店を含めて、アーケード街の中では『お菓子町ロード』って呼ばれてるんだ」
　外国を思わせるオシャレな外見の『bonheur』。
　その隣には、懐かしさを感じさせる木造2階建ての『駄菓子屋・おのだ』、立派な日本家屋の『緒方屋』が並んでいる。
　閉店時間が過ぎてるので、どの店もシャッターを下ろしているけど、昔なじみのお店で常連客も多いそうだ。
「ただ、3店舗の中で、うちの店だけ比較的新しいんだよね。『駄菓子屋・おのだ』と『緒方屋』は何十年も前から続く老舗だけど、『bonheur』は10年ぐらい前に出来たばかりだから」
「どうりで、ほかのお店に比べると新しくて綺麗な外観してると思った」
「うん。それで、同じ学校に通ってるから、宇佐美さんも顔は見たことあると思うけど、さっきうちにきたのが『緒方屋』の跡取り息子の緒方蛍。それから、もうひとり。『駄菓子屋・おのだ』に1個下の幼なじみがいるんだ。その子のあだ名がヒナで、妹みたいにかわいがってるんだけど……」
「どうしたの？」
　ピタリと足を止めて、駄菓子屋の軒下から2階を見上げ

る上原くん。
　部屋の明かりを見つめる横顔は、なんだか寂しげで……。
「……俺達も年頃の男女だからさ。いつまでも、幼なじみにべったりしてられないじゃん？　それぞれ個々の付き合いもあるし、ちょっと距離を置いてる最中なんだ」
　視線を前に戻して、上原くんが歩きだす。
　胸に引っかかりを覚えたものの、これ以上この話題に触れてほしくなさそうだったし、詳しく聞く必要もなかったので「そうなんだ」と答えたきり、話題を変えると、それ以上その話題に触れることはなかった。

「家まで送ってくれて、ありがとう」
「いいえ。どういたしまして」
「仕事のあとだったのに、ケーキまで作ってもらっちゃって……。今度、何かお礼させて」
「はは。気にしなくていいよ。それより、また悩んでることがあったら気軽に相談してよ。俺でよければ、いつでも話聞くからさ」
　どうぞ、と差し出されたケーキの箱を両手で受け取り、ぺこりと頭を下げる。
　そしたら、上原くんにつむじの辺りをポンポン撫でられて、頬がじんわり熱くなった。
「あ、の……っ、せっかくだから家に上がって──」
　もうすぐお別れ。
　そう思ったら、急に離れがたくなって。

自分でも無意識のうちに、彼を引き留めようとしていた。
　ハッと我に返り、赤面する。
　つい最近、ひとり暮らしの家に異性を上げるなって注意されたばかりなのに……。
　上原くんは意外そうに目を丸くしたあと、考えるそぶりをしてから小さく首を振った。
「夜だし、やめておくよ」
　やんわり断られて、なぜかしょんぼりしてしまう。
　すると、私を傷付けないためか「またいつか、機会があったらね」と微笑んでくれた。
　それからお詫びの代わりに、スマホの連絡先を交換してくれたんだ。
「じゃあ、少し気が早いけど、良いお年を」
　ふっと目を細めて、穏やかな笑顔で手を振る上原くん。
　遠ざかっていく彼の背中をしばらく見つめ、曲がり角で姿が見えなくなってから玄関の鍵を開けた。
「……なんであんなこと言っちゃったわけ？」
　パタンとドアを閉めるなり、ケーキの箱を抱えたまま床にずるずるとしゃがみ込んでしまう。
　今まで、異性との間で誘いを断ることはあっても、自分から誘うことはなかったのに。
　なのに、なぜだかもっと一緒にいたくて、純粋に呼び止めようとしていた。
　そんな自分に驚きを隠せない。
「でも……」

バッグの中からスマホを出して、連絡帳一覧を表示する。
　ついさっき、登録されたばかりの上原くんの連絡先を見て、自然と口元が緩んでいた。
"あの日"から、誰も信用しないって決めたのに、どうしてかな？
　……上原くんだけは信用してみてもいいかもしれないって思った。

消したい過去

『やめてっ、離して……っ』
　上に覆いかぶさろうとしてくる男を両手で突き飛ばし、必死の形相で走りだす。
　だけど、どこに逃げようとしても突き当たりになってしまい、冷や汗が垂れてくる。
『助けてっ、誰か助けてよ……!!』
　一生懸命壁を叩いても、誰にも叫びは届かない。
　そうしてる間にも、男はニヤニヤ笑いながら私に近付いてくる。
『逃げても無駄だよ』
　乱暴に腕を掴まれ、どさりとベッドの上に押し倒される。
　まだ駄目……っ。
　男の脇腹を蹴り上げる隙を窺いながら、横目でチラリと机の上を確認する。
　正確には、机の上に設置された "アレ" を。
　自分の身を守れるのは自分だけ。
　口で訴えたところで信じてもらえないなら、証拠を突きつけるしかないんだ。
　毎日、これからもずっとこの男の影におびえて暮らすなんて、もううんざり。
『妃芽……』
　いとおしそうに私の名前を呼びながら、男が顔を近付け

てくる。
　スカートの下の太ももに伸ばされた手が気持ち悪くて。
　耳元をかすめる、あの男の吐息に鳥肌が立って。
　あと少し。もう少しで——。
　奥歯をきつく噛み締めて、私はぎゅっと目を閉じた。

　　　　　　　＊　＊　＊

「はっ……はぁっ」
　全身汗だくになりながら布団から飛び起きた私は、辺りを見回して、やっと悪夢を見ていたことに気付いた。
「なんだ、夢……」
　額の汗を拭おうとしたら、指先が震えて、両目から涙が溢れ出てくる。
　ぼろぼろと熱い滴を流しながら、そっと自分の体を抱き締めた。
　自分を安心させるために、部屋全体を見渡し、ふぅと息を吐き出す。
"あの日"のことを思い出すだけで、思考が恐怖に支配される。
　その都度、気持ちが過去に囚われ、底なしの暗闇に足をすくわれそうになるんだ。
「あ……」
　指先が枕元のスマホに触れて、画面がパッと明るくなる。
　寝る前、上原くんのメッセージアプリのIDに友達申請

を送ったまま、スマホを握り締めて眠ってしまったことを思い出した。
【宇佐美妃芽です。今日は、いろいろありがとう。】
　絵文字もスタンプも使用しない、用件のみを綴ったシンプルな内容。
　そのメッセージに既読マークがついていることに気付き、ピタリと全身の動きが止まる。
　とたんに胸が鳴りだし、ドキドキしながら画面を確認すると、新着メッセージが届いていた。
【昨日はお誕生日おめでとう！　よくよく考えてみれば、ひとりでホールケーキ消費するのって大変だよね。気が利かなくてごめん】
「ぷっ」
　泣き顔で謝っているウサギのスタンプがかわいくて、つい噴き出してしまう。
　スマホで時刻を確認すると、時刻は9時。
　非常識な時間帯じゃないし、今返信しても大丈夫だよね？
　普段はおっくうでたまらないメッセージのやりとりなのに、自然と笑顔で文章を打ち込んでいる自分がいる。
【うん。賞味期限短いし、残したくないから上原くんも食べる？】
「なんてね。来るわけないのに」
　クスッ、と笑みを零し、スタンプに応えるようにノリのいいメッセージを送信する。

特に期待することなく、大きく伸びをして、ベッドから下りた。
　床に散らばった衣類を拾い上げ、1階の洗面所に移動。
　洗濯機（せんたくき）の中に入れて、設定操作していると、ピロンと着信音が鳴って。
　ルームウェアの上着ポケットからスマホを取り出し、画面をタップした直後、びっくりしすぎて腰を抜かしかけてしまった。
【いいよ！　今日、店の手伝いが終わったら、そっち行くね】
　スマホを持っていない方の手で洗濯機の蓋（ふた）に手をつき、へなへなとしゃがみ込む。
「……嘘」
　だって、この前も昨日も、うちに誘って断られたのに。
　なんで急に——、と自分の都合いい方に解釈しそうになって、ハッと我に返る。
　違う違う。
　この場合はおそらく、残したくないって言われて、自分が作ったケーキのせいで私に無理させたら悪いと、責任を感じてしまったんだよきっと。
「……ああもう、私の馬鹿。なんで食べきれない前提の書き方しちゃったの？」
　両手で頭を抱え、深く項垂（うなだ）れる。
　……でも。
「来てくれるんだ」
　無意識のうちに顔が綻（ほころ）び、笑顔を浮かべていた。

理由はなんであれ、上原くんが家へやってくる。
　一昨日から、冬休み。
　冬休みが明けるまで会う機会なんてないと思ってたから、純粋に嬉しい。
　――って、ちょっと待って。
　嬉しいって……？
　うきうきする反面、今朝の悪夢を思い出して、ふっと真顔になる。
「……上原くんも、そういうこと期待して来るわけじゃないよね？」
　自分から誘っておいて、いざ部屋に迎え入れた時のことを想像すると不安になる。
　心の奥底にある、根っこの部分に張り付いた深い闇。
　かつて、"あの出来事"でボロボロに傷付いた過去の私が心の中によみがえり、もうひとりの私が涙を流しながら切実に訴えてくる。
　――人なんて信用しちゃ駄目。信じたら信じた分だけつらくなる。
　浮かれそうな私を強くにらんで。
　更に耳元で囁いてくる。
　――ねぇ、また傷付けられてもいいの？

　今朝湧き起こった不安がなくならないまま、夕方になってしまった。
　けれど。

——ピンポーン。
　家のインターホンが鳴り、緊張しながらドアを開けた瞬間、モヤモヤが吹き飛んで、心がほんの少し軽くなった。
「遅(おそ)くなってごめんね」
　顔の前に片手を立てて、謝罪のポーズをする上原くん。
　吐き出す息は白く、髪の毛やムートンコートの肩口にうっすら雪が積もってる。
「わ。鼻が真っ赤になってる。早く入って」
　今日1日、ずっと暖房の効いた部屋にいたから気付かなかったけど、ドアの隙間から入り込む風の冷たさにぶるりとして両手で肘(ひじ)をこする。
　家の中に上がるよう促すと、上原くんは玄関先で雪を払い落とし「お邪魔します」と言って遠慮がちに靴を脱(ぬ)いで上がった。
「どうぞ。好きな場所に座ってて」
　上原くんをリビングに通し、適当にくつろぐよう促す。
　キッチンに引き返して温かい紅茶を入れると、トレーの上にケーキとティーカップをのせて、ローテーブルの上に運んだ。
「メゾネットタイプの建物っていいね。はじめて入ったけど、オシャレな感じで」
　ソファに座り、部屋の中を見回していた上原くんが、私と顔を合わせてにっこり笑う。
　それだけで、また胸がドキッとなって、頬が緩みそうになった。

「そう？　私からすれば、上原くんの家の方がオシャレだと思うけど。外観も内装も外国の建物みたいですごく素敵(すてき)だから」

　話しながら、さりげなく上原くんの隣に腰を下ろす。

　期待と緊張で騒ぎだす鼓動(こどう)を落ち着けるように、服の上から胸元をそっと押さえて。

　もし、上原くんが下心があって来たのなら、残念だけどなんとか言い訳して帰ってもらおう。

　そうじゃありませんようにって、内心強く願いながら。

「あ、ケーキ半分以上も食べてくれてたんだ！」

「昨日の夜から、ご飯代わりにずっと食べてたから。普通のケーキと違って、生クリームの甘さが控(ひか)えめで、すごく私好みの味でついパクパクしちゃった。今まで食べた苺ショートの中で一番おいしかったよ」

　正直に感じたことを力説したら、上原くんは目を丸くしていて。

　それから、とびきり嬉しそうにはにかむと、太ももの上に両肘をつき、両手で口元を覆いながら、安堵(あんど)の息を漏らした。

「よかったぁ……。やっぱり、食べてくれた人の意見が大切だから、何げに反応気にしてたんだ」

「もしかして、それを聞きたくて、わざわざここまで？」

「……まあね」

　恥ずかしそうにうなずく上原くん。

　ケーキは口実で、違うことが目当てなのでは……と、さっ

きまで勘ぐっていた自分が情けなくなるぐらい、彼の反応はとても素直なもので。
「……まだまだ修業中の腕前で。味見も近しい人にしかしてもらったことないから、本音を言うとどうだったかなって心配になってたんだ」
「昨日は、そんなそぶり見せなかったのに……？」
「うん。意外と小心者だから、俺」
　指と指の隙間から表情を覗かせて、照れくさそうに苦笑している。
　なんでも飄々とこなして、余裕ありそうに見えるのに。
　……ううん、違う。
　こんなに気にしてるってことは、きっと。
「上原くんは、ケーキづくりが大好きなんだね」
　ふっ、と顔を綻ばせて笑う。
「だって、私が『おいしかった』って言った時、すごく嬉しそうな顔してたもん。本当に真剣に取り組んでるんだなって思ったよ」
　トレーの上からフォークを取って、ひとり分にカットしたケーキののったお皿を手に持つ。
　上原くんの前でぱくりとひと口頬張ると、
「うん。やっぱり、すごくおいしい！」
　心から正直な感想を伝えて、とびきりの笑顔を見せた。
「……っ」
　私を見て、上原くんがごくりと喉を鳴らす。
　一瞬身構えたけど、私が想像してるようなことは起きな

くて、むしろ、その反対に——。
「……マジでよかった」
　誰にともなく、小声で漏らす本音。
　片手で首の後ろを押さえながら、安堵の表情を浮かべる彼を見て、警戒（けいかい）する必要がないことを自然に悟（さと）った。
　真面目なんだ、すごく。
「じゃあ、俺もいただきます」
　きちんと手を合わせて、ケーキを食べはじめる上原くん。
　ひと晩経ったあとの風味の変化や、素材のことをブツブツ呟きながら、デニムの後ろのポケットから取り出したメモ帳に何か書き込んでいる。
　使い古されたメモ帳は表紙がボロボロで、何ページにもわたってぎっちり文字で埋め尽くされていた。
「いつもそうしてるの？」
「うん。気になったことは、なるべくメモするようにしてるんだ。次に生かさないと意味ないし、失敗は成功のもとだと思ってるから」
　学校の勉強もそれぐらいしろってたまに叱（しか）られるけど、とオチをつけて、上原くんが小さく噴き出す。
　それにつられて私も噴き出し、ふたりで笑い合った。
「——よし。食べ終わったし、そろそろ行こうか」
「？」
　食器を流しに下げて、テレビを見ながらリビングでくつろいでいると、上原くんが私の腕を引いてソファから立ち上がった。

「行くって、どこに？」
「外。せっかくのクリスマスだし、街の景色を楽しもうよ。明日には駅前のツリーもイルミネーションも撤去されちゃうからさ」
　ね、と楽しそうに提案されて、それも一理あるなと納得する。
　一昨日から悩んでばかりで、ちっともクリスマスムードを楽しめてなかったから……。
　家族のことを悩み続けたところで、今すぐ解決するわけじゃないなら、上原くんの言うとおり外の景色を眺めて気晴らしするのもいいかもしれないと思った。

「あっ、あれかわいい！」
「どれどれ？」
「あのピンクのウサギ。耳の中と手足が真っ白でもこもこしてるやつ」
「あれか。よし、任せて」
　クレーンゲーム機にお金を投入して、上原くんが慣れた手つきでクレーンを操作する。
　アームはぬいぐるみの首元と脇の下に斜めに入り、ガッチリ掴んだ状態で景品を取り出す穴の上まで移動、落下させる。
　景品ゲットの音楽が流れると同時に、上原くんは背を屈めて取り出し口からぬいぐるみを取り出し、笑顔で私に差し出してくれた。

「はい。これでよかったんだよね？」
　ドキドキしながらピンクのウサギを受け取り、
「ありがとう」
　と、素直にお礼を言う。
　一発で取れちゃうとかすごすぎる。
　スマートにプレゼントしてくれた部分も含めて、全てが無駄のない自然な動作でカッコ良かった。
「次はどれにする？」
「え、えっと……じゃあ、あれ！」
　ゲームセンターの中をぐるりと見渡し、プリクラを指差す。
　その瞬間、カップルでもないし、男の子は躊躇するかもって後悔したけど、上原くんは「あ、いいね。クリスマス記念に撮っておこうか」と笑い、ためらうそぶりもなくプリ機の中に入っていった。
　その際、いつもの癖なのか、私の腰に腕を回しかけて、すぐさまハッとした様子で「ごめん」と謝られたのは苦笑してしまったけど。
　こんなふうに女子と抵抗なくプリクラを撮ったり、軽くボディタッチしたり。
　そういう振る舞いが、あまりにも自然すぎる。
　上原くんが「チャラ男」と噂されるのも、ちょっとだけわかるような気がした。
　ほかの子にも同じことしてるのかなって考えると少し複雑だけど、彼氏でもなんでもないし。

こうして気晴らしに付き合ってくれてるだけでも感謝しなきゃなんだから、贅沢を言うのはやめよう。
　今は、この時間を純粋に楽しんでいたいから……。
　──あれから、家を出た私達は、駅前の繁華街を訪れ、ゲームセンターで無邪気に遊んでいた。
　クリスマスなので、店内にはたくさんのカップルがいて、プリクラ待ちの列が出来ていたほど。
　私と上原くんも記念に撮影して、それからまたクレーンゲームをしたり、ゾンビを銃で撃ち殺すゲームや、カーレースのゲームではしゃいだりして、あっという間の数時間を過ごした。
　無邪気にはしゃいだあとは、ゲームセンターを出て駅前通りへ。
　数ブロックにわたって街路樹を彩るイルミネーションを満喫しながら、広場の中央に移動すると、大勢の人達で混雑していた。
　どうやら、みんなの目的も同じ巨大ツリーみたい。
　七色にライトアップされたツリーはとても綺麗で、眺めているだけで華やかな気分になる。
　……それにしても。
「やけにカップルが多くない？」
　若い人達を中心に、公衆の面前でイチャつくカップルに赤面してしまう。
　人目をはばからず抱き合ってる男女もいて、目のやり場に困るというか。

こんな日だし、浮かれたくなる気持ちもわかるんだけどね。
　上原くんはなんとも感じてないのか平然としてるし。
　この場のムードにのまれて、まさか私達も……なんて、変に意識してしまって恥ずかしい。
「……そろそろかな？」
　上原くんが広場の時計を見上げて、ボソリと呟いた瞬間。
　巨大ツリーがパッとピンク一色にライトアップされ、周囲から歓声が沸き上がった。
　同時に、目の前のカップル達がキスしだして目を白黒させてしまう。
　えっ、えっ、ええぇ……!?
　ちょ、いきなり何して——。
　内心、慌てふためいていると、上原くんが私の肩にスッと手をのせ、私の顔に唇を近付けてきた。
　思わずぎゅっと目をつぶり、全身を強張らせていると、耳元から「ふはっ」って笑い声がして。
　うっすら目を開けたら、上原くんが「ごめん。勘違いさせちゃったかな？」と言って、人さし指で目尻に浮かんだ涙を拭っていた。
「勘、違い……？」
「人の話し声でかき消されちゃうかなと思って、耳元で話そうとしたんだけど」
「!?」
「少し軽率だったかも。ごめんね」

顔の前に片手を立てて申し訳なさそうに苦笑する上原くんに、かあぁっと顔中が熱くなる。
　とんだ間抜けぶりを披露(ひろう)してしまってたまらなく恥ずかしい。
「このツリー、24日と25日の2日間だけ、21時になると1分間だけピンク一色に光るんだ。で、その間にキスしたカップルは永遠に一緒にいられるっていわれている。あと、それとは別に、もうひとつ噂があって……」
　私の耳元にそっと唇を近付けて、内緒話(ないしょ)をするように続きを聞かせてくれる。
　まるで、イタズラをしかけるやんちゃな子どものように、無邪気な笑顔で。
「――『ツリーがピンク色に光っている間にした願い事は叶(かな)う』んだって」
「願い事が、叶う……」
「そう。だから、宇佐美さんの悩みも解決して、少しでも元気になれたらいいなと思って、ツリーを見せてあげたかったんだ」
　――私が、昨日落ち込んでたから……。
　だから、元気を出させるために連れてきてくれたんだ。
　その意図に気付いた瞬間、じんわりと胸の奥が温かい感情で満たされて、とくとくと甘い鼓動が高鳴りだした。
「あ、そういえば、昨日誕生日だったのに、何も用意してなくてごめん。何か欲しいものとかある？　よかったらこのあと――」

「名前」
　上原くんの言葉を遮り、彼の上着の裾をきゅっとつまむ。
　涙をこらえ潤んだ瞳でじっと見上げると、必死でお願いした。
「名前で呼んでほしい」
　今欲しいのは『物』じゃないの。
　たったひとつ。
　上原くんと、もっと近付きたいっていう、純粋な気持ちだけ。
「……ほ、ほら。うち、両親が離婚してお母さんの旧姓に戻るから、宇佐美じゃなくなるし」
　上原くんの驚き顔を見て、とっさに思いついた言い訳を口にする。
　本当は違うの。ただ単純に、もっと親しくなりたくて。
　他人行儀に苗字で呼び合う関係から、もう一歩先に進みたくて、自分らしくないおねだりをしている。
「あの、その……嫌ならいいんだけ――」
「妃芽」
　言葉の途中で重なるようにして聞こえてきた自分の名前に大きく目を見開く。
「……で、いいんだよね？　下の名前」
　クスッと口元に手を添えて、上原くんが穏やかに微笑む。
　いろんな人に呼ばれているはずなのに、どうしてだろう。
　彼に名前を呼ばれた瞬間、全身が熱くなって、心臓が破裂しそうになった。

「俺のことも、下の名前で『光希』って呼んでよ。せっかく、友達になれたんだし」
「みつ、き……」
「うん。改めて、よろしくね。——"妃芽"」
　彼が真っ赤になって俯いた私の頭を撫でる。
　綺麗な長い指先で、ゆっくり髪を梳いて、柔らかな声のトーンでよろしくねとあいさつして。
　ピンク一色でライトアップされたツリーが、フッと元の照明に切り替わって七色に輝きはじめる。
　光るツリーをバックに、この時の私は、はじめて惹かれた異性に夢中になって、肝心のことを見落としていたんだ。
　上原光希は、来るもの拒まず去る者追わずの女好き。
　どうして彼が「チャラ男」と呼ばれているのか。
　誰にでも優しくて、誰にでも期待をもたせるけれど、誰にも本気にならない理由を——。

2nd
誰にでも優しい理由

"あの日"から、誰も信じないって決めた。
もう傷付きたくなくて、心を閉ざすことで自分を守っていた。
だけど、本当はね……。
たったひとりの人が与えてくれた、優しい言葉。
温もりに触れて、少しずつ警戒心が解けていたんだ。

優しい君の体温

　冬休みが終わるのを指折り数えて待つなんて、生まれてはじめて。

　毎日、カレンダーで日付を確認しては、ため息を繰り返してる。

　学校生活なんて、煩(わずら)わしい人間関係で憂鬱なだけだし、朝早く起きるのだって面倒なのに。

「……あと、残り3日もある」

　ベッドの上でゴロゴロしながら、はぁと息を吐き出す。

　スマホの画像ファイル一覧を開いて、クリスマスに光希と撮ったツーショットプリクラを眺めていると。

　ブブッ、と新着メッセージの受信を知らせるバイブ音が鳴って、がばっと布団から起き上がった。

　ドキドキしながらメッセージアプリを起動して、がっくりため息。

「……なんだ」

　香梨奈からの連絡に落胆する。

　用件は【今日の夕方、T高の男子と合コンしない?】という、いつものお誘いだったので、風邪(かぜ)を引いたことにして参加を断った。

　気を使ったフリして、ウサギが『ごめんね』と泣きながら謝る絵文字スタンプを送信すると、数分もしないうちに【そっか〜笑】と返事がきて、メッセージのやりとり終了

した。
「嘘とはいえ、体調崩したって言ってる相手に『笑』とか使わないよね、普通は……」

　メッセージのやりとりを見て深いため息を吐き出す。

　香梨奈にとって、私はイケメンを呼び出すためだけの単なる道具で、友達として見られてないことがよくわかる。

　物扱いされてることに傷付いたものの、自分だって香梨奈を利用してひとりにならないためにパイプ役を買って出てるんだから文句は言えないよね……。

　この役をやめたら、女子達から昔のように嫌がらせされるのは目に見えてるので、ここは我慢我慢。

　陰口にとどまらず、物を捨てられてしまうような、露骨で卑劣な嫌がらせを受けるよりはずっとマシ。

　いちいち買い替えなきゃいけないし、買いなおしてもすぐまた捨てられるから、すごく厄介。

　女子全員にシカトされるのも精神的にこたえるし……。

　それに比べれば、パイプ役とはいえ、イケメンと繋がりたいという下心がある以上はいじめに発展しないので、現状を維持するしかないんだ。

　——ブブッ。

　香梨奈に返信して間もなく、次々と同じ学校の男子生徒からメッセージが届いて、煩わしさのあまりスマホの電源をオフにした。

　学年問わず、イケメンで有名な人達何人かとはパイプ役のために連絡先を交換しているので、定期的に連絡が入っ

てくる。

　メッセージは、『今何してるの?』とか『暇なら遊ばない?』とか、みんな似たような内容ばかり。

　あんまり無視し続けるのも感じ悪いから、時間を置いてから返信するようにしているけど、特別親しいわけでもない人とメッセージのやりとりを続けるのって、話が噛み合わなくて結構大変だったりする。

　自業自得とはいえ、本当は気を許した相手とだけ連絡を取りたいんだけどな……。

　……連絡くれたのが、光希だったら即返信するのに。

　クリスマスの日以来、時々メッセージを送り合うようになってから、毎日光希からの連絡を待ち望んでソワソワしてる自分がいる。

　会話の内容は他愛ないものばかりだけど、光希がメッセージを送ってくれたっていう事実が嬉しくて、連絡が入る度に舞い上がってしまうんだ。

　こんな感情、自分でもはじめてだからよくわからないけど……。

　もっともっと、光希のことを知りたい。

　仲良くなりたいって思ってるんだ。

　それから、3日後。

　冬休みが明けて、新学期がやってきた。

「髪形、変じゃないかな?」

　朝、学校に着くなり、1年の階の女子トイレに直行。

鏡を入念にチェックして、櫛で前髪を整えなおす。
　だって、光希と久しぶりに会えるんだもん。
　少しでもかわいく見られたいというか……いや、べつにかわいく思ってもらう必要なんてないんだけどその、なんとなく。
「よし。これでOKってことにしよう」
　両手で頬をぺちんと挟んで気合を入れなおしてたら。
「あはは、さっすが香梨奈。それで、相手の男どうしたの？」
「もう飽きたって正直に言って、その場で店に置き去り。だって、あんまりにもホテル行こうってしつこいんだもん——って。あ、妃芽じゃん。もう学校来てたんだ？」
　あとから、香梨奈と取り巻きふたりがゾロゾロ入ってきて。
　内心では「うっ」と感じつつも、笑顔であいさつした。
「おはよう。あっという間に、冬休みも終わっちゃったね」
　にこやかに話しかけると、香梨奈は何か企んだように目を細めて「本当だね。ていうか、今日の放課後、暇してる？」と合コンの話を持ちかけてきた。
「ほら、3日前に話してたT高の人達。妃芽が体調不良で来れないって話したら、妃芽のいる時にセッティングしなおしてって頼まれちゃってさ。今日なら、始業式だけですぐ帰れるし、もちろん行けるよね？」
　鏡の前でリップを塗りなおしてた私は、ポケットにリップをしまいながら「今日かぁ……」と苦笑いを浮かべて、返事を濁す。

いくらなんでも急すぎだし、正直困るよ。
「見た感じ、体調も良さそうだし、何も問題ないよね？　ってことで、さっそく返信しとくわ」
　私の都合なんてお構いなしに、香梨奈は勝手に話を進めてしまう。
　断ろうものなら、何をされることやら……。
　想像するだけでも面倒なので、大人しく参加することにすると、
「じゃ、そういうことでよろしくね～」
　と、私の肩をポンと叩き、香梨奈と取り巻きのふたりはトイレから出ていってしまった。
　でも、ドアが閉まる直前、聞こえてきちゃったんだ。
　香梨奈達が私の悪口を言ってるのが。
「せっかく誘ってやってんだから、ふたつ返事でうなずけっつーの」
「本当。香梨奈が話しかけてやんなきゃ『ぼっち』のくせに」
　元から私を嫌ってる取り巻き達がブツブツ文句を言い、それに対して善人面した香梨奈がお決まりのようにふたりをなだめすかす。
「まあまあ、落ち着いてよふたり共。妃芽と仲良くしてれば、それだけで『友達紹介して』ってたくさん声かけてもらえるんだよ？　そのことに感謝してあげようよ」
　……よく言うよ。香梨奈こそ、本音は全然違うくせに。
　パタン……、と閉まったドアを見つめて、深いため息を漏らす。

私と友達でいれば、いろんな男子から仲介役を頼まれて、イケメンと連絡先交換出来るもんね。
　男子が見てる前でだけ親しげに話しかけて、あとは徹底スルー。
　現に、今だって同じ教室に行くのに、ひと声もかけてくれない。
「……べつにいいけど」
　強がりを言って、ブレザーの裾をきゅっと握り締める。
　友達がいないのなんて慣れっこだし。全然平気だもん。
　そう言い聞かせるものの、憂鬱な気分に変わりはなくて、暗い顔で廊下に出た直後。
「おはよ〜、光希。冬休み中、ずっと会えなかったから寂しかったんだよ〜」
「あたしは休みに遊べてすごく楽しかった。ねぇ、今日の放課後も空いてる？」
「は？　こっちが先に誘ってるんですけど。あとから割って入ってくんなよ」
　階段の方から派手な集団がゾロゾロ歩いてきて。
　女の子達に囲まれ、両側から腕を引っ張られて取り合いされてる光希の姿を見つけた。
「はは。みんな、そう怒らないで。俺はひとりしかいないから、順番で——ね？」
　自分を巡ってバチバチし合う女の子達に、ケンカしないよう言い聞かせる光希。
　片目をつぶって、人さし指を唇に当てながら、にっこり

悩殺スマイルを浮かべてる。

　フェロモン垂れ流しの笑顔に当てられた女の子達は、全員顔を赤らめて「はーい！」とお行儀良くお返事。

　その光景を唖然としながら凝視してると、視線に気付いた光希とパチリと目が合って。

　女の子達に気付かれないよう、口パクで「おはよう」と言って微笑まれ、ドキリと胸が高鳴った。

　だから、なんで顔が熱くなってるの？

　自分でも意味わかんないけど、女の子にチヤホヤされてる光希を見て「面白くない」って感じて、ムッとしてる自分がいた。

　それ以上に、私に気付いてくれて、笑顔であいさつしてくれた瞬間、嬉しいって思った。

　何これ。あいさつぐらいでキュンとなるとか、意味不明にもほどがあるよ……。

　冬休み中、ずっと会いたくて、登校日を待ち望んでた。

　本人の姿を見たとたん、うるさいほど心臓が騒いで、どうしようもなくなったんだ。

　こんな気持ちはじめてだから、どうすればいいのかわからない。

　久しぶりに会えたんだし、あいさつだけじゃなくてもっと話したかったな……。

　しょんぼりしてたら、ブレザーのポケットから新着メッセージの通知音が鳴って。

　何げなく確認したら、まさかの光希からメッセージが届

いていた。
【さっき廊下で会った時、元気なさそうだったけどどうしたの？】
　ほんの一瞬。
　廊下ですれ違った時に、目が合っただけなのに。
　とくとくと甘い旋律(せんりつ)を刻みだす、胸の鼓動。
　震える指先で【ちょっと落ち込んでる……】って正直に返信したら、すぐさま返事がきた。
【俺でよければ話聞くよ。来れそうだったら、こっちおいで】
　――だから、なんで心臓がうるさく鳴るの……？
　こんなふうに優しくされたら、嫌でも期待してしまいそうになる。
　すぐさま返信して、くるりときびすを返す。
　光希に指定された場所は、旧校舎の空き教室。
　新館と休館を繋ぐ渡り廊下を通って、こっそり建物の中に入る。
　木造建築の古い建物なので、生徒の出入りが滅多(めった)にないここは、はじめて訪れる場所だった。
「旧校舎の2階にある、隅っこの空き教室って……ここかな？」
　ギシリ、と軋む床板。
　ドキドキしながら、目の前のドアをノックすると、内側から引き戸が開いて、光希がひょっこり出てきた。
「はは。迷わないで来れた？」
　こくりとうなずくと、光希は爽(さわ)やかな笑顔で私の頭をよ

しよし撫でてきて、中に入るよう促した。
「お、お邪魔します……」
　室内に入ると、中は思ったよりも綺麗で、日当たりのいい部屋だった。
　普通の教室と違って、ドアに窓がないので、内側から鍵をかけて気配を消せば、見回りが来たとしても気付かれなさそうだ。
　少しカビの匂いがするのが難点だけど、掃除が行き届いているみたいだから、こまめに手入れされてるのかな？
「ここ、結構いい穴場でしょ？」
「うん。でも、どうしてこんな場所知って……？」
「中学の時に、知り合いの先輩から合鍵を譲ってもらったんだ。この高校に通うことになったって話したら、とっておきの穴場があるから、サボる時に使えよって。あ、これみんなには内緒ね？」
　シーッと人さし指を唇に当てて、いたずらっぽく目を細める光希。
　空き教室のドアを内側から施錠すると、こっちにおいでと教壇のそばに手招きされ、彼に言われるままにくっついていく。
　すると、そこには小さな電気ストーブが置かれていた。よく見ると、黒板下の差込プラグを使用してるみたい。
「あったかい……」
　ストーブの前にしゃがんで手をかざすと、光希がクスリと笑って、教卓の下から紙袋に入った毛布を取り出し「こ

れも使いなよ」と差し出してくれた。
「用意周到だね。サボる気満々って感じ」
「まあね。いろいろ考え事したい時とか、サボりたい時は、この部屋に来て、のんびりくつろいでるんだ」

　よいしょ、と光希が私の隣に腰を下ろして、壁に背中を預けながらあぐらをかく。
「……女の子を連れ込むために利用してるんじゃなくて？」

　じっと凝視して意地悪な質問をしたら、目を丸くしたあと「ふはっ」って噴き出された。
「ないない。この部屋自体、内緒にしてるし。女の子達を連れ込んだら、すぐ噂が広まって先生にバレちゃうじゃん。そんなヘマしないよ」
「じゃあ、なんで私はいいの？」

　単純な好奇心で訊ねてみたら、光希が「うーん……」と顎に手を添えながら考え事するようにうなって、理由を教えてくれた。
「言い方悪かったらごめんね。妃芽って、友達いないでしょ？」

　遠慮気味とはいえ、ド直球で事実を指摘されて胸にグサッとくる。
「な、なんで……」

　動揺しすぎて、言葉が出てこない。

　口が金魚みたくパクパク動くだけ。

　だって、いくら本当のこととはいえ、友達がいないなんて面と向かって言われたのははじめてで、羞恥心から顔が

熱くなる。
「……あー、悪い。もう少しオブラートに包んだ言い方すれば良かったね」
　恥ずかしそうに俯く私を見て、光希は片手で頭を掻きながら、申し訳なさそうに「ごめん」と謝ってくれた。
「……ううん。本当のことだし、光希が悪いわけじゃないから」
　しゅんと項垂れながら涙目で首を振る。
　ほかの人ならまだ平気だけど、光希に『ぼっち』だと思われてたことが恥ずかしすぎてショックだった。
「悪い意味じゃなくて——妃芽って目立つからさ。特に男達の間では。注目されてる分、いろんな奴が妃芽のこと見てて、噂が入ってくるんだよ」
「たとえば、どんな噂……？」
「『妃芽ちゃんの人気に嫉妬した女子が、また裏で文句言ってるぞ』とか『男子に見られてないと思ったとたんに、あからさまにグループからハブってる』とか。みんな、気付いてないようで結構見てるから。そういうの聞く度に、なんとなく俺も意識して見るようになってて」
「…………」
「ふとした瞬間に寂しそうにしてる妃芽を見てるうちに、居場所がなくて心細そうにしてる感じがして放っておけないなって思ってた」
　スッ、と光希の手が伸びて、私の頬に触れる。
　瞬間、ビクリと肩が揺れて、大きく瞳が揺れた。

熱を帯びた真剣な眼差しに、視線を逸らすことが出来ない。
「なん、で……私のこと意識してくれてたの？」
　ドキドキと高鳴る胸の鼓動。
　勝手な期待ばかり膨らんで、上目遣いで質問してしまう。
「……少しだけ、昔の自分にダブって見えたからかな？」
「え？」
　聞き取りづらいほど小さな声で呟かれて首を傾げる。
　今、なんて……？
　じっと見つめたら、光希は「なんでもないよ」って苦笑して、それからそっと手を離した。
「妃芽はさ、どうして陰口を叩くような女子達と仲良くしたり、苦手な男に愛想良くしたりするの？」
　ドクリ……、と胸の奥がざわめいて、思考が真っ白に染まる。
　プライベートを詮索されるのは慣れてるけど、こんな質問されたのははじめてで、どうして見すかされたのかと動揺した。
　女子達のことはともかく、どうして男の人が苦手だって思うの？
　誰にも話したことないのに……。
「妃芽と話すようになってから、ずっと気になってたんだ。ほんのちょっと触れただけで過剰反応するのはどうしてだろうって。今も、俺が触れただけでビクッて震えてたでしょ？　今だけじゃなく、前々から妃芽の行動を見てて、

男性恐怖症なのかなって感じてたんだけど——違ってたらごめんね」

　光希が顔を上げて、真剣な目で私を見つめてくる。

　興味本位じゃなく、心から気遣ってくれているのが伝わるような温かい眼差しに、ほんの少しだけ警戒心が解けて。

　同時に、目頭に熱いものが込み上げて、ぽろぽろと頬を伝い落ちていった。

　だって、誰にも見抜かれることはないと思っていたから。

　心の奥底の、不安感。

　あの日から抱え続けている、強い恐怖心を。

「……違って、ない。光希の言うとおりだよ」

　両目から溢れ出る涙を止めることが出来ず、頬から顎先に滑り落ちて、板張りの床に染み込んでいく。

　誰かに話したい。

　でも、話せる人なんていない。

　嫉妬してくる女子も、下心ありきで近寄ってくる男子も、みんな全員信用出来ない。

　もしも、正直に打ち明けたら、面白おかしく噂されて、好奇の目にさらされるだけ。

　そんな目に遭うぐらいなら誰にも話したりしない。

　もう、これ以上傷付きたくないから……。

「昔から見た目のせいで嫌な思いをたくさんしてきて……。私は、自分のことかわいいなんて思ってないのに、みんなから『調子に乗ってる』って悪口を言われて、学校に居場所がなかったの」

目を伏せて、つらい過去の話を語る。
　毎日胸が痛んで、孤独で――。
「でも、ずっとひとりは寂しくて……。これ以上、人に嫌われたくなくて、近寄ってくる男の子の前では愛想良くしてた」
　男子と話してるところを見られて、更に女子を怒らせるという悪循環に悩み続けた。
　私なんかより男子と仲良くしてる子はたくさんいるのに、どうしてたまにしか話さない私だけ目をつけられるんだろう……。
「……散々、いろんな手を尽くしたけど、こればかりはどうにもならなかった。クラスで目立たないよう大人しくしてても、あえて目立つグループに仲間入りしても、どっちみち目をつけられちゃうの。地味にしてれば『あざとい』、派手にしてれば『ぶりっこ』。もうどうしようもないっていうか」
　体育座りして、膝の上に顎をうずめる。
　これまでの経験で学んだのは、どんなふうに振る舞っても結果は同じだということ。
「仕方ないよね。好きでモテてるわけじゃないんだし」
「全国の女子を敵に回す発言だね」
　クスリと笑って、光希が私の肩に毛布をかけてくれる。
　寒さに震えていた私は「ありがとう」と苦笑して毛布にくるまった。
「どうしたらいじめのターゲットにならずに、平和に過ご

せるかっていろいろ考えた結果ね、モテる男子に連絡先を聞かれたら素直に交換して、彼ら目当ての女の子達に紹介するパイプ役になることで、難を逃れようって考えたの。浅はかかもしれないけど、彼女らにメリットがあればいじめに遭う可能性もなくなると思って」

 理不尽ないじめで精神的苦痛を味わい続けるよりもずっといい。

 机に落書きされたり、物を隠されたり、あからさまなシカトをされる方がメンタルにくるから……。

 香梨奈達の機嫌を窺うのは癪だけど、これもある種の平和条約だと思って我慢してるんだ。

 だけど、本当は——。

 ふっと瞳が陰り、憂鬱な気分に陥りかけた時。

「——でも、疲れるでしょ？」

 光希の長い指先が私の目元に浮かんだ涙を拭い取ってくれて、ドキリと胸が高鳴った。

 私の前にしゃがんで、心配そうに苦笑する光希を見てたら、自分でも信じられないことに、体が勝手に動いていて。

 光希が着ているセーターの胸元に額をうずめて、彼の腰回りにぎゅっと抱きついていた。

 倒れ込むような形で飛びつかれた光希は、体の重心を崩して、窓の下の壁に軽く背中をぶつけて尻もちをつく。

 だけど、私の肩に回された手は、しっかり置かれたまま。

「あんまり無理しすぎちゃ駄目だよ」

 ポンポンと背中を叩かれて、さっき以上に大粒の涙が溢

れ出す。
　きつく噛み締めていた奥歯の力を緩めて、しがみつく腕に力を加える。
　光希の優しさに甘えて思う存分泣くことにした私は、心の奥底にため続けてきた不安を吐き出すように涙していた。
　……どうして、光希の前だと素直になれるんだろう？
　彼の穏やかな人柄がそうさせるのか、そばにいるとほっとして、肩肘張らずにいられる。
　ほかの人と違って、自分を偽らずにいられるんだ。
　今まで、安心して弱音を吐き出せる場所がなかったせいかな？
　光希に優しくされると、自然と本音が出て、泣けてきてしまう。
「……なんでそんなに優しくしてくれるの？」
　ずっと鼻を啜りながら涙目で質問したら、光希はクスリと笑って、
「基本的に、女の子はみんな大好きだからかな？」
　って、冗談っぽく肩をすくめてみせた。
「ふふ。さすが、女好きで有名なチャラ男だね」
　手の甲で涙を拭って、ゆっくりと光希から離れる。
「チャラ男ってひどいなぁ。こう見えても、きちんと相手は選んでるのに」
　私が元気を取り戻したことで安心したのか、光希も安心した顔になって。

そうこうしているうちに、始業のベルが鳴って、ふたりで顔を見合わせた。
「どうする?」
「どうしようか?」
ほぼ同時に確認し合って、ぷっと噴き出す。
始業式の今日は、1時限目に全校集会が行われるんだけど、結局は校長先生方の長い話を聞き続けるだけだから退屈なんだよね。
そう言ったら、光希も同意見だったので、始業式が終わるまでの間、ここでのんびり雑談することになった。
「ねえ、冬休み中、何して過ごしてた?」
「俺? 俺は、お正月に商店街の餅つきに参加して、それから——」
誰も知らない、旧校舎の一室。
光希と私だけが知ってる、秘密の場所。
日当たり良好な部屋に、ふたりの笑い声が重なって。
他愛のない雑談で盛り上がっているうちに、あっという間に時間が過ぎていった。
光希の質問をうまくはぐらかしてごめんね……。
まだ『男嫌い』になった理由は言えないけど。
いつか、話せる時がきたら、同じように話を聞いてほしい。
はぐらかされたって気付いてるのに、知らないフリをしてくれてありがとう。
親の離婚が決まって、気持ちが不安定になってたから、

光希の存在に救われたよ。
　ふたりきりだからって手を出そうとしたり、邪な気持ちで優しくするわけじゃない。
　純粋に心配してくれて、温かい言葉をかけてくれる。
　そんな人に出会ったのははじめてで、よりいっそう光希と親しくなりたいと思った。

だから、忠告したのに

「また何かあったら呼んで」
　始業式をサボッて、2時限目が始まる前に旧校舎を出たあと。
　光希とは旧館と新館を繋ぐ渡り廊下で別れて、それぞれの教室に戻ることにした。
「うん。話を聞いてほしくなったら、すぐ連絡する」
　顔の横にスマホをかざしてにっこり笑ったら、光希が「待ってる」と苦笑して、昇降口のそばにある階段まで歩いていった。
　私は、職員玄関の近くにある階段をのぼって教室に戻ることに。
　ふた手に別れた理由は、私達が一緒にいるところを見られて騒がれるのを防ぐため。
　お互い学校内でも目立つ存在なので、ふたりで仲良くしてる姿を目撃された日には、超高速で「宇佐美妃芽と上原光希が付き合いだした！」って噂が広まって、光希を好きな女子に尋問されるのは明白だった。
　光希は私のファンににらまれても全然気にならないって言うけど、私は違う。
　……だって、光希と親しくなったって知ったら、香梨奈達に紹介しろってせがまれるのは目に見えている。
　ほかの男子ならいいけど、光希だけは嫌だった。

だから、内緒にしておきたかったのに——。

始業式の日から、香梨奈達といるのが苦痛になると、何かと理由をつけて旧校舎で時間を潰(つぶ)すようになった。

その時は大抵(たいてい)光希も一緒で、ふたりでのんびり雑談している。

色っぽいムードになることはないけど、穏やかな時間の中で過ごす光希とのひと時は、学校生活で疲れてる私の心にたくさんの安らぎを与えてくれてるんだ。

空き教室の合鍵を持ってるのは光希だけなので、行く前に「旧校舎で休みたい」って連絡すると、私に付き合ってくれることが多い。

実家のケーキ屋さんのことや、お互いに好きなファッションの話、昨日見たテレビ番組や、会話の内容はどれもありふれたものだけど、私にとっては信頼(しんらい)してる相手と過ごせる何よりも貴重な時間で、誰にも邪魔されたくなかった。

教室から離れるのは、ほとんどお昼休み。

香梨奈達の話に愛想笑いを浮かべて相槌を打つのに疲れると、

「ちょっと体調悪いから保健室行くね」

と仮病を使ってグループから抜け出し、こっそり避難(ひなん)していた。

香梨奈達の話題は、常に『男・男・男』で、それしか頭にないんじゃないのってくらい、異性の話で盛り上がってるんだもん。

何組のイケメンがフリーになっただの、もうすぐ3年生が部活を引退するから運動ひと筋にのめり込んでたイケメンを落とすチャンスだとか、他校のイケメンと付き合ってるあの女ムカつくマジ死ねとか、興味のない話ばかり。

　恋バナ以外は嫌いな女子の悪口で大盛り上がり。

　そんなの聞き続けてる方がぐったりするわけで。

　――そんな今も、現在進行形で香梨奈達の愚痴を聞いてる最中。

　いつ席を外そうかとタイミングを窺（うかが）っているんだけど。

「なんかさぁ。最近、落ち着きなくない？」

　お昼休みが始まるなり、いつものように香梨奈の席に集合して、4人でお弁当を食べてたら、香梨奈に鋭く指摘されてギクッとなった。

「昼休みになると、妃芽がどっか行くのなんでだろうね～ってみんなで気にしてたんだよねぇ。授業中もたまにいないし。どうかしたの？」

　机に頬杖をついて、探（さぐ）るような目を私に向けてくる香梨奈。

　取り巻きのふたりもジロジロにらんできて感じ悪い。

　教室の中なので、ほかの生徒の目を気にしてにっこり笑ってるものの、内心では面白くないのがバレバレで冷汗が浮かんでしまう。

「ど、どうもしてないよ。なんでそんなふうに思ったの？」

　動揺を悟られないよう、平然と返す。

　購買部（こうばい）で買ってきたサンドイッチの袋を開けて、ひと口

頬張ろうとしたら。

　香梨奈が「あ、そっか」とわざとらしい声を上げて、教室中に響き渡るように失礼な発言をしてきた。
「妃芽の親、最近離婚したばっかりだもんね。いきなり苗字が変わってびっくりしたよ〜！　宇佐美から母親の旧姓の『田島』になった——んじゃなくて、『戻った』んだっけ？　妃芽の母親も大変だよねぇ。再婚してから数年で離婚するとか。前の旦那とは死別で、男運なさすぎ」

　かわいそう〜、と同情したフリして、人に知られたくないプライベートな話を暴露してくる香梨奈に、カッと頭に血がのぼりそうになる。

　香梨奈は長い足を組み替えてニンマリ笑うと、
「でも、うちらは妃芽の味方だからね？　困ったことがあったら、いつでも頼ってよ」

　と思ってもないことを言って、周囲の男子生徒に私と仲良しであることをアピールしてきた。

　うまくいけば、友達思いのいい子に見えるもんね。

　人に知られたくない話を暴露した上に、自分の好感度アップは怠らないとか、本当腹黒すぎて嫌になる。

　ふつふつと込み上げそうになる怒りを必死に押し込めて、机の下で固く拳を握り締めながら、作り笑顔で「心配してくれてありがとう」って返事してる自分にも嫌気が差して反吐が出そうだった。

　つい先日、両親の離婚が成立して、私の苗字は『田島』になった。

母方の旧姓である田島性を名乗るのは、かれこれ数年ぶりのこと。

　元々、本当の父親とは、私が小さい頃に病気で死別していて、ずっと『田島妃芽』として生活していた。

　だけど、3年前——私が中学1年生の時にお母さんが再婚して『宇佐美』になったんだけど、香梨奈の言うように、再び母が別れたことで元の苗字に戻ったんだ。

　名前が変わった理由を表立って説明する必要もないと思って黙っていたのに、こんな人前でバラされるなんて……最悪。

　何よりも、うちのお母さんまで侮辱されて、怒りでどうにかなりそうだった。
「あ。ところで、さっきの話に戻るんだけど、ちょっと耳貸してよ」

　隣の席に座っていた香梨奈に耳を貸すよう言われ、訝しみながらも言うとおりにすると、香梨奈が私の耳元に唇を寄せてきて。
「——最近、B組の上原くんと仲いいんだって？」

　ひっそりと囁かれ、ビクリと肩が跳ねてしまった。
「ふたりが旧校舎から出てくるところ、いろんな人に目撃されてるよ？　わざわざ保健室行ってるなんて嘘までついて、あたしのこと騙せるとでも思った？」

　香梨奈の目がスッと細まるのと、私の額から脂汗が浮かぶのは、ほとんど同じタイミングで。
「人気者の上原くんを自分だけ独り占めとか、許される

でも思ってんの?」

　不愉快と言わんばかりの態度でにらんでくる香梨奈達に、頭の中が真っ白に染まって、混乱で大きく目を見開かせてしまった。

　まさか、光希と会ってることを知られてたなんて……。

　ほかの人に見つからないよう注意を払っていたのに、どうやらツメが甘かったようだ。

　ごくりと唾を呑み込み、なんて言い訳しようか考えていると。

「なんてね」

　香梨奈がパッと手を離し、おどけたように肩をすくめてみせた。

「妃芽が誰と仲良くしてても、あたしは友達として見守るだけだからさ。……ただ、上原くんはやめておいた方がいいと思って、妃芽が傷付く前に忠告してあげるね?」

　ニンマリと口元に弧を描いて、香梨奈が知りたくもなかった話を続けてくる。

「あんなにいろんな女の子と遊んでる上原光希が彼女をつくらないのは、ずっと想い続けてる『本命』がいるからだって。だから、本気になるだけ無駄だって有名な話だよ?」

　——ドクン、と嫌な鼓動が波打って、視界が真っ暗に塗り潰されていく。

「せいぜい、弄ばれないよう気を付けてね」

　クスクスと私をあざ笑う3人の笑い声も遠く聞こえて、ぼんやり宙を見つめていた。

言葉を失って呆然とする私にとどめを刺すように、香梨奈が窓の外を指差して「ほら、あれ」と私に下を見るよう促してくる。
　嫌な予感がしたけど、断る勇気もなくて、言われるままに窓の下を見て後悔した。
　午後の授業があるのに早引きするつもりなのか、コートを着てスクールバッグを肩に背負って歩くひと組の男女。
　昇降口から出てきたふたりは、そのまま校門の方まで歩いていく。
　派手な外見をしたギャルの腰に腕を回して、密着しながら会話してるのは──光希だった。
　ギャルと顔を見合わせて噴き出し、楽しそうに談笑しながら歩いている。
　顔同士が近付いた瞬間、ふたりは軽いキスを交わして、校門を通り抜けていった。
「ほらね。ああいうのが日常茶飯事だもん。上原くんの相手って日によって違うし、女の方も『遊び』って割りきってる子しか寄りつかないらしいよ」
「…………」
　香梨奈の言葉に返事をする気力もなく、がくりと項垂れたまま。
　食欲がなくなり、食べかけのサンドイッチをしまって、ぼんやりした状態で席を立ち上がった。
「……保健室、行ってくる」
　弱々しい声で呟き、ふらついた足取りで教室から出てい

く私を、香梨奈達は「ウケる」と小声で中傷しながら笑っていた。

　——心の、どこかで。
　きっと、自惚（うぬぼ）れてたんだと思う。
　あまりにも光希が優しくしてくれるから忘れてた。
　上原光希は女好きで有名なチャラ男だって。
　私を相手にしてくれたのも、特別な思いがあったからじゃなくて、女だったから。女の子というだけで誰でも同じように接してくれるからだったんだ……。
　香梨奈達から逃げるように保健室に避難したあと、本当に顔色が悪くなっていた私は、保険医に「休んでいきなさい」と言われて、ベッドに横たわっていた。
　アイボリーのカーテンに囲われたスペースの中で、ただぼんやりと額に手を当てて真っ白な天井を見つめている。
　……人目も気にせず、堂々とキスしてたなぁ。
　忘れかけてたけど、光希って有名なチャラ男だったんだよね……。
　仲良くなる前までは、校舎内で女とイチャつく姿を見かけてもなんとも思ってなかったのに。
　ほんの少し、特別な目で意識しだしたとたんに、見覚えのある光景のはずなのに、ショックを受けるようになってしまった。
　ううん。傷付いてるのは、キスしてる場面よりも……。
　さっき、香梨奈が話してた内容の方にひどく落ち込んだ。

『あんなにいろんな女の子と遊んでる上原光希が彼女をつくらないのは、ずっと想い続けてる"本命"がいるから──』
　──本命がいるとか考えたこともなかった……。
　はぁと深いため息を漏らして、両手で目元を覆う。
　光希に好きな人がいるんだって想像したら、ぎゅっと胸が押し潰されそうになって、目頭がじんわり熱くなった。
　どうして涙が溢れてくるんだろう。
　仲良くなった男子に、特別な人がいただけ。
　ただそれだけなのに……。
「……馬鹿みたい」
　ポツリと呟いて、枕に顔をうずめる。
　こんな時になって、やっと自分の気持ちがわかるなんて。
　胸がズキズキ痛むのも、つらくて悲しいのも……私が光希に惹かれはじめてるからだったんだ。
　自覚した直後に失恋(しつれん)とか笑えるにもほどがある。
　でも、この気持ちをすぐに忘れることなんて出来ないよ。
「光希……」
　胸が張り裂(さ)けそうに苦しくて、涙が止まらない。
　ようやく、信頼出来る人に出会えたと思ってたのに。
『つらかったね』
『──でも、疲れるでしょ？』
『あんまり無理しすぎちゃ駄目だよ』
　光希に言われて嬉しかった言葉が、こんなにも切なく思い出されるなんて……。
　気にかけてもらえる度に、心のどこかで「もしかした

ら」って期待を膨らませていたことに気付いて、恥ずかしさで消えてしまいたくなる。
　優しくしてくれるのは、少しでも気があるから……なんて、勘違いもはなはだしい。穴があったら今すぐ入りたい。
　……でも。
　こんな私でも、ちゃんと『男の人』を好きになれたんだ。
　その事実に、驚くと同時にほっとする。
　忌まわしい過去から、異性に恋することは不可能だって諦めていたから。
　悲しいのに、ちゃんと人を好きになれたことに安堵してる自分がいた。
　変なの。
　切なくなればなるほど、光希に会いたくてたまらなくなってる。
　苦しい気持ちを抑え込むように布団を握り締めて、保険医に気付かれないよう声を押し殺して泣き続けた。

フラッシュバック

　はじめて人を好きになって、失恋した。
　直接想いを伝えたわけじゃないけど、相手に私以外の好きな人がいると知ってしまった。
　いくら想ってたって、時間の無駄だってことぐらいはわかってる。
　幸い、自覚したばかりの感情だから、今すぐは無理でも時間が経つごとに忘れていけるはず……。
　光希のことは『好きな人』じゃなくて『気軽に相談出来る男友達』として接していかなくちゃ。
　もし、友達として付き合うのが苦しいなら、光希のそばから離れればいいだけ。
　元々、ずっとひとりだったんだもん。
　今更、振り出しに戻ったところで何も怖くなんてないんだから……。

　——香梨奈にショッキングな話を聞かされ、光希とギャル系女子のキスを目撃してから数日。
　光希と顔を合わせるのがつらくて、自分から連絡することも、お昼休みに旧校舎に行きたいと誘うことも控えるようになっていた。
　廊下で会っても軽く会釈する程度で、話しかけられる前に逃げてしまう。

もっとも、光希の周りには常に女の子達がいるので、私が避けてること自体、気付かれてないと思うけど……。
　学校生活の楽しみを失って、憂鬱な毎日に逆戻りした2月初旬。
　今日も、香梨奈達の話に適当に相槌を打って愛想笑いしてる自分に疲れてる。
「——で、この前、合コンで知り合ったT高の男が連絡しつこくてさぁ。彼女いるくせに、遊ぼうって何度も誘ってくんの。セカンドはお断りだっつーの」
　3時限目の体育を終えて、教室に戻るまでの帰り道。
　体育館と校舎を繋ぐ渡り廊下を歩いていたら、香梨奈の愚痴が始まって。
　内心ではうんざりしつつも「ひどいね、それ」と取り巻き達に合わせて香梨奈の意見に賛同する。
　本音を言えば、またこの話かって呆れる部分もあるんだけどね。
　香梨奈はクールビューティー系の美人なので、合コンでは私の次に男の子達から連絡先をよく聞かれている。
　だけど、本人のプライドが高すぎるせいで、相手に求めるスペックも高くなりすぎて、ちょっとの欠点でも見つかろうものなら即切りしてしまうんだ。
　自分だって不特定多数の相手と連絡を取り合って、友達以上恋人未満でキープしたまま遊んでいるのに。
　男側が同じことを求めたら逆切れするとか、理不尽だよね。

どれだけ自意識過剰なんだろう……なんて、ぼんやり思っていたら。
「あ、上原くんと緒方くんだ」
「次の時間、B組体育だもんね。は〜っ、やっぱりふたり揃うとイケメンオーラがやばいわ」
「目の保養、目の保養」
　渡り廊下の向こうから、光希と緒方蛍くんが並んで歩いてくる姿が見えて、思わず持っていた体操着入れを胸に抱き締めて俯いてしまう。
　ジャージ姿の光希を見てキュンとする気持ちと、あまり顔を合わせたくない気持ちが交互に押し寄せて複雑な心境。
　中性的なイケメンの光希と、クールな美形男子の緒方くん。ふたりが並ぶと、華やかなオーラがすごすぎて、香梨奈達が見惚れてしまうのも納得だった。
　早く通りすぎたいな……。
　長身の香梨奈の後ろに隠れるようにしてコソコソ歩いてたら、
「あ！　そういえば、今日の放課後、合コンの予定組んでおいたから。集合場所は、駅から少し歩いた場所にある『BAD(バッド)』ってカラオケ店なんだけど、あたしの知り合いが働いてる店だから割引してくれるって、妃芽」
　目の前に光希達が来た瞬間、香梨奈が聞こえよがしに大きな声で話しだし、ビクリとして顔を上げてしまった。
　その直後、私の名前に反応した光希がこっちを見てきて。

すれ違いざまに目が合って、慌てて視線を逸らしたものの、その様子を目ざとく香梨奈に目撃されてしまい、チクリと胃が痛んだ。
　顔を伏せて、早歩きで光希の横を通りすぎた時、心配そうな表情で見られていたような気がしたけど、気のせい……だよね？
「妃芽。失恋には新しい恋だよ」
　私の肩に手を置き、耳元でこっそり囁く香梨奈。
　語尾にハートマークでも付けていそうなご機嫌な口調とは裏腹に、光希と視線を交わしていたことが不愉快でしょうがなさそうに顔を強張らせている。
　目の奥はちっとも笑ってなんかいなくて、背筋が凍るほど冷たいものだった。
　……べつに、失恋したなんてひと言も言ってないのに。
　近くに光希がいることで心の余裕をなくしていたせいか、笑い返すことも出来ず、真顔のまま黙りこくっていた。
　もう全部、どうにでもなればいい。

　合コンに強制参加が決まって、半ばやけくそ気味に参加することになった、その日の放課後。
　香梨奈の後ろについてやってきたのは、雑居ビルの5階に入っているカラオケ店『BAD』。
　治安の悪そうな路地裏に建っている古いビルなので、中に入るのに少々気後れしてしまう。
　何よりも、今日は香梨奈の取り巻きがいなくて、香梨奈

と私のふたりきり。
　当然、会話はもたず、ここにたどり着くまでの間、気まずい沈黙(ちんもく)が流れていたのも気後れする原因だった。
　いつもなら香梨奈の取り巻きを含めた4人で参加するのに、なんで今日の合コンはふたりだけなんだろう……？
「妃芽ーっ、行くよ～」
「あ、うんっ」
　ビルの前で立ち尽くしてたら、1階に下りてきたエレベーターに乗り込もうとしていた香梨奈に呼ばれて、慌ててついていく。
　エレベーターも相当年季が入っていてボロく、足元のカーペットもくたくたによれている。
　それになんだか煙草(たばこ)くさい。
　ビルの看板に『雀荘(じゃんそう)』や『パブ』の店舗名が記載(きさい)されてたのが気になって落ち着かないし……。
　未成年が気軽に訪れていい場所に思えないけど、カラオケ店が入ってるから大丈夫なのかな？
　モヤモヤしてるうちに、エレベーターは目的の階に着いていて。
「あ、やっときた！　遅ぇよ、香梨奈。オレらずっと待ってたし」
「まあまあ。いうても、着いてまだ10分やそこらじゃん」
　カラオケ店に入ると、受付ロビーの前でたむろしていた2人組の男の人が気さくな様子で私達に話しかけてきた。
　2人組の男達は見るからに柄が悪そうな不良で、初対面

にもかかわらず人を値踏（ねぶ）みするように上から下までジロジロ見てくるところが失礼だと感じた。
「オレ、コータ。香梨奈とは地元の先輩後輩（こうはい）の間柄で、前に見せてもらった妃芽ちゃんの写メ見て、本人に会わせてって頼みまくった野郎です。それにしても、実物の妃芽ちゃん、マジやばいね。かわいすぎっ」

コータと名乗る金髪頭の男が、お調子者な感じで私に「よろしくね」と笑いかけてくる。

首元に金色のアクセサリーがジャラジャラ光っていて、奇抜なデザインの柄シャツを着ているせいで、すごく派手な見た目。
「オレは、ユキヤ。コータと同じ大学に通ってる1年生。今日は、コータに楽しいことがあるって呼ばれてきました。ふたりとも、仲良くしてね」

肩まで届いたワンレングスの黒髪にパーマをかけたその男の人は、コータくんと比べて物腰が柔らかそうに見えるけど、どことなくうさんくさい感じがして、自然と身構えてしまう。

ヘビみたいな目をしているせいか、笑顔も嘘っぽく映るというか。

全身を黒一色でコーデしていて、影のありそうなタイプ。

いずれにせよ、派手に女遊びしてそうなふたりだ。
「——で、さっそくだけど、店長にOKもらって奥のゲストルーム使わせてもらえることになったからさっそく移動しようぜ。ちなみに、ここオレの元バイト先なんだよね。

だから、結構融通効くよ」

　私の隣に来るなりそう言いながら、スッと肩に腕を回してくるコータくん。
「奥の部屋は特別頑丈な防音室になってるから、どんなに大声で騒いでも問題ないよ。普通は禁止されてるソファでジャンプとかね」

　後ろを振り返って、私に向かってあやしく微笑んでくるユキヤくん。

　香梨奈はひとりで先に奥の部屋まで歩いていって、ドア付近の丸椅子に足組みして座り、あとから入ってきた私達3人を同じソファに座るよう指示してくる。
「はいは〜い。今日の主役は妃芽だから、ふたりに挟まれて歌ってね。逆ハーみたいで嬉しいでしょ？」

　コータくんとユキヤくんに両方から腕を掴まれた状態でソファに座らされる私を見て、香梨奈がテーブルに頬杖をついてニンマリ笑う。
「逆ハーって……。っていうか、ちょっと密着しすぎじゃないかな？」

　私の体をベタベタ触ってくるふたりに嫌悪感を示し、軽く腕を振り払おうとしたものの——駄目だ。

　強い力でビクともしない。

　吐息が触れるほど顔の距離が近付いて、額に脂汗が滲みだす。

　ニヤつきながら目配せし合う男達に嫌な予感がして、香梨奈に助けを求めようとするものの、肝心の香梨奈はひら

めいたと言わんばかりに両手を合わせて、とんでもない発言をしてきた。
「じゃあ、全員集合ってことで。さっそく、今日のパーティーを始めようか♪」

香梨奈の号令を合図に、ガチャンッとドアが閉められて。

その直後、体をソファの上に叩きつけられ、男ふたりに両手足を拘束されていた。
「わーっ、妃芽ちゃんの手首ほっせー！　力加えたらポキッと折れそう」

私の両手をガッツリ掴んで、ケラケラ笑うコータくん。
「ほんと。……それにしても、実物は写メの何倍もかわいいね。マジで興奮する」

ギシリ、と音を立てて私の上に覆いかぶさってくるユキヤくんは、ガクガクと震えだす私を見てクスリと笑みを漏らしてる。

何。何？　なんなのこれっ……!?

自分の身に何が起こっているのかわからず、頭の中は混乱状態。

さっきから危険信号だけが点滅し続けていて、早く逃げろと私に叫んでいる。

けれど、男達の腕から逃げ出そうにもふたりがかりで押さえつけられているため、全身の自由を奪われてろくな抵抗も出来ない。
「はっ、離して!!　離してよ……っ」

懸命に身をよじらせてジタバタするものの、暴れれば暴

れるほど楽しそうに笑われて全身がカッと熱くなる。
「ユキヤ、どーするー？　ここ、防音室だけど念のためにガムテで口塞いどくか？」
「適当な音楽流しておけば大丈夫だろ。かわいい声聞きたいし」
「ぎゃはは。お前、相変わらずの鬼畜な」
「そういうコータこそ。……ところで、順番はさっき決めたとおり、先にオレからな」

　頭上で交わされる会話に鳥肌がゾッと立ち、顔が青ざめていく。

　私のおびえた顔を見て、ますます喜ぶ男達。

　ユキヤくんの手によって乱暴に脱がされたコートとブレザー。

　セーターとシャツを同時にまくり上げられ、白いお腹(なか)があらわになる。
「やめてっ。お願いだから、冗談やめてよ。ねえ、香梨奈!! ふたりを止めてっ」

　服の中に手を差し込まれ、半狂乱(はんきょうらん)で叫ぶ。

　だけど、香梨奈は私の訴えを丸無視して「早くヤッちゃえ〜」とふたりをはやし立てている。

　信じられない光景にショックを受けていると、コータくんがジーンズのポケットからスマホを取り出して、画面をこっちに向けてきた。
「あんまり暴れると、ヤッてる最中の動画撮ってネットに流しちゃうよ〜？」

ギクリと肩が強張り、大きく目を見開く。
「あはっ。妃芽ってば、超ビビッた顔してる」
　いつの間にか、香梨奈が私の前に立っていて。
　三日月形に目を細めて、楽しげに話しかけてきた。
「いっつもさ〜、妃芽って合コンでちやほやされてるじゃん？　その間、あたしはおまけ扱いでずっと面白くなかったんだよねぇ。何よりも、放置されてるあたしを見て『かわいそう』とでも哀れんでるその目がずっと気に入らなかった」
「そんなこと思ってな……」
「だからね、モテて調子に乗ってる妃芽に、ちょーっと痛い目を見せてあげようと思って」
「香梨奈、何言って……」
　ソファの横にしゃがみ込んで、クスクス笑う香梨奈。
　声が震えて、どんどん顔から血の気が引いてく。
「でも、本当に政治家の娘だったらまずいんじゃないの？　あとで訴えられたりしないかな？」
　心配そうな口調とは裏腹に、内ももを撫で回しながら疑問を口にするユキヤくん。
　その質問に対して、香梨奈は「ないない」と肩をすくめて噴き出し、だって——と言葉を続けた。
「この了の家、最近親が離婚したばっかりだし。元々、政治家の父親も母親の再婚相手で義理の親だもん。両親が別れたら、なんの関係もないでしょ。守ってくれる後ろ盾なんてないんだから」

ドクン、と嫌な鼓動が波打ち、頭の中が真っ白に染まる。
——守ってくれる後ろ盾なんてないんだから。
その言葉に、深く心をえぐられて。
そうだよ。
はじめから、私を守ってくれる人なんて誰もいなかった。
誰もいなかったから、自分で自分の身を守るしかないと思ったの。
本当の父親を病死で失って以来、育児と仕事を懸命にこなしてきたお母さん。
お母さんの苦労する姿をたくさん見てきただけに、好きな人が出来て再婚したいと言われた時は、少し複雑だったけど、反対する理由なんてひとつもなかった。
テレビに出るぐらい有名な政治家だった義父は、豪華な生活を与えてくれて何不自由なく暮らしていたんだ。
……ただひとつ、あの事件を除いて。

* * *

『妃芽……』
『やめてっ。離して‼ ……いやっ、嫌だぁっ』
泣きながら抵抗するけど、必死の叫びも届かず——。
『——妃芽、正直に言いなさい。少し大袈裟に話しただけで、そんな事実はなかったって』
信じてほしかったのに、反対に嘘つき扱いされてしまって絶望した。

＊　＊　＊

　もう誰も信じないって決めた。
　深く傷付くくらいなら、はじめから人を信用しなければいい。
　自分を守れるのは自分だけ。
　だから、心を閉ざして、誰にも本心を見せなくなったの。
　あの日のように、ボロボロの状態になんて、絶対なりたくなかったから。
　——でも。
　本当は、違ってた。
　誰も信じないと言い聞かせていたくせに、本当は誰かに頼りたかった。
　そのことを、光希が過去の傷を癒してくれてはじめて自覚したんだ。
　——『妃芽……』
「妃芽ちゃん……」
　あの時の"男"の声と、私の上に覆いかぶさるユキヤくんの声が重なって、グラリと眩暈がする。
「元はといえば、妃芽が全部悪いんだよ？　——アンタが、上原くんに近付くから」
　私に顔を近付けて、嫉妬に狂った鬼の形相でにらみつけてくる香梨奈。
　グイッ、と乱暴に前髪を掴み上げられ、痛みに顔をしかめる。

突然出てきた予期せぬ相手の名前に首を傾げると、更に苛立ったように舌打ちされて。
「あたしは中学の時から、ずっと上原くんが好きだったのに。上原くんは本気の子は相手にしてくれなくて……何度も断られてた」
「香梨、奈……？」
「……っなのに、なんでアンタは相手にしてもらえんの？ 遊ぶ女とは一回きりって有名な話なのに、なんでアンタだけ何回もっ」
　目を吊り上げて激昂する香梨奈に、私は何も言い返せなくて。
　光希と香梨奈が同じ中学出身だったことも、光希に想いを寄せていたことも、これっぽっちも知らずにいたから。
　激しい怒りをぶつけられて、ようやく香梨奈が仕組んだ罠に気付いたんだ。
　ふたりに私を襲うよう指示しているのが、香梨奈だって。
「まさか、光希と仲良くしてたから……？」
「そこまでわかってるなら、あとは大人しくヤラれてれば？」
　ふんと鼻で笑って、香梨奈がスマホのカメラを私に向けてくる。
　はじめから信頼関係なんてなかったけど。
　それでも、ここまで卑劣な手を使って人を陥れようとしてくるなんて思いもしなかった。
「なんで、香梨奈……」

あまりのショックに涙が溢れて、視界が滲んでいく。
「これもぜーんぶ妃芽が悪いんだよ？　上原くんに関わりさえしなければ、こんな目に遭うこともなかったのにね」
　憎悪に満ちた顔で忌々しげに吐き捨てられて悟る。
　自分がよほど香梨奈の逆鱗に触れてしまったのだと。
　──カメラの、レンズ。
　まるで"あの時"と同じような光景に記憶がフラッシュバックして。
「妃芽ちゃん、悪く思わないでね～」
　ユキヤくんに顎を掴み上げられて、強引に正面を向かせられる。
　同時に、ゆっくりと彼の顔が近付いてきて……。
　嫌だ……っ!!
　あまりの嫌悪感に、ぎゅっと目をつぶった時。
　──バン……ッ!!
　勢いよくドアが開けられて。
　次の瞬間には、私の上に覆いかぶさっていたユキヤくんの体が吹き飛ばされていた。
　後頭部を押さえつけられた状態で顔から壁に叩きつけられて、ずるずると床に倒れ込むユキヤくんは、ピクピク痙攣して白目を剥いている。
　何が起こったのかわからず、放心したまま。
　だけど、部屋に飛び込んできた人物を見て、大きく目を見開いた。
「光、希……？」

震える声で名前を呟いたら、額に大量の汗を浮かべて、荒い息を吐き出している光希と目が合って。

　びっくりすると同時に、突然の乱入者に呆然としていたコータくんの力が緩んだことに気付いて、すかさず手を振りほどく。

「あっ、テメ……!!」

　私が逃げ出したことで、ハッと我に返ったコータくんが舌打ちして手を伸ばそうとしてくる。

　だけど、それよりもひと足早く光希が私の前に出て、背中でかばってくれた。

「いでででで――っ!?」

　宙を切ったコータくんの手を掴み取って、光希がギリギリとひねり上げる。

　よほど強い力が加わっているのか、コータくんは「ちょ、やべって、マジで骨折れる!!」と必死の形相で叫び、ジタバタと暴れている。

「全員で、俺の友達に何してたの?」

　激しい怒りを瞳に宿して、光希が低い声で問いかける。

　眉間に皺を刻んで、今まで見たことないぐらい怖い顔してる。

　鬼気迫る表情は、普段の温厚な人柄からは全く想像つかないほど迫力があって、この場にいる全員が光希の剣幕に硬直していた。

「ねえ、妃芽に何する気だったのか聞いてるんだけど。
　――松崎さん」

光希に名指しされた香梨奈がビクリと肩を震わせて目を見張る。
「な……なんで、上原くんがここに──？」
　額に冷や汗を滲ませて、真っ青な顔で問いかける香梨奈。
「そっちの質問に答える必要はないよね。今は俺が聞いてるんだから」
「そ、れは──」
「松崎さんさ、俺と仲良くなった女の子に、陰で嫌がらせしてるんだって？　聞こえよがしに中傷したり、何人か集まって呼び出したりしてるって噂が耳に入ってきてるんだけど」
　コータくんの首の後ろにトンッとチョップを入れて気を失わせると、部屋の隅でおびえる香梨奈の前に詰め寄って、冷淡な視線で見下ろす。
　光希ににらまれた香梨奈は、挙動不審で目を泳がせている。
「今日、体育館のそばですれ違った時に、ここに来るって話してたから嫌な予感がしたんだ。この店の店員、奥の部屋に女の子を連れ込んで、嫌がる子を無理矢理──って悪評が広まってたから。松崎さんが妃芽を連れていこうとしてる時点でよくないことが起こりそうな気がしたんだ」
「……ッ」
　図星を突かれたのか、ぐっと黙り込む香梨奈。
　嘘……。
　そんな噂が広まってたなんて、何ひとつ知らなかった。

毎日、いろんな人の悪口を言ってたから、まともに聞くのも馬鹿らしくて聞き流してたけど。
　言われてみれば確かに、光希と仲良くしてる女の子の名前がよくあがってたような気がする。
　それに……。
「……はじめから、乱暴目的で連れてきてたの？」
　香梨奈に質問する声が震えて、目頭がじわりと熱くなる。
　いくら私のことが気に入らないからって、人として最低なことをするほど憎まれていたことにショックを隠しきれなかった。
　本当の友達じゃなかったとしても、いつもクラスで一緒にいたのに。
　わざわざ男達に頼んで、私を傷付けたかったの？
「香梨奈は……人をなんだと思ってるの？」
　ふつふつと胸に込み上げてくるのは、静かな怒り。
　それ以上に、深い悲しみが上回って。
「私のことが目障りなら、はじめから関わらなければいい。嫌いなら嫌いで構わないから、ほかの人にも同じことしようなんて二度と思わないで……っ!!」
　頭によみがえったのは、忌まわしい過去の記憶。
　あれからどんなに時間が経過しても、決してなくならない心の傷。
「香梨奈の憂さ晴らしで、人を傷付けるのはもうやめてっ」
　光希の前に出て、香梨奈に向かって泣き叫ぶ。
　普段ふわふわしてる私の激しい剣幕に、香梨奈はイラつ

いたように奥歯をギリッと嚙み締めて。
「……っ、顔しか取り柄がないようなアンタが、指図しないで!!」
　——グンッ、と私の胸ぐらを掴み上げて、怒りの形相で怒鳴り散らしてきた。
「こっちだって、アンタさえいなければ高校に入っても中学時代と変わらずモテてたのに。アンタが同じクラスにいるせいで、注目全部持ってかれて、あげくに『宇佐美妃芽、紹介してよ』って何回言われたと思ってんの!?　それも、みんながうらやむランクの男ばっかり」
　ガクガクと激しく肩を揺さぶられて、息苦しさに顔をしかめる。
　眉根を寄せて、憎悪にまみれた目で鋭くにらまれ、ゴクリと唾を呑み込んだ。
「友達じゃないって話したら『使えねー』って吐き捨てられたこともあった。このあたしが、ずっとモテてたあたしが、男子に役立たず呼ばわりされて、どれだけ屈辱的だったかわかる……!?」
　普通の人ならだれが聞いてもその理由がくだらなすぎて唖然とすると思う。
　自分より注目を浴びてる女が許せない。
　香梨奈が口にしたのは、ただの"嫉妬"でしかないじゃない。
「だから、アンタの友達のフリして仲介役しながら、モテる男子と繋がって楽しんでたの。だって、周りの女子が僻

んでくるのが面白くってしょうがないんだもん。妃芽を餌にすれば、他校の男子とだって簡単に繋がれるんだから。そういう意味では十分利用価値があったんじゃない？」

　反省するどころか、醜い笑みを浮かべて言う香梨奈に堪忍袋の緒が切れて。

　パンッ、と香梨奈の頬を平手打ちして、きつくにらみ返していた。

「……くだらない」

「は!?」

「くだらないって言ったの！　そうやって、人を値踏みして常に比較してるから、勝った・負けたって思考に囚われるんだよ。……そんなの、なんの意味もないのに」

　誰かを見下して、自分の方が優位に立ってる気になって。

　それで満足したところでなんだって言うの？

　上も下も、そんなもの最初から存在しないのに。

　単なる思い込みに過ぎないって、いい加減気付いてよ。

「自分に自信があるなら、私なんか利用しなくたって香梨奈の魅力で勝負すれば良かった話でしょ？　内心、面白くないのに、友達のフリして私のそばにいるから、余計にストレスがたまるんだよ。そのくせ、自分の承認欲求を満たすために私を利用して繋がった人達のことを自慢して悦に入ってるとか矛盾してるよっ」

「ッ」

　痛いところを突かれて、香梨奈が悔しそうに黙り込む。

　そりゃそうだよね。

ずっと下に見ていた相手から、こんなこと言われて面白くないよね。
　でもね……。
「……そう言ってる私も、香梨奈を利用してひとりになるのを避けてた。だから、今回の件は許せないけど……その半面、責める権利なんてないってわかってる」
　香梨奈が言うとおり、私には見た目しか取り柄がない。
　内面も見ずに、容姿だけしか見ないような異性にちやほやされてきた。
　周りの女子に妬（ねた）まれ、いじめに遭ったこともある。
『男子にモテるからって調子に乗ってる』
『引き立て役にされたくないから、そばに寄らないでほしい』
『自分のことかわいいと思ってるよね、絶対』
　——そんなこと、ひとつも思ってないのに。
　私の気持ちなんてお構いなしに、見た目の印象だけで決めつけられて、どんどん距離を置かれていった。
　だから、自分には女の子の友達が出来ることなんてないんだって諦めてたんだ。
　期待したらした分だけ、あとで傷付く。
　なら、心を開かなければいいって、そう思ってた。
「なのに、馬鹿だよね。高校に入ってしばらくした時、香梨奈に話しかけてもらえて嬉しかったんだよ、私……」
　ずっとひとりだったから。
　香梨奈の方から『ねえ、よかったら友達にならない？』っ

て、笑顔で話しかけてくれて、不覚にも嬉しいと感じてしまったんだ。

　たとえ、その笑顔の裏に打算的な目論見があったとしても……。
「でも、信頼出来なかったのはお互い様だから、関わるのはもうやめるね」
　こんなのは、本当の友達でもなんでもないから。
　形だけ一緒にいても、上辺だけの付き合いに意味はないから。
　もしかしたら、香梨奈と決別することで、昔のようにハブられるかもしれない。
　孤独な学校生活はつらいけど……、自分の気持ちを押し殺し続けてまで虚しい友達ごっこを続ける方がしんどくなるのは目に見えてる。
　それなら、いびつな関係を断ちきることで、ちゃんと「次」に進みたかった。
「……バイバイ、香梨奈」
「…………」
　真っ直ぐ目を見て宣言したら、香梨奈は脱力したように1人掛けの椅子に座り込んで俯いていた。
　前髪に隠れて表情はよく見えなかったけれど、呆然とした様子で、言い返す気力もないみたい。
「行こうか、妃芽」
　顔を強張らせたまま香梨奈の横を通りすぎると、まるで私を支えるように光希が肩に腕を回してくれた。

眉尻を下げて、心配そうに見てくる彼に「もう大丈夫だよ」って伝えるように笑顔でうなずき返したら、気遣うように苦笑してくれた。
　優しく見守ってくる眼差しに安堵しながら、部屋を出た直後。
「──通報しなくていいのか？」
　ドアを開けたら、同じ高校の制服を着た男子生徒が目の前に立っていて。
　スマホを片手に腕組みしているのは、光希の幼なじみの緒方蛍くんだった。
「な、なんで緒方くんがここに!?」
　びっくりして声を上げると、仏頂面の緒方くんに冷たい一瞥を浴びせられて、ビクリと肩が跳ね上がってしまった。
　端正な顔立ちだけに、軽くにらんだだけでもすごみがあって、にらまれた方は萎縮してしまう。
「……光希に『友達が危ない目に遭ってるかもしれないから、援護(えんご)するのについてきてくれ』って頼まれたんだ。それで、合図が出るまで、一連の流れを動画撮影して様子見してた」
　壁に背をもたせかけて、腕組みしながら嘆息(たんそく)する緒方くん。
「ごめんごめん。急に連れ出して悪かった。でも、おかげで無事に解決したから。ね、妃芽？」
「う、うん。でも、動画撮影って……？」
「アンタが襲われかけた証拠を残すために、部屋に突入す

る前に一部始終を撮らせてもらったんだよ。今後、もし警察に行くなり、訴えるなりする時は利用すればいい。……あまり見ていて気分のいいものじゃないから、アンタに元データを引き渡したらすぐ削除する」

　緒方くんが放り投げたスマホを両手でキャッチすると、データフォルダの中に先ほどのムービーが保存されているのを発見して驚いた。

　戸惑いながら、隣の光希を見上げると。
「俺が頼んでおいたんだ。通報して、この店の防犯ビデオを提出させる方法も考えたけど、いわくつきの部屋だけ監視カメラを設置してない可能性もあったから……」
「……それで、私がピンチに陥ったタイミングで助けにきてくれたんだね」
「うん。でも、蛍が言ったとおり、妃芽にとってはよくない映像だから、証拠のためとはいえ無断で撮ってごめんね」
「ううん。光希が助けにきてくれなかったら、あのまま最悪なことになってたと思うし……、謝らなくちゃいけないのは私の方だよ。危険を承知で助けにきてくれて、本当にありがとう」

　申し訳なさそうに謝る光希に頭を振って、心からのお詫(わ)びと感謝の言葉を告げる。

　この店のよくない噂を知ってて、私が危ない目に遭うかもしれないからと、緒方くんを連れて助けにきてくれた光希。

　ここ最近、一方的に距離を置いてシカトしちゃってたの

に……。
　こんな私のために、心配して駆けつけてくれたんだ。
「大事な友達を助けるのは当たり前のことだよ。……妃芽が無事で本当によかった」
　頭を下げた瞬間、ぽろぽろと涙が溢れ出てきて。
　今更ながら、恐怖と安心感がどっと押し寄せて、震えが止まらなくなってしまった。
「もう俺達がいるから、大丈夫だよ」
　そんな私をなだめるように、光希がふわりと抱き締めてくれて、耳元で「怖かったね」って囁いてくれた。
　その声があまりにも優しくて、泣きながら何度もうなずいてしまう。
「……おい、とっととこの場から離れるぞ」
　抱擁し合う私達を見て、緒方くんは呆れたようにため息をついて、エレベーターの方まで歩いていく。
　校舎で見かける時も、今も、常に真顔で感情が読めない緒方くんだけに、何か怒らせてしまったのでは……とオロオロしてると。
「ごめんね。蛍は誰に対してもあんな調子なんだ。ムスッとしてるように見えるから不機嫌そうに見えるけど、実際はなんとも思ってないから、気にしないでやってね？」
「で、でも──」
「それに、妃芽のことを心配して付き添ってくれたのは事実だから。わかりにくいけど、根は真面目で優しい奴だから安心してよ」

ね、と優しく目を細めて笑う光希の表情からは、緒方くんに対する深い信頼感が伝わってくる。
　ふたりは幼なじみだもん。誰よりもお互いについて詳しいに違いない。
　きっと、本当の友達って、こういうことなんだろうな。
　受付カウンターを横切る際、一度だけ奥の部屋を振り返って、すぐまた前に向きなおる。
　香梨奈に「友達じゃない」ってハッキリ言えて、スッキリした半面、寂しい気持ちを抱えながら……。
「光希。……あとで話したいことがあるの」
　エレベーターに乗り込む直前、光希が着ているコートの裾を掴んで、真剣な目でお願いしたら。
「……ん。ちゃんと聞くよ」
　私の表情から何か察したのか、光希も真面目な顔でうなずき返してくれた。
　ただひとり、先にエレベーターの前に着いていた緒方くんだけが、冷ややかな目で私達を見ていた。

人に話すのははじめてだけど……

　カラオケを出て、人通りの多い交差点まで移動したあと。
　緒方くんは「部活に戻る」と言って学校へUターンし、光希とふたりきりになった。
　まだ襲われかけたショックで震えが止まらなかった私を心配して、家まで送り届けてくれた光希には感謝してもしきれない。
「どうぞ、上がって」
「お邪魔します」
　光希がうちに上がるのは、クリスマスの日以来、2回目。
　リビングに通して、1人掛け用のソファに座ってもらうと、光希は手持ち無沙汰な様子で辺りを見回していた。
「お待たせ。飲み物を用意するのに、遅くなってごめんね」
　キッチンで紅茶を入れて、トレーにティーカップをのせて運ぶ。
　テーブルの上にコトリと置くと、
「こっちこそ、わざわざありがとう。いただきます」
　と言って、ティーカップを手に持ち、優しく微笑んでくれた。
　光希の横にジャンボサイズのビーズクッションを置いて座り、一緒に紅茶を飲む。
　それから、ひと呼吸置いて、ゆっくりと話しはじめた。
「……さっきは本当にありがとう。光希達が来てくれなかっ

たら、あのままひどい目に遭ってたと思う」

　カチャン、とソーサーの上にカップを戻して、深々と頭を下げる。

　紅茶のおかげで冷えた体が内側から温まり、少しずつ冷静さを取り戻していくにつれて、先ほどのショックがよみがえって震えが止まらなくなった。

　今、こうして無事でいられるのは、光希達が助けてくれたおかげなんだ。

　そうじゃなければ今頃……。

　想像しただけでもゾッとする。

「ううん。俺の方こそ、松崎さんのことを事前に話してなくてごめんね。一応、妃芽と同じグループの子っぽかったし、変に不安をあおるようなことしたくなくて黙ってたから」

「香梨奈が自分と仲いい女子に嫌がらせしてるって話？」

「うん。……松崎さんとは同じ中学で、前に何回か『付き合って』って言われたことがあったんだ。でも、遊びじゃなくて本気だったから、告白される度に断ってたんだ」

　長い睫毛を伏せて、申し訳なさそうに語りはじめる光希。

　彼が言うには、女遊びが激しくなったのは高校に入ってからで、その頃から香梨奈の様子もおかしくなったらしい。

　特定の人と付き合わず、後腐れのない相手を選んで遊ぶ光希に、どうして自分じゃ駄目なのかと泣いてすがられたこともあったそうだ。

「自分で言ってて最低だと思うけど、誰かと本気で付き合

う気はなかったんだ。ただ憂さ晴らしで、適当に遊べる子が欲しくて……、恋人をつくりたいわけじゃなかったんだ」
　光希が求めるのは、割りきった関係で納得出来る子だけ。
　ほかに彼氏がいる子や、一度きりの関係でおしまいのパターンがほとんどで、彼女になりたがる人のことをはじめから敬遠していたのだという。
　でも、香梨奈にしてみれば、ずっと想い続けてる自分を無視して、ほかの子とは関係を持ってること自体が面白くないわけで。
　彼女達に対する嫉妬から、言われなき中傷をバラまいたり、人目のつかない場所に呼び出して文句を言ったりすることで八つ当たりしていた。
　当然、そのことは、彼女達の口から光希の耳に入っていて……。
「しょせん、ただの遊び相手だからね。女の子達も『こんなことされた！』ってすぐ教えてくれたんだけど、みんなあっけらかんとしたタイプっていうか、サバサバしてるから、次に何かされたら彼氏に言ってシメてもらうわ〜的な軽いノリでさ。だから、気には留めてたんだけど、直接的な被害が出るまでは静観してたんだ……けどそれが、今回の事件に繋がるなんて」
　両手で顔を覆い、光希が長いため息を吐き出す。
「俺がもっと早く手を打っておけば、妃芽に怖い思いをさせずにすんだのに……本当にごめん」
　悔やんでも悔やみきれないと言わんばかりに、眉間に皺

を刻んで、唇をきつく噛み締めている。
「違うよ、光希」
　ビーズクッションから下りて、光希の前に膝立ちする。
　彼の両手首を掴んでそっと引きはがすと、真っ直ぐ目を見て「今回のことは、光希のせいじゃない」と強く訴えた。
「光希は私を助けてくれたの。そのおかげで私は今、無事にこうしていられる。謝られることなんて何ひとつないんだよ？」
「妃芽……」
　わずかに目を見張り、片方の眉を下げて苦笑する光希。
　必死の思いが伝わったのか、小さな声で「……ありがとう」と呟くと、私の頬を優しくひと撫でしてくれた。
「香梨奈の動向を追ってる最中に、よくない噂があるカラオケに連れていかれそうになった私を心配して駆けつけてきてくれたんだもん。光希は私のヒーローだよ」
　自分でも恥ずかしいことを言ってる自覚はあるので、ヒーローと口にしたとたん、みるみるうちに頬が熱くなっていった。
　照れくさそうに顔を火照らせる私を見て、光希はクスリと笑ってる。
　う。自分で言ってて、ちょっと大袈裟すぎたかも。
「……それでね、そんな光希だから、今まで誰にも言えなかった悩みを相談したいなって思ったの」
　私を助けてくれた時、『大事な友達』だと言ってくれた光希に。

好きな人だけど、それ以上に特別な友達だったから。
　光希ならきっと、真剣に聞いてくれる。
　ひとりで抱え続けるにはつらい過去を受け止めてくれそうな気がしたんだ。
「聞いてくれる、私の話……？」
　不安げに見上げたら、光希はためらうことなく真剣な顔でうなずいてくれて。
「俺でよければ、聞かせて？」
　そう言って、私が話しやすいように穏やかに微笑んでくれたんだ。
　その笑顔を見た瞬間、胸の奥がじわりと熱くなって。
　涙腺(るいせん)に込み上げそうになった熱いものをぐっとこらえて、私は勇気を出して語りはじめたんだ。
「あのね……」
　つらすぎる、過去の話。
　どうして私が、この家でひとり暮らしするようになったのかを。

＊　＊　＊

　はじまりは、中学1年生の冬。
　実りお父さんが病死して以来、ずっと女手ひとつで育ててきてくれたお母さんに新しい恋人が出来た。
　バリキャリの弁護士として働くお母さん。
　仕事の依頼(いらい)がきっかけで出会ったのが、テレビに出演す

るほど有名な政治家の男性——宇佐美さんだった。
「再婚を考えてる人がいるの。ただ、妃芽の気持ちを尊重したいから、彼に会って正直な感想を教えてちょうだい」
「お母さん……」

　紹介したい人がいると聞かされた時から、なんとなくそんな気はしていた。

　ひとり娘を育てながら、仕事と家事を両立してきたお母さん。

　人一倍苦労してきたのを知ってるだけに、ようやく手に入れた女としての幸せに水を差すようなことは言えなくて。
「……うん。私も、お母さんがどんな人と付き合ってるのか会ってみたいな」

　茶の間の仏壇に飾られたお父さんの遺影を盗み見て、チクリと罪悪感が湧いたものの、精いっぱいの作り笑顔で答えた。

　お母さんが幸せになれるなら……。

　第一に、その気持ちを優先して、複雑な感情を押し込めたんだ。
「——はじめまして。宇佐美輝明です。こっちは、ひとり息子の義嗣。年は、妃芽ちゃんより2つ上の中学3年生だよ」
「はじめまして。宇佐美義嗣です」

　お母さんのお願いに同意してから数日後の夕方。高級ホテルのレストランで、はじめて宇佐美親子に会った。

　テレビで何度も見たことある政治家の宇佐美さんは、

40代後半のダンディーな男性で、厳格な雰囲気が漂っていた。

オールバックの七三分けと、高級スーツ、何百万もしそうな腕時計を身に着けていたのをよく覚えている。

怖そうな見た目とは裏腹に、表情が崩れると優しい印象になるのが意外だった。

そして、もうひとり。

宇佐美さんが食事会に連れてきたのは、ひとり息子の義嗣くんだった。

「これから、長い付き合いになると思うけど、僕のことは実の兄だと思って気軽に接してください」

ニコリと笑って、友好的な握手を求めてきた義嗣くん。

彼の第一印象は、真面目で賢そうなタイプ。

知性は顔に表れるというけど、彼の外見はとても気品に溢れていて、幼い頃からきちんとした教養を受けてきた人独特のオーラがあった。

小顔に、やや離れ気味の三白眼、目は細いけど鼻や口は大きめで、冷たそうな雰囲気を感じさせる外見。

ヘビ顔のためか、美形だけど無機質な印象で。

笑顔で話しかけてくれるけど、目の奥はちっとも笑ってなんかなくて「近寄りがたいな」って感じていた。

艶やかな黒髪で、前髪は斜め分けされており、眼鏡をかけている。

有名進学校の制服を着ていて、大人達の会話から、かなり偏差値の高い高校でトップクラスの成績を誇る優等生だ

とわかった。
「……よろしく、お願いします」
　正面の席に座る義嗣くんに、顔を強張らせながら会釈すると、ヘビのように目を細めて「こちらこそ」と笑ってくれた。
「ふふ。よかった。子ども達の相性もよさそうで」
「せっかく家族になるなら、みんなで仲良く暮らしたいからね」
　お母さんと宇佐美さんが顔を見合わせて安堵する中、私はざわざわと嫌な胸騒ぎを感じて、テーブルの下で固く両手を握り締めていた。
　大人達の和(なご)やかなムードに反して、義嗣くんの笑顔からは凍るように冷たい印象を受けたから。
　何よりも、全身を爪先(つまさき)から頭のてっぺんまで品定めするように見られていることが居心地悪くて仕方なかった。
「妃芽。再婚を許してくれてありがとう。お母さん、とっても幸せよ」
　満面の笑みで喜ぶお母さんの姿を見たら、なんとなくだけど義嗣くんが怖いと感じたことを言い出せなくなってしまって。
「……お母さんが幸せなら、私も幸せだよ」
　精いっぱいの作り笑顔で祝福した。

　当時の私は、今よりもっと引っ込み思案の大人しい性格で、人に意見することはおろか、自分の気持ちもまともに

2nd 誰にでも優しい理由 >> 139

伝えられないほど臆病(おくびょう)な小心者だった。

　自覚はないのに美少女と持てはやされる外見のせいで、同世代の女の子達にやっかまれていじめられ、そうするうちにビクビクする癖がついてしまって。

　背中を丸めて、顔を見られないよう俯きがちに歩く癖がつくほど、自分の顔立ちがコンプレックスになっていた。

　学校に友達はひとりもいない。

　ちやほやしてくる人はいるけど、男子と関わると男好きと誤解されて女子から敬遠されるので、なるべく誰とも話さないよう注意していたのだけれど。

　人気のある男子生徒に告白されたことをきっかけに、言われなき中傷は悪化の一途(いっと)をたどり、ついには陰湿ないじめが始まってしまった。

　上履きや教科書を捨てられ、私の机だけ廊下の外に出され、目の前で聞こえよがしに「男好き」「ぶりっこ」と悪口を言われる毎日。

　女の子達に嫌われてることを親に知られたくなくて、学校生活の悩みはひと言も相談していなかった。

　……ただでさえ仕事で多忙(たぼう)なのに、これ以上、負担をかけたくない。

　お母さんに遠慮するうちに、つらい本音ほど我慢するようになっていた。

　そんな私にとって、お母さんの再婚で増えた「新しい家族」の存在は、とても違和感のあるものだった。

　宇佐美さん——もとい、お義父さんが所有する一軒家の

豪邸に移り住んでから、生活環境はガラリと変わった。
　政治家のお義父さんと、弁護士のお母さん。
　多忙を極(きわ)めるふたりは、ほとんど留守がちで。
　家のことは通いのホームヘルパーがこなし、20時になると帰宅する毎日だった。
　なので、学校から帰ると、義嗣くんとふたりきりで過ごすことが多くて。
　義嗣くんは、ほぼ部屋にこもりきりで、顔を合わせるのは食事の時ぐらい。
　再婚をきっかけに、義嗣くんと同じ中学に転入したものの、校舎ですれ違っても他人のフリでほとんど口をきくことはなかった。
　品行方正で真面目な優等生。
　教師からも一目置かれていて、生徒会長を務める義嗣くんは、義理の兄とはいえ遠い存在の人だった。
　……でも。
「妃芽。勉強を教えてあげようか？」
　時々、暇を見て勉強を教えてくれる優しい一面もあって。
　夜、ホームヘルパーが帰宅すると、コンコンとドアをノックして、私の部屋にやってきた。
「わからないところがあったら遠慮なく言うんだよ」
「あ。ありがとう、義嗣くん……」
　はじめは緊張したものの、ふたりきりになると雰囲気が柔らかくなる義嗣くんに安心して、少しずつ本当のお兄ちゃんみたいに心を開いていったんだ。

ただひとつ気になったのは、どうして人前では話しかけてくれないんだろうということ。
　両親やホームヘルパーがいる時は、私の存在を無視するようなそっけない態度なのに。
　ふたりきりになったとたんに、ぴったり密着するようにそばにきて、至近距離で話してくる。
　それに、わざわざ部屋の内鍵をかける意味もわからないし……。
「──違うよ、妃芽。この場合、ここにXを代入して……」
「……っ」
　問題の問き方を間違えた私に、優しい声で説明してくれる義嗣くん。
　ただ数式を教えるだけなのに、どうして私の背後に回って、肩や太ももに手を置いてくるんだろう。
「聞いてる、妃芽？」
「う、うん……」
　鼻先同士が触れ合うスレスレの距離から顔を覗き込まれて、とっさに下を向く。
　義嗣くんは、ただ勉強を教えてくれてるだけ。
　なのに、時々、ザワッとするような危機感を覚えるのはどうしてだろう。
　義嗣くんのヘビのような細い目に見つめられると、思考が働かなくなる。
　言葉ではうまく表せないけど、心のどこかで「怖い」と感じている自分がいた。

お母さんが再婚してから、1年が経つ頃には、義嗣くんに対する警戒心も日増しに大きくなっていった。
　脱衣所で着替えている時や、部屋で寝ている時、ドアの隙間から強い視線をたびたび感じるようになって。
　お風呂上りにリビングですれ違うと、濡れた髪をタオルでふいているパジャマ姿の私をじっと凝視して、舌なめずりしているようなそぶりが見えた。
「妃芽。スカートの丈が短いんじゃないかな？　きちんと膝下にしないと。校則違反をするなんて悪い子だな」
　ある時には、そう言ってスカートの裾をまくり上げられ、私の足元に屈んで膝に触れてきた。
「し、身長が伸びたから……。その分、丈が短く見えるだけだよ」
「言い訳はいらない。妃芽は特別目立つんだから、変な男が寄ってきたらどうするの？　その気がなくても、相手は誘ってるって思うかもしれないだろ」
　真顔だけど怒ってるのが丸わかりの態度。
　家族なのに、彼氏面して注意してくる義嗣くんが、正直気持ち悪いなと思いはじめていた。
　義嗣くんの私に対する異常行為は、目に見えてどんどんエスカレートしていっていた。
　私がスマホを持つことを固く禁じ、異性と交流することをとがめられ、クラスの連絡網で自宅にかかってきた電話の相手が男子だと判明すると、無言で電話線を引き抜いていた。

同じ立地にある高校と中学とはいえ、建物が違うのに、中等部にしょっちゅう顔を出し、私が特定の男子と仲良くしてないか見張りにくる。

　表向きは、学校関係者に一目置かれる優等生だけに、義嗣くんの異常性に気付く人は誰もいなくて。

「……妃芽はかわいいね。世界中の誰よりもかわいい。このまま、ずっと部屋に閉じ込めてしまえればいいのに」

　夜、私の部屋に来ると、ベタベタと体を触って、耳元で甘い言葉を囁いてくる。

　私がおびえた様子を見せると、クスリと笑って、

「なんてね。これじゃあ、周りにシスコンだって笑われるね」

　と、あくまでも『妹』としてかわいがってるだけだと主張してきた。

「妃芽と義嗣くんは本当に仲よしね。ふたりとも、ひとりっ子同士だったから、兄妹に憧れてたのかしら？」

「何はともあれ、家族が仲いいのはいいことだな」

　両親は、連れ子同士が親しくしているものだと思い込み、純粋に喜んでいたので、何も言い出せなかった。

　義嗣くんといると身の危険を感じるなんて――。

　せめてもの防犯に、部屋に内鍵をかけたら、ドンドンと乱暴にドアを叩かれて怖くなった。

　おそるおそるドアを開けると、冷たい目をした義嗣くんがいて。

「駄目じゃないか。きちんと開けておかないと」

　と、ドアストッパーを挟んで、内鍵を禁じてしまった。

家にも、学校にも、相談出来る人がおらず、悶々と悩んでいたある日、ついに事件が起きた。

　中3の夏。
　私が進路希望調査で県外にある寮付きの高校を希望したことがバレて、義嗣くんの怒りを買ったのが事件のきっかけだった。
　このまま、義嗣くんと同じ付属の高校に進級したくない。
　早く家を離れたくて必死だった。
　だけど、どこからか情報を聞き出した義嗣くんは、激昂してしまって……。
　夜、ふたりきりになったとたん、人柄が豹変したように険しい顔で怒鳴ってきた。
「僕に内緒でこの家から出ようとするなんて、妃芽は本当にいけない子だね？　こんなに大事にしてるのに、どうして伝わらないんだ!?」
　部屋に押し入ってきた彼を追い返そうとドアの前で押し問答したものの、男の力になかうはずもない。呆気なく中に入られ、ベッドの上に押し倒されてしまった。
「……妃芽が悪いんだよ？　君さえ、僕のそばから離れようなんて思わなければ、こんな脅すような真似しなくてすんだのに」
「義嗣くん……何して……」
　驚愕で目を見開き、ゴクリと唾を呑み込む。
　ニィと三日月形に目を細めた義嗣くん。彼の右手にはビ

デオカメラがあって、レンズを私に向けて笑っていた。
「きゃっ」
　——ビッ、と乱暴にブラウスのボタンを引きちぎられて悲鳴を上げる。
　真っ青な顔でおびえる私を撮影しながら、義嗣くんは歪んだ笑みを浮かべて、信じられないことを口にしたんだ。
「ねえ、妃芽。今から君の恥ずかしい姿を撮るけど、その映像をネットに流出されたらどうする？」
「なっ……」
「ふふ。嫌だよねぇ。もちろん、妃芽が大人しく言うことを聞いてくれたら、きちんと削除してあげるから。ね、楽しもうよ？」
　ギシリとスプリングの軋む音がして冷や汗が浮かぶ。
　ベッドの上に片膝をついて、私のお腹の上に跨ってくる義嗣くん。
「やめてっ、離して……っ」
　身をよじって、必死で抵抗したものの、いとも簡単に両手を頭の上で縫いとめられて、義嗣くんの左手で押さえつけられてしまう。
「うるさいよ。少し黙ってようか」
　ビデオカメラを机の上に置いて、私の口を大きな手のひらで塞いでくる。
　その手に思いきり歯を立てて暴れたら、カッとなった義嗣くんに頬を叩かれて、唇が切れてしまった。
「——ッ、暴れるなよ!!」

ビクッとなるような大声で叫び、部屋にあったガムテープで私の口を塞いでくる。
　声にならない叫びを上げて、泣きながら「やめて!!」と訴えた。
　だけど、ガムテープで口を封じられているため、実際にはもごもごと呻くだけ。
「妃芽……、はじめて会った時から、ずっと好きだったんだ」
　吐息混じりに告白して、私の上に覆いかぶさる義嗣くん。
　素肌をなぞる彼の舌、全身を撫で回す手の感触が気持ち悪くて、ゾワリと鳥肌が立つ。
　全身がガタガタ震えて、完全に思考ショートしていた。
　嫌だ嫌だ嫌だ。
　吐きそうなぐらい気持ち悪くて、両目から涙を流しながら懸命に手足をバタつかせる。
　――その時、ふと視界に飛び込んできたのは、机の上に置かれたビデオカメラだった。
　この映像を……親に見せたら？
　いくら信用されている義嗣くんだって言い逃れは出来ないはず。
　私を脅すための材料を、反対に利用すれば――。
　混乱する頭で必死に考え、義嗣くんがズボンのベルトを外そうとした一瞬の隙を突いて、無我夢中で彼のお腹を蹴り上げた。
「……いっ」
　腹部を押さえて蹲る義嗣くん。その間に、ベッドから起

き上がり、ビデオカメラを腕に抱えて震える足で部屋から飛び出し、階段を駆け下りる。

　乱された髪はぐちゃぐちゃで、ボタンが引きちぎられて前開きになったブラウスや、片方だけ脱げた靴下と格好もひどいありさま。

　だけど、着衣を気にする余裕なんて一切なくて。

　義嗣くんから逃げ出すことで精いっぱいで、靴も履いてない状態で外に飛び出していた。

　そのまま、交差点でタクシーを拾って、お母さんの事務所に向かったんだ。

　あられもない格好で、泣きじゃくりながら先ほどの出来事を訴え、ビデオカメラの映像を見せた。

「あれ……？　動画が、ない……」

　だけど、撮影なんてはじめからされてなかったことが判明して。

　義嗣くんにされたことを証明するものは何ひとつなく、うろたえながら証言するので精いっぱいだった。

　やられた、と気付いた時には、もう遅い。

　あの頭のいい義嗣くんのことだ。

　自分が襲った証拠なんて残すわけがなかった。

　でも、ちゃんと説明すれば伝わるはずだと。

　そう信じて、必死に訴えたんだ。

「そんな……、まさか、あの義嗣くんが？」

　ショックで言葉を失うお母さん。

　すぐさまお義父さんに電話してくれて、家族で話し合う

ことになった。

　その日の深夜遅く、お義父さんが仕事を切り上げて家に戻ってくると、直ちにリビングで家族会議が開かれて。

　先ほどと同じように真っ青な顔で事情説明をしたら、義嗣くんの隣に座っていたお義父さんが、深いため息をついて信じられない言葉を口にしたんだ。

「――この件はなかったことにして、ふたりとも忘れなさい」

　びっくりして二度見する私に、お義父さんは更に思いもよらない発言を続けた。

「年頃の男女だし、義嗣も魔が差しただけだろう？　それに、身内でスキャンダルがあったなんて世間に知れたら、仕事上でも困ることになるし。何もなかったことにしなさい」

　愕然とする私を見て、義嗣くんは反省するどころか余裕の表情を浮かべていて。

「……言いにくいけど、誘ってきたのは妃芽の方だよ。僕が妹にしか見えないって断ったら、一度だけでいいからって迫ってきたんだ」

　つらっとした態度で、堂々と嘘をつかれて言葉を失う。

「全部、妃芽の『狂言』だよ。現に証拠は何もないだろう？」

「そんな……」

　ショックで呆然とする私に、とどめを刺すようにお母さんまでうたぐりはじめて。

　言葉が出ずに黙り込んでいたら、沈黙を肯定とみなしたのか、私の肩に手を置いて真剣な顔でこう言ったんだ。

「──妃芽、正直に言いなさい。少し大袈裟に話しただけで、そんな事実はなかったって」
「お母さん……？」
「それとも、本当に──」
　言い淀むお母さん。だけど、私の言葉を信じてもらえなかったことが何よりもショックで。
「もういい」
　自分でも驚くほど低い声が出て、心が死んでいくのがわかった。
「もうみんな、どうだっていい」
　吐き捨てるように言うと、ビデオカメラを床に叩きつけて、くるりと身を翻した。
　もう誰も信じない。
　自分の身は自分で守るしかないんだ。
　ギリッと拳を握り締めて、固く決意をした瞬間だった。
　この件のせいで、両親はよく揉めるようになって。
　両者の言い分を聞き入れて、ひとまずふたりを引き離そうと、義嗣くんは海外留学することになり、お義父さんは別宅に居つき、私とお母さんだけの暮らしが始まった。
　だけど、あの時信じてもらえなかったトラウマで、お母さんに心を閉ざしきってしまった私は、そっけない態度を取るばかりで。
　このままではいけないと、私とお母さんも離れて暮らすことになり、この家に引っ越してきたんだ。

＊　＊　＊

「……馬鹿だよね。最初から人に頼っていれば、あんな目に遭わなくてすんだかもしれないのに」

　ふっと苦笑いを浮かべて、横髪を撫でつける。

　最低で最悪な私の過去。

　ズタズタに傷付けられて、誰も信用出来なくなって、固く心を閉ざしていた。

「結局、私のせいで親は離婚して……お母さんがせっかく見つけた幸せを私がぶち壊しにしちゃったんだ」

　お父さんが亡くなってから、ずっと女手ひとつで苦労してきたのに。

　そんなお母さんの幸せを、自分が踏みにじってしまったんだ。

　全てを話し終え、軽蔑されるのを覚悟で黙り込んでいたら。

「……つらかったね」

　いつの日かと同じように、光希が気遣わしげに優しい言葉をかけてくれて、そっと頭を撫でてくれた。

「でも、そんなに自分を責めないで。妃芽はなんにも悪くないよ」

　まるで自分のことみたいにつらそうな顔してる光希。

　どうしてだろうって彼の目をじっと見つめたら、光希の瞳に映る自分が今にも泣きそうな顔をしていることに気付いて。

真っ赤な目に溢れんばかりの涙を浮かべて、泣くのをこらえるように奥歯を嚙み締めている。
　どれだけ平気なフリしてても、無理してるのは明らかで。
　光希の目にはずっと、つらそうな自分の姿が映ってたんだって思ったら、じわじわと目頭が熱くなって、両手で顔を覆うこともせずに泣きだしていた。
「妃芽は、一生懸命自分を守ってきたんだね」
　光希の手が、ゆっくり頭を撫でるから。
「ずっと怖かったね。ひとりで、誰を信用していいのかわからなかったよね……？」
　誰にも理解されないと思い込んで、胸にしまいこんでた苦しい気持ち。
「本当は信じてほしかっただけなのにね」
　傷だらけの本音を、否定せずに受け止めてくれたから。
　うん、ってうなずこうとしたのに、視界が滲んで嗚咽が止まってくれない。
　ぼろぼろと涙が溢れて、喉の奥が締めつけられたように息苦しくなっていく。
　呼吸が乱れて、うまく息が吸えない。
「大丈夫。もう大丈夫だから」
　光希の腕を掴んですがりつくように上体を曲げたら、光希が私の背中を優しくさすってくれて。
　落ち着くまでの間、ずっと「大丈夫」って囁き続けてくれたんだ。
「妃芽はひとりじゃないよ。味方が……俺がちゃんとつい

てるから」

　過去をさらして丸裸状態になったボロボロの私を、必死に支えてくれる。
「うっ……うぅ……っ」

　光希の広い肩口に額をうずめて、全身を小刻みに震わせながら泣きじゃくる。

　はじめは過去のフラッシュバックに襲われて取り乱していたけど、耳元で響く光希の声を聞いていると、少しずつ安心していって。
「もうこれ以上、自分を傷付けたりしなくていいんだ。自分を大切にしていいんだよ。だから、危ないことだけはしないで」

　私の頭に顎をのせて、大きな手で背中をさすりながら。

　光希は穏やかな声で「よく頑張ってきたね」って、これまでの自分を認めてくれたんだ。

　自分のことなんて、誰にもわかってもらえないと思っていた。

　信頼したら信頼した分だけあとから傷付くから、人を信用しないって決めた。

　でも、それは表面上だけ頑なになっていただけで、本音はずっと寂しかった。

　また信じてもらえなかったらって、気持ちを否定されることにおびえて、強がることで見ないフリをしていたんだ。

　本当はずっと寂しかった。

　ずっとずっと……つらかった。

怖くて、足元が不安定で。
　でも、話せる人なんていなくて。
　どうしようもなく目の前は真っ暗で、ひとりで塞ぎ込んでいた。
　——でも……。
「これからは、ちゃんと俺を頼ってよ。友達なんだからさ」
　泣きやんできた頃合いを見計らって、光希が私の顔を覗き込みながら優しく微笑んでくれた瞬間。
　真っ暗闇の世界に、ひと筋の光が差し込んで。
　体育座りをしたまま、顔を俯かせて泣きじゃくっていた『心の中の自分』がゆっくり顔を上げて、明るい光に向かって歩いていくのがわかったんだ。
「……っ、ありが、とう」
　両目から涙を零しながら、光希の手を両手で包んで、何度も何度もお礼を言う。
　うまく言葉にならない代わりに、ぎゅっと力を込めて。
「ありがとう……」
　震える声で、泣きながらだけど。
　くしゃくしゃな顔で、今出来る精いっぱいの笑顔を浮かべて、心から感謝の気持ちを伝えたんだ。

　はじめて出来た『友達』を。
　光希を。
　本気で好きだと思った。
　本気で、人との繋がりを大事にしたいと思った瞬間だっ

た……。

3rd
好きな人

ずっと、自分を見てほしいと思ってた。
自分のものになってほしいって……思ってた。
だけど、人の心は単純じゃないから。
私の気持ちを軽くしてくれたように、今度は私が背中を押すね。
だから、どうか――。

その子が、君の特別?

　ずっと怖かった。
　ずっと悩んでいた。
　だけど、たったひとりが受け入れてくれた瞬間、大丈夫なのかもしれないって思えるようになった。
　ただ話を聞いてくれただけかもしれないけど、そのことが何よりもありがたくて嬉しかった。
　自分のために耳を傾けてくれてありがとう。
　優しく慰めてくれて、本当に本当にありがとう。

　光希が好き。
　ハッキリ自覚した日から、気持ちはますます深まって。
　好きな人を想うだけで、不思議と強くなれるような気がした。
　香梨奈と完全決別して、教室ではまたひとりきり。
　あの件があって以来、香梨奈はピタリと接触してこなくなって、お互いに目も合わせない。
　だけど、以前みたいに陰口を叩かれている気配もなく、敵意を剥き出しにされることもなくなった。
　どことなく遠慮されてるというか、申し訳なさそうにしてるそぶりを感じることもある。
　あれだけのことがあった以上、平然としてられるわけがない。

でも、自分にも非があったのは確かだから、香梨奈だけを悪者扱いして被害者面してたくないんだ。
　香梨奈のことを許せるかって聞かれたら、正直言えば複雑だし、これまでの数々を思い返せば心から素直に「うん」とは言えない。
　それは向こうにとっても同じだと思う。
　だからこそ、お互いの間に一線を引くことで、うまく距離を置くことにしたんだ。
　対人関係の悩みは簡単には解決しないけれど、きっと時間が経てば自然となんとかなると思うから。
　前までは、無意識に人目を気にしてひとりになるのが不安だったけれど、本物の友達が出来てからは寂しさがだいぶ薄れたんだ。
　だって、寂しくなったら光希の顔を見にいけばいいから。
　日常の何げない会話でも、ひと言交わすだけで元気になれる。
　授業に出たくない時や、お昼休みは旧校舎で過ごすことが増えて。
　その時は、光希が大体付き合ってくれて、くだらないお喋りでたくさん盛り上がっていた。
　誰かといて一緒に笑える。
　それ以上に、心強いことなんてないと思う。
　――でも、人の気持ちってどうして欲張りになっていくのかな？
　光希と過ごす時間が増えれば増えるほど、もっと一緒に

いたい気持ちが強くなって。
　独り占めしたいと思った瞬間から、光希がほかの子と仲良くしてる姿を見るのが嫌になってしまったんだ。

　あれから、時間が流れて、今日は2月14日。
　朝から、学校全体が浮足立っているバレンタイン当日なんだけど。
「ねえ。今日の夜、うちに来ない？　両親出張でいないんだ」
「あはは。昼間から堂々と誘われるとかびっくりするね」
　4時限目の授業を終えて、お昼休みに入るなり、ランチトートを持って旧校舎に移動しようとした私は、水飲み場の近くでギャル系の女子に口説かれている光希を見て、ズキリと胸が痛んだ。
　光希の腕に胸を押し当てるようにして腕組みしてるのとか、地味に気になっちゃうよ……。
「今日は予定あるけど、今度ならいいよ」
「本当!?　じゃあ、また連絡するね〜」
　次に繋げる約束をしてバイバイするふたりを見て、モヤモヤした感情が込み上げてくる。
　はじめからわかってる。
　……わかってはいるけど、光希の女遊びしてる場面を見るのはつらい。
　校舎で見かける度、いろんな子とイチャつく姿を目の当たりにして、その度に複雑な心境に陥ってしまうのは、もう何度目だろう？

同時に、湧き上がる疑問。
どうして、あれだけ遊んでる光希が、私には手を出してこないんだろう。
って、べつに手を出してほしいわけじゃないけど……、なんだろう。
落ち込んだ時に、頭を撫でられたり、抱き締めてもらったりしたことはあるけど、そういうのじゃなくて。
キス、したり。
キスより先のこととか、ほかの子とはしてるのに、私には異性として触れてくれないんだなって思うと、寂しくなるというか……。
簡単に手を出されるのも嫌だけど、全く相手にされないのも嫌とか、身勝手にもほどがあるよね。
でも、好きになればなるほど、気まぐれでもいいから触れてほしいと願ってしまう自分もいて、正直複雑なんだ。
「……なんて、絶対本人には言えないけどね」
旧校舎、いつもの空き教室の前に立ってポツリと呟き、スペアキーを鍵穴に差し込んで回す。
静かにドアを開けて、ギシギシ軋む床板の上を歩きながら、教卓の前に設置された簡易ストーブの前へ。
電源を入れて、周囲が温かくなってきてからお弁当箱の蓋を開けよっとしたら。
——カララ……と、教室のドアが開いて、購買部のパンと牛乳を持った光希があとから現れた。
「あれ？　今日は、妃芽の方が先に来てたんだ」

「うん。この部屋寒いから、少しでも早く来て温かくしておこうと思って。……あと、渡したいものもあったから」
「渡したいもの？」

　きょとんと首を傾げる光希に、首から上の耳のつけ根まで真っ赤にしながらコクリとうなずく。
「い、いいって言うまで目つぶってて」
「うん……？」

　私に言われるがまま、隣に座って目をつぶる光希。

　ドキドキしながら、ランチトートの中からお弁当とは別に"ある物"を取り出し、胸に手を当てて気持ちを落ち着かせようと深呼吸を繰り返す。

　ほ、本当に渡しちゃっていいのかな？

　彼女でもないのに変な顔されないかなって反応を気にしながらも、覚悟を決めて「いいよ」と合図した瞬間。
「こ、これ……っ、今日バレンタインだから」

　かわいくラッピングされた小箱を差し出し、顔を赤くしながら「あげる」と呟いた。
「と、特別深い意味があるわけじゃなくて……その、普段お世話になってるお礼というか、義理チョコだから、えっと……」

　男の子にチョコをあげるなんて生まれてはじめてで緊張がピークに達しそう。

　声も手も震えて、しどろもどろになってしまう。

　普通に渡せばいいだけなのに、言い訳がましくなってしまって情けない。

「——くれるの？　俺に？」
「う、うん」
　自分の顔を指差す光希に真っ赤な顔でコクコクうなずいたら、予想に反してとびきり嬉しそうに笑ってくれて、ドキッと胸が高鳴った。
「ありがとう」
　柔らかく微笑んで、チョコを受け取ってくれる。
　手渡す際、指が触れ合って、ピクリと反応してしまった。
　だって、こんなの卑怯だよ。
　満面の笑みを浮かべて喜んでくれるなんて、浮かれるなっていう方が無理。
「これ、妃芽の手づくり？」
　実家が人気のケーキ店で、見習い中の光希に手づくりのチョコを渡すのはちょっとためらったけど……チョコに込めた想いは本物だから。
　手に取った箱を眺めながら質問されて、正直に「そうだよ」って答えたら、
「やばいね、それ。素で嬉しいんだけど」
　って。
　どこか照れたようにはにかんで、片手で口元を覆い隠していた。
　そんな光希の姿を見て、胸の奥がキュンとうずいて、自然と表情が緩んでしまう。
　昨日の夜、レシピブックを見ながら、はじめて挑戦したチョコづくり。

市販のものと比べて味は劣るけど、精いっぱい気持ちを込めて作ったので、受け取ってもらえてほっとしたんだ。
「今食べてもいい？」
「ど、どうぞ」
　ラッピングのリボンを解いて中身を取り出し、生トリュフをひと口含むなり、とろけるような笑顔で「おいしい」と絶賛してくれる。
「妃芽、お菓子づくりのセンスあるね。今度、うちの店の手伝いにきてよ」
「そこまで上手じゃないし……」
「本当だって。未来のパティシエが太鼓判押すんだから自信持ってよ。まあ、来月のお返しは楽しみにしてて」
　指についたチョコを舐め取って、光希がいたずらっぽく笑うから。
　朝から数えきれないくらいたくさんのチョコをもらってるくせに、とか、どうせお世辞だってわかりきってるのに、どうしようもなく浮かれてしまいそうになって。
「じゃあ、楽しみにしてるね」
　ぷっと噴き出し、期待を込めて光希に笑いかけていた。
　素の笑顔を見せる私に、光希も嬉しそうに表情を綻ばせていて、くしゃりと髪の毛を撫でてくれた。
　今は、このままでいい。
　ほど良い距離感で友達を続けながら、少しずつ関係を深めていけたら……なんて。
『あんなにいろんな女の子と遊んでる上原光希が彼女をつ

くらないのは、ずっと想い続けてる『本命』がいるからだって。だから、本気になるだけ無駄だって有名な話だよ?』
　いつか、香梨奈の口から聞かされた話を思い出して、鈍(にぶ)く痛みそうになる心をひた隠しながら。

　バレンタインの日から、約1か月。
　特に問題もなく、穏やかな日々が過ぎて、ホワイトデー当日がやってきた。
　今日は3月14日の日曜日。
　学校が休みなので、朝からのんびりしてたら、光希から連絡が入った。
　バレンタインのお返しをくれるらしい。
【店の手伝いが3時頃終わるんだけど、そのあと会える?】
　メッセージを読み上げて、すぐさま「OK」のスタンプを貼(は)って返信する。
　めずらしく光希から誘ってもらえて、顔が思わずにやけてしまう。
　ああ見えて、意外と律儀(りちぎ)な光希は、バレンタインチョコをくれた人全員にお返しの手づくりクッキーを用意して、明日配る予定らしい。
　その前に「当日お礼したいから」と、私だけひと足先にもらえることになったんだ。
　なんで私だけ特別扱いなんだろうって、純粋に気になって質問したら【ほかの子達に日曜日の当日にあげたら、変に期待させちゃうから……でも、妃芽だけは友情でくれた

義理チョコだってわかってるから】って、生真面目な返事がきて落胆した。

　要するに、光希にチョコをあげた大多数が下心ありきで渡してるのを見抜いてるので、下手に期待させることは出来ないけど、私は友達だから問題ないと。

　その他大勢の女子達より親近感を抱いてもらえて嬉しいけど、なんだか複雑……。

　まあ、嬉しさの方が勝ってるけど。

　何はともあれ、休みの日に会えるだけよしとしよう。

　落ち込んだ気持ちを吹き飛ばすよう首を振って、さっそく出かける用意をしはじめた。

　そして、約束の15時過ぎ。

　家で待ちきれなかったので、商店街の一角にあるケーキ屋『bonheur』の前まで出てきて、外から店の中を窺っていた。

　今日は販売スタッフじゃなくて、厨房で作業してるのかな……？

　光希のお母さんしかレジにいないので、仕事を上がったか、裏で作業してるかのどちらかだと思うんだけど。

　お目当ての人物が見当たらず、うーんと思案する。

　お店の正面口じゃなくて、裏手側の自宅の玄関に回ってインターホンを押してみようかな？

　あ、でも、家族の人が仕事中だから邪魔になるかも。

　一応、店の前に着いたことだけ知らせて、光希が出てく

るのを待つことにしよう。
　ひとまず、ケーキ屋から離れて、バッグからスマホを取り出そうとした時だった。
「大したものじゃないけど、先月のお返しに。苺のミルフィーユ、好きだったよね？」
「わざわざ手づくりしてくれたの？」
「うん」
　ケーキ屋の横にある駄菓子屋の中から聞き覚えのある声が聞こえてきて。
　引き戸の隙間から中を覗いてみたら、光希が小柄な女の子にケーキの入った箱を渡している場面が見えた。
　店の手伝いが終わったのか、光希はいつものオシャレな私服姿で。
　そんな彼の隣に並ぶのは、栗色のミディアムボブに、小学生みたいな見た目をした愛らしい容姿の女の子で『駄菓子屋・おのだ』と刺繍されたエプロンを着用している。
　眉の上でカットされた前髪と、片側だけボンボンで結んであるサイドテールの髪形。
　丸顔の輪郭に、ぱっちりした大きな瞳が印象的で、元気いっぱいの明るい笑顔に自然と惹きつけられた。
　愛嬌のある顔立ちって、きっとこういう子のことをいうんだろうな。
　素直そうで、すごくかわいらしい。
　大きな目を輝かせて、ケーキの入った箱を大事そうに抱えている姿を見てそう思った。

光希の妹さん、とか……？
　でも、確か光希はひとりっ子だったよね？
　幼い見た目から、年下だとは思うんだけど。
「よかった。ヒナの喜ぶ顔が見たくて、一生懸命作ったんだ」
　——ヒナ。
　いつかどこかで耳にした覚えがある名前にドキリと胸が騒いで。
　それ以上に、言葉を失ったのは、今まで見たことないぐらいいとおしそうな眼差しで「ヒナ」と呼ばれた女の子を見つめる光希を目撃してしまったから。
　照れ気味に頬を赤らめて、とびきり嬉しそうに微笑んでいる。
「みっちゃん、ありがとう」
　満面の笑みを浮かべてお礼を言う彼女に、わずかに目を見開いた光希が喉を鳴らすのが見えて。
　彼女に向けてスッと伸ばしかけた彼の手が、前髪に触れる寸前。
「——ヒナ、接客中だろ。あんまり大声で騒ぐな。客が入りづらくなる」
　駄菓子屋の奥からもうひとり、見慣れた人物が出てきて。
　それは、黒い着物と羽織を着用した和装姿の緒方くんで。
　ふたりの間に割って入るように立ち、腕組みして光希の顔をにらんでいる。
　ジト目で見られた光希は「あはは」と苦笑い。
　彼女に伸ばしかけた手を背中に引っ込め、何事もなかっ

たかのように振る舞っている。
　緒方くんは彼女が大事そうに抱えたケーキの箱を見て嘆息すると、
「……客が引いてきたから、休憩取りにきたんだよ。そのついでに、先月のお返ししにきた」
「えっ、蛍くんもお返しくれるの？」
「……大したものじゃないけどな」
　ふっと表情を綻ばせて、ヒナちゃんの手のひらに何かを落とす緒方くん。
「わ〜っ、かわいいっ」
　白地に赤い苺模様が入ったシュシュを見て、ヒナちゃんは大きな目をキラキラさせている。
　彼女が喜ぶ姿を見て、先ほどの光希同様、緒方くんも照れたように頬を赤らめていて。
　普段、学校の中ではニコリともせず真顔で不愛想な緒方くんが、心から満足そうに笑ってる。
　クールでおっかない印象が強烈だっただけに、気を許した相手にだけ見せるのだろう素の笑顔に目線が釘付けになってしまった。
　緒方くんもあんな甘い顔したりするんだ……。
　3人に気付かれないよう、なるべく入り口に近付いてまじまじと凝視してると。
　あれ……？
　いい雰囲気で微笑み合うヒナちゃんと緒方くん。
　ふたりを眺める光希の表情がすごく切なげなものになっ

ていて……。
　それは、ほんの一瞬の出来事。
　まるで胸の痛みをこらえるように、背中に回した手を固く握り締めて、虚ろな目でふたりを見つめていた。
　その瞬間、思い出した。
　去年のクリスマス、光希が語ってくれた幼なじみのことを。
『正面から見て、うちの右に建ってるのが"駄菓子屋・おのだ"、更に、駄菓子屋の右隣に並んでるのが老舗和菓子屋の"緒方屋"。うちの店を含めて、アーケード街の中では"お菓子町ロード"って呼ばれてるんだ』
『"緒方屋"の跡取り息子の緒方蛍。それから、もうひとり。"駄菓子屋・おのだ"に1個下の幼なじみがいるんだ。その子のあだ名がヒナで、妹みたいにかわいがってるんだけど……』
『……俺達も年頃の男女だからさ。いつまでも、幼なじみにべったりしてられないじゃん？　それぞれ個々の付き合いもあるし、ちょっと距離を置いてる最中なんだ』
　あの時、どこか寂しそうに話していた幼なじみ3人の話。
　妹みたくかわいがっている、1個下の女の子。
　駄菓子屋の『ヒナ』ちゃんが、目の前にいる彼女だと気付いて。
　点と点を結ぶように、ひとつの答えが浮かび上がる。
　いつか、香梨奈が言っていた。
『あんなにいろんな女の子と遊んでる上原光希が彼女をつ

くらないのは、ずっと想い続けてる"本命"がいるからだって』
　誰でも気軽に接する光希が、触れるのに躊躇するぐらい大切にしてる女の子。
　勝手な憶測かもしれないけど、どうしてかな。
　こういう時に限って、嫌な直感が働くのは。
「あ」
　よろめいた拍子に、手をかけていた引き戸がガタッと音を立ててしまい、3人の視線が一斉にこっちに向く。
　やばいと思った時にはもう遅い。
「妃芽……？」
「う、うん。迎えにきちゃった」
　ポカンとした顔で見てくる光希にぎこちなく手を上げて笑い返す。
　そんな私達のやりとりを見て、光希の隣にいたヒナちゃんがしょんぼりと肩を落とし、緒方くんが呆れたように嘆息して見ていた。

「さっきはごめんね。約束どおりの時間に連絡しなかったから、心配して迎えにきてくれたんだよね」
「ううん……。私の方こそ勝手に押しかけてごめんね」
「ちょっと待っっくて。今、飲み物とってくるから」
『駄菓子屋・おのだ』で仲良く談笑する幼なじみ3人の姿を見たあと。
　会話中に乱入してしまい、慌てふためく私を連れて、光

希が自宅の部屋に案内してくれた。

　家に来たことはあるけど、部屋に入るのははじめて。

　意外と几帳面な光希らしく、室内は綺麗に整頓されていて、白と木目調のインテリアで統一された温もりのある内装になっている。

　菓子づくりのレシピ本がたくさん並んでいて本棚を見て、パティシエを目指す光希らしいなってクスリと笑みが零れてしまった。

「お待たせ。紅茶でよかったかな？」

「ありがとう」

　トレーに2人分の紅茶をのせて部屋に戻ってくると、光希は木製のローテーブルにカップを置いて。

「あ、そうだ」

　私の向かいに腰を下ろすと、机の上に置いてあった大きな紙袋から何かを取り出し、私に「あげるよ」と笑顔で差し出してくれた。

　透明な袋の下に英字新聞が敷かれた、オシャレなラッピング。

　中央には革紐のリボンが結ばれていて、普通に売り物みたいだけど……？

　中身が焼き菓子なので、まさかと思っていたら。

「バレンタインのお返し。一応、俺が焼いたクッキーなんだ」

「やっぱり。そんな気がしたんだ」

　あまりの完成度の高さに「すごい！」と大興奮してると。

「そこまで褒めてもらえるようなものじゃないよ。──で

も、ありがと」
　光希が照れくさそうにはにかんで、大きな紙袋を元の場所に戻す。
　その際、チラリと見えた中身が、私にくれたものと全部一緒だったから、明日みんなに配る予定のバレンタインのお返しなんだなって思うと胸がチクリとした。
　……さっき、ヒナちゃんにあげてたのはホールケーキだったよね？
　光希がくれるものならなんでも嬉しいけど、大きな差を感じて落胆してしまう。
　なんて、肩を落としてしょんぼりしてたら。
「ほかの子はお菓子だけだけど……、妃芽にはもう1個」
　手を広げて、と言われて、素直に従うと。
　──コロン、と手のひらにビーズの指輪が転がって、大きく目を見開いた。
「うちの商店街にある手芸店のお婆ちゃんがね、こういうの作るのが好きで、自分の店にも置いてるんだ。それで昨日、たまたま見つけてさ」
「…………」
「あ、でも、女の子はブランド物のリングの方がいい──」
「ううん。これがいい！」
　クローバーをモチーフにしたクリスタルのビーズリング。
　それを大事に握り締めて、満面の笑みで「かわいい。ありがとう」と感謝の気持ちを伝えたら、光希も安心したように微笑んでくれた。

「喜んでくれてよかった。実は、ちょっと緊張してたんだよね。彼氏でもないのにアクセサリーを渡すとか引かれないかなって」
「そんな……っ。光希からもらえるものならなんでも嬉しいよ！ それこそ、その辺に転がってる石ころだって宝物にするよっ」
「…………」
「光希？」
　急に黙りこくった光希の顔を覗き込むと、かああっと赤面した顔を片手で覆い隠していて。
「……なんで、そう突拍子もなくかわいいこと言うかな」
「？」
　ボソリと呟いた声は小さくて聞こえなかったけど、めずらしく照れた表情を見れて、胸がキュンとなった。
「いや、まさかそこまで大喜びしてもらえると思わなかったから、ちょっとびっくりしてさ」
　コホン、と照れ隠しに咳払いする光希。
　もっと間近で赤面した顔を見たくなった私は、彼の正面から隣へとにじり寄るように移動して、下からじっと凝視する。
「ひ、妃芽……？」
「びっくりする意味がわかんない。光希にプレゼントされたら手放しで喜ぶに決まってるのに……。まさか、私が嫌がるとでも思ってたの？」
　ぷぅと頬を膨らませてふて腐れると、光希は困ったよう

に苦笑して「……正直、喜んでくれると思ってた」と頬を染めながら白状してくれた。
「ふふ」
　光希の返事に気を良くした私は、にっこり笑って、さっそく右手の薬指にクローバーのビーズリングをはめてみせた。
「うん。やっぱり、すっごくかわいい。光希からのプレゼントって思ったら、もっとかわいく思えてきた」
　右手をかざして、まじまじと指輪を眺めていたら。
「妃芽って、意外と子どもっぽくて単純だよね」
　光希が「ぶっ」と噴き出して、小さな子どもにするように私の頭を撫でてきた。
　何それ。どういう意味？
「……子どもっぽいって馬鹿にしてる？」
「違うよ、その反対。純粋でかわいいって意味だよ」
「……っ」
　今のは不意打ちすぎる。
　優しく微笑まれて、不覚にも頬に熱が集中してしまった。
　きっと、鏡を覗いたら、とんでもなく真っ赤になってると思う。
「……光希って、なんかずるい」
「え？」
「なんでもない」
　光希に髪の毛をいじられたまま、ぷいっとそっぽを向いて体育座りしなおす。

早く熱が引いてくれなくちゃ、こんなの意識してるのがバレバレで前を向けないよ。
　うう……と赤くなった頬を両手で押さえる私を、光希は隣でクスクス笑いながら見ていた。
　さっき、駄菓子屋を覗いた時に感じた思いを押し隠して。
　光希の本命は、もしかしたら──。
　小柄で、童顔な女の子。
　愛嬌たっぷりの『ヒナちゃん』の顔が頭に思い浮かぶ度に、チクチクと胸の奥が痛んだけれど。
　光希との楽しいひと時に集中することで、モヤモヤする気分を吹き飛ばしていたんだ。

変わりたいって、決めたから

　3月末。
　後期の授業を終えて、高校に入学してからはじめての春休みがやってきた。
　前半は課題をこなし、休みも残り数日となった現在(いま)。
　高2に進級するまでの間にしようと決めていたことを実践するべく、今日は部屋の模様替えをしていた。
「──よし、こんなもんかな」
　パンパンと手を払い、片付けを終えた部屋を見渡して満足する。
　元々、ロリータ風の姫系で統一された内装をガラリとシックな物に変えて、モノトーンな内装に。
　クローゼットに収納していた甘めの洋服も段ボールに収納して、代わりに購入してきたカジュアルな服に入れ替えた。
　これまで使ってた家具はリサイクルショップに回収にきてもらい、白と黒で統一されたシンプルな家具を設置しく、模様替えは終了。
　最後に、レースのたっぷり付いたピンクのカーテンを外して、ブラインドに付け替えたところで、1階から「妃芽一、業者さん帰ってったよ」と光希の声が響いてきた。
「ありがとう、光希。お店の定休日なのに、わざわざ手伝いにきてもらっちゃってごめんね」

ロフトから下りて、1階に戻ると、いらなくなった段ボールや梱包材(こんぽうざい)をビニールテープでひとつにまとめていてくれた光希が「はは。気にしないでよ」と気さくに笑ってくれて。
「重たい物とか、妃芽ぐらい華奢な子がひとりで運ぶのは大変だしさ。今日みたいに男手を必要とする時はいつでも頼ってよ」
　そう言って、玄関の方まで荷物を運び出してくれたんだ。
　今日は、実家のケーキ屋の定休日にもかかわらず、朝早くから手伝いにきてもらって、申し訳ない気持ちと感謝の気持ちでいっぱいになる。
　本来は、専門の業者さんに依頼して部屋の模様替えをしようと思ってたんだけれど。
　そのことをメッセージのやりとりで話したら「手伝いにいくよ」と光希が言ってくれて。
　大きな家具だけ業者さんに任せて、あとは自分達だけでやることに。
　数日前から大きな家具以外は自分ひとりで入れ替えて、光希には業者さんがくる今日だけ手伝いにきてもらったんだ。
　そのおかげで無事に模様替えが完了して、ようやくひと息ついたところ。
「光希のおかげで予定よりも早く片付いたよ。イメージどおりの部屋になってすごく満足してる」
　キッチンで紅茶を入れて、光希が差し入れに持ってきて

くれたケーキと一緒にトレーにのせてリビングテーブルに運ぶ。
　光希と隣に並んでソファに座ると、お疲れ様と労いの言葉をかけ合い、頭を下げた。
「……それにしても」
　スッと手を伸ばし、光希が私の頭に触れてくる。
「今朝見て驚いたな。かなりバッサリいったけど、何cmくらい切ったの？　雰囲気がガラリと変わったよね」
「昨日、美容院でカットしてきたんだ。背中と腰の真ん中ぐらいまで伸びてたから、何cmぐらい短くなったんだろ？　子どもの頃からずっとロングだったから、新鮮な気分だよ」
「前の髪形もよかったけど、ショートカットも似合っててかわいいよ」
「……っ」
　ふっと目を細めて、優しく微笑んでくれる光希。
　口説くつもりもなく、ナチュラルに褒め言葉を口にするのは、さすがチャラ男というか、気が利くというか……。
　内心では、小躍りしたいぐらい褒めてもらえて嬉しいのが本音ですが。
　そんなにニコニコしながら見つめられたら、緊張して照れちゃうよ。
「でも、ずいぶん思いきったね。どんな心境の変化？」
「……うんとね、どこから話したらいいかな」
　ソファの隅に置いていたクッションを抱き締めて、カー

ペットの上に視線を落としながら説明しだす。
「私の名前って『妃芽』でしょ？　この名前は、亡くなったお父さんが『お姫様のように優しくてかわいい女の子になれますように』って意味を込めて名付けてくれたんだ。元々、お母さんも若い頃は少女趣味で、私が生まれてからはピンク一色で身の回りを揃えてくれて、洋服や髪形もお姫様みたいにコーディネートしてたの」

　小さい頃はそれでよかったんだけれど、思春期に入ってからは一部の女子に「ぶりっこ」って馬鹿にされるようになって。

　それ以降、みんなから浮かないよう、親も配慮して控えめな服を着るようになってたんだけど……。

　お父さんが亡くなって、お母さんが再婚して、義嗣くんとの一件があって。

　ひとり暮らしが決まって、家族の思い出が詰まったこの家に戻る時に、幸せだった頃の記憶が次々と頭に思い浮かんできたんだ。
「……心のどこかでね、懐かしい記憶にすがってたんだと思う」

　お父さんが生きてた頃の、楽しかった日々のこと。

　小さな私を「我が家のお姫様」と笑顔でかわいがってくれた両親。
「姫系の格好をするようになったのも、あの頃と同じような外見をすることで、愛されてた事実を確認したかったからなのかもしれない」

「妃芽……」
「でもね、いくら外見を当時に寄せたって、過去に戻れるわけじゃないし。そういう方法で自分を慰めても意味がないって気付いたから……、ちゃんと今の自分を取り戻そうと思って、ガラッとイメチェンしてみたんだ」

 へへ、と照れ隠しではにかみ、前髪を手で押さえる。

 髪形だけじゃなく、服のジャンルも変えたので、自分でも新鮮味を感じてたりする。

 ひらひらのワンピースを脱いで、だぼだぼのトレーナーとデニムのカジュアルな服装に。

 化粧も落として、ほとんどすっぴん状態。基礎化粧品とリップぐらいしかしていない。

 まさに、お姫様とは真逆の、シンプルな装（よそお）いだ。
「ずっと髪短くしてみたかったし、部屋の内装も変えたしね。スッキリしちゃった」

 両手を組んで大きく伸びをすると、優しく目を細めた光希が、こう言ってくれたんだ。
「妃芽の中で前向きな心境の変化があったんだね」

 って。

 小さな――だけど、私なりの決意を込めた大きな一歩。

 悲しい過去に囚われず、ちゃんと『今』を歩いていきたい。

 見た目の変化は、そのちょっとした心境の現れだった。
「うん。光希には――大事な友達には、前に進んだ姿を見てもらいたかったんだ」

イメチェンした姿を披露するだけだったのに、部屋の模様替えまで手伝わせちゃったけどと苦笑いして、小さく噴き出す。
　私につられてか、光希も笑いだして。
「大事な友達に選んでもらえて光栄だよ」
　そう言って、にっこり微笑んでくれたんだ。

　そうして、あっという間に春休みが過ぎて。
　4月初旬、高2に進級してすぐ、嬉しいことが起こったんだ。
「きゃーっ、上原くんと緒方くんがふたり揃って同じクラスにいるとか、やばすぎでしょうちのクラス!!」
「ほかのクラスの友達に超うらやましがられたし。あー、もう毎日心臓もたないわ。緒方くんは女子にそっけないけど、姿を拝めるだけで目の保養になるっていうか」
「わかるわかる!!　その反対に、上原くんは──、ぶっちゃけ1回ぐらいならチャンスありそうだよね？」
　学年が上がって、最初の登校日。
　朝、昇降口の前に貼られたクラスの割り当て表を確認してたら、そばにいた女子達が黄色い悲鳴を上げて大興奮していた。
　会話の内容から察するに、どうやら光希と緒方くんがまた一緒のクラスになったらしい。
　どれどれ……と人混みを掻き分けて掲示物(けいじぶつ)を眺めていたら、後ろからポンと肩を叩かれて。

「おはよう、妃芽」
　顔を上げたら、爽やかな笑顔を浮かべた光希がそこに立っていた。
「俺達、同じクラスになったって知ってた？」
「嘘っ」
　片目をつぶって、いたずらっぽく微笑む光希に、思わず素っ頓狂な声を上げて、掲示物を確認しなおす。
　すると、2年B組の箇所に、しっかりと私と光希の名前が表記されていて。
　驚きで放心すること数秒。
　喜びがじわじわと広がり、光希の手を両手で掴んで「やったぁ」と素直な気持ちを告げていた。
　満面の笑みを浮かべて、瞳を輝かせていると、光希が意表を突かれたようにわずかに目を見開いて。
　それから、ふっと表情を崩して「俺と一緒のクラスになれたの、そんなに嬉しかった？」と若干頬を染めて聞いてきた。
「もちろん！　だって、ずっと同じクラスになりたいなって思ってたんだもん。嬉しいに決まってるよ」
「…………」
「光希？」
「……いや、冗談のつもりで言ってたんだけど。そっか」
　コホンと咳払いをして、照れた様子で私の頭をよしよし撫でてくる。
「なんか最近、妃芽といると調子が狂うな」

「？」
　ボソッと呟かれた声は、小さくて聞こえず、きょとんと首を傾げていると。
「俺も妃芽と一緒のクラスになれて嬉しいって意味だよ」
　と、はにかんで、よしよしと頭を撫でられた。
　私達が親しげに話していると、近くにいた生徒達から「え、あのふたり付き合ってるの？」とヒソヒソ声が聞こえてきて。
　単なる好奇心や、嫉妬まみれの鋭い眼差し。
　あらゆる注目を浴びて、やっぱりふたりでいるのは目立つか……と再確認する。
　チラチラと周りを窺っていると、私が気後れしてると思ったのか、光希が遠慮がちに離れていこうとしたので、すかさず腕を掴んで引き留めた。
　小さく首を振って、力強い眼差しで真っ直ぐ前を向く。
　それから、にっこり笑って「大丈夫だよ」とうなずいてみせた。
「友達と話してるだけだもん。それのどこがいけないの？」
　ね、と相槌を求めると、光希が目をぱちくりさせて。
「なんか妃芽、逞(たくま)しくなったよね」
　優しく目を細めて微笑んでくれたんだ。
　──強くなれたとしたら、それは光希がいてくれるおかげだよ。
　なんて、本人には言えないけど。
　ほんの少し前までは、不必要な注目を浴びてバッシング

されるのが苦痛で、目立つ人とは人前でなるべく交流しないようにしていた。

　特に、異性といるところを見られただけであらぬ噂を流されるから、光希とは人目を忍ぶようにコッソリ交流してたんだけど。

　先日の一件があって、自分の過去を洗いざらい打ち明けたあとから、なんだかいろいろと吹っきれてきて。

　何もコソコソする必要なんてない。

　私のことが気に入らなくて叩きたいなら、思う存分叩けばいい。

　だって、その人の気持ちまでは左右出来ないから。

　たとえ、光希を好きな子からしたら、私の存在が面白くないものだとしても、私はまず自分自身の気持ちを大事にしてあげたいから。

　誰が相手でも、嫌われるのは傷付くけどね。

　それよりも、私を"友達"として大切にしてくれる光希と過ごすひと時の方が嬉しくて大切だから。

　だからね、誰にどう言われようが、思われようが、そんなの関係ないの。
「光希、これから1年間よろしくね」
「こちらこそ」
　ふたりで目配せし合って微笑み、握手を交わす。

　不思議と、さっきまで感じていた人の視線が全く気にならなくなって、心の内側が温かい感情で満たされていた。

　これからの1年間、いいことがたくさんありますように

……。
　だけど、そう願った直後。
「──みっちゃん‼」
　背後から、女の子の大きな声が響き渡って。
　何かと思って振り返ろうとした瞬間、光希の背中にタックルする勢いで小柄な女の子が飛びつき、光希の腰回りに両手を回して抱き締めた。
「やっと見つけたよ、みっちゃん‼　3人で一緒に学校行こうと思ってたのに、なんでひとりで先に行っちゃうの？」
　プーッと頬を膨らませて抗議の声を上げている、ちんまりとした女の子。
　同じ高校の制服を着ていなければ、決して高校生には見えない幼い容姿をした女の子は、先日見かけた──。
「ごめんね、ヒナ」
　くるりと前に向きなおり、正面からヒナちゃんの体を優しく包み込む光希。
　彼女と視線を合わせるために、背を屈めて優しい声で話しかけている。
　──あ、また……。
　この前と同じ、いとおしそうな目でヒナちゃんを見つめてる。
　肩を落として俯くヒナちゃんの背中に腕を回そうとして、躊躇したのか途中で手を引っ込めて。
　光希らしくない不自然な作り笑顔を浮かべて、彼女の顔を覗き込む。

それは、ほんの一瞬の出来事。
　けれど、熱い眼差しから想いが伝わるのを恐れるように、光希は本音を押し殺して、胸の奥にしまったんだ。
　いつも見てる人だからこそわかるよ。
　わかるからこそ、見逃せなくて──同時に、嫌な予感がするんだ。
「悪気があって置いてったわけじゃないんだ。今日は、クラス発表があったからそっちが気になって。明日からは3人で行こうね」
　約束するよと言って、光希が小指を差し出そうとしたら。
　──グイッ、とヒナちゃんが背負っていたリュックを後ろから誰かが引っ張り、強引に光希から引き離した。
「……クラス割を確認しにきてるほかの生徒の迷惑だ。それ以前に、光希を見つけたら一目散に駆けだすのもやめろ。通行人とぶつかって怪我したらどうする」
「蛍くん……っ‼」
　静かな、だけど厳格な口調で厳しくヒナちゃんをとがめているのは、不機嫌そうに眉間に皺を寄せた緒方くんで。
　まるで保護者のように、ヒナちゃんに懇々と説教をしている。
「まあまあ」とヒナちゃんをかばおうとする光希に、呆れかえったように深いため息を吐き出す緒方くんと、緒方くんに叱られてしょんぼりしているヒナちゃん。
　はたから見ても気心が知れてる仲なのが伝わってくるくらい、3人のかけ合いは自然体で。

ただの幼なじみよりも深い繋がりを感じさせる、本物の"家族"のよう。
　さすがは、長い付き合いだよね。
　光希のそばで3人の様子を眺めていた私は、微笑ましい光景を前にクスリと笑うどころか、なぜだかとても胸が苦しくなって……。
「帰りは一緒に帰ろうね、ヒナ」
　光希がヒナちゃんの頭をひと撫でしてふんわり笑う。
　瞬間、花が綻ぶようにヒナちゃんが満開の笑みを浮かべて、とびきり嬉しそうに「うんっ」とうなずいた。
　仲睦まじいふたりを見ていたくなくて顔を背けようとしたら、私と同じように、緒方くんも光希達から背を向けていて。
　ふと見上げた光希の横顔が、心なしか切なさに歪んだように見えて息を呑んだ。
　だって、今の私と全く同じ顔をしていたから……。
　好きな人がほかの人と仲良くしてる姿を見たくない。
　そういう嫉妬心を抑え込もうとするような、歯がゆい表情を。
　私の勘が正しければ、おそらく光希は……。
　スクールバッグの持ち紐をぎゅっと掴みなおして、光希達から離れて歩きだす。
　校舎に入ろうと、早歩きして向かったら、足元にひらりと桜の花びらが舞い落ちてきて。
　ふと顔を上げたら、満開に咲き誇った桜の木が、春風に

吹かれて枝葉を揺らしているのが見えた。
　今はそんな景色に見惚れる余裕なんてなくて……。
　本人の口から聞かされたわけじゃない。
　だけど、ヒナちゃんが『本命』かもしれないって考えたら、とてつもなく胸が苦しくなった。
　そう疑うのには十分すぎるぐらい、ほかの子に対する時と光希の表情や態度が違うから。
　3人は幼なじみなんだから、親しくて当然じゃない。
　なのに、どうしてこんなに嫌な予感がするんだろう？
　いろんな女の子と遊んでるところをたくさん見てきたはずなのに。
　ヒナちゃんだけは、特別な"何か"を感じとって。
　急に、不安を感じてしまったんだ……。

ほんとのこと、聞かせて？

　新緑が芽吹きだす、5月初旬。
　新学期が始まって、早1か月。
　新しいクラスの雰囲気にもだいぶなじんで、光希と緒方くんがいる教室にもすっかり慣れてきた。
　香梨奈達とは全員とクラスが離れたので、内心ほっとしたり……。
　でも、前のようにイケメンとのパイプ役目当てで近付いてくる子や、光希と親しくしてることで妬んでくる子がいたら——と心配していたものの。
　いざ蓋を開けてみると、過去の経験から過剰に女子の反応を意識しすぎていたのは自分自身で、周りはそこまで気にしてないものだと思い知った。
　そのきっかけとなったのは、新学期初日に知り合った同じクラスの女の子——関根 柊 花。彼女が話しかけてきてくれたおかげだった。

＊　＊　＊

『その髪、ずいぶん思いきって短くしたね。宇佐美さん……じゃなくて、今は"田島"さんか。前まで伸ばしてたよね？』
　黒板に張り出された座席表を確認して自分の席に着く

と、柊花が椅子を後ろに引いて、こっちに体を向けて普通に話しかけてきてくれた。

　長めの前髪を斜め分けして、毛先を内巻きしているミディアムヘア。

　太眉に、アーモンド形の目は、眉毛と目の幅が狭く目元の印象がハッキリした美人。

　鼻筋も通っていて綺麗だし、落ち着いていて、しっかりした雰囲気は大人っぽく見える。

　どことなく気だるげな色気を漂わせていて、少し低めのハスキーボイスが魅力的だと感じた。

『えっと、うん。そうだけど……？』

　同級生だけど見覚えのない顔に困惑していると、『ああ』と思い出したようにうなずいて、

『あたし、関根柊花。1年の時は違うクラスだったから、田島さんが知らなくて当然だけど。田島さんは有名だから、綺麗な子がいるなってよく見てたんだよね』

『は、はぁ……』

『せっかく同じクラスになれたよしみだし、これから仲良くしてやってよ。あたしのことは下の名前で呼び捨てしていいから。そっちはどう呼んだらいい？』

　ニコニコするわけでもなく、じっと見られて困惑する。

　同性から話しかけてもらえることなんてあまりないので戸惑いつつも、名前を好きに呼ぶよう伝えたら『じゃあ、妃芽って呼ばせてもらうわ』とうなずき、スクールバッグからある物を取り出して、私に見せてくれた。

『これって、スケッチブック？』
『そう。あたしね、美術部なんだけど、いい被写体がいないかなって前から探してて。ひと目見た時から妃芽を描いてみたいなって思ってたんだ』
　スケッチブックのページをめくると、人物画のデッサンがたくさん描き込まれていて。
　どれも本格的なレベルで、プロ顔負けの技術。
　とても高校生の女の子が描いたとは思えない絵の数々に感心して見入っていると、柊花はニンマリ笑って『モデルになってよ』と口説いてきたんだ。
『1年の時は、妃芽の周りに気い強そうな女達がいたから声かけられなかったんだけど、ずっとチャンスを狙ってたんだよね』
『気が強いって……香梨奈達のこと？』
『そうそう、そこら辺の奴。あの人達、結構評判悪いからさ。常に男の話か女の悪口で、人と比較してばかりな感じが苦手だって子、結構聞くよ？』
『そ、そうなんだ』
『あ、仲良かったらごめんね。個人的に、人を下げてまで自分を上げようとするああいう女が受け付けないっていうか。まあ、向こうも眼中ないだろうから、関わり合うこともないだろうけど』
　す、すごい……。
　なんかよくわからないけど、思ったことをサバサバと口にする柊花がカッコ良くて感心してしまう。

香梨奈は顔が広いので、面と向かって「苦手」と言いきる子は少ない。
　どこで本人の耳に入るかわからないから、みんな警戒してるというか。
　人の悪口は言うけど、自分がされたら逆切れして相手を貶しはじめるから、黙ってる子がほとんどなんだよね。
　だから、キッパリと言いきる姿に驚いたんだ。
『えっと……、正直に言うと、香梨奈達とは縁が切れてるというか、もう交流してないんだ。だからその、柊花の発言も漏らすことはないから』
　安心してね、と言いかけたら。
『やっぱり？　1年の終わり頃から、別行動っぽかったからそんな気はしてたけど。女子の人付き合いっていろいろと面倒だしね。揉めることもあるだろうけど、あんまり気にする必要ないよ。それから、あたしはどうも思ってない人から悪く思われたところでなんとも思わないから、フォローしなくて大丈夫』
　ぷっと噴き出して、そういうことだからよろしく、と今度は右手を差し出してくる柊花。
　こんなふうに同性から握手を求められたことがないので迷ったものの、香梨奈のように何か下心があって話しかけてきたわけじゃなさそうだったので、そっと彼女の手を握り返した。

＊　＊　＊

それ以来、教室では出席番号や座席が近くだったこともあって、なんとなく自然と柊花と行動するようになって。
　マイペースな柊花は、自分が話したい時だけ喋りかけてきて、ほかのことをしたくなるとフラリといなくなる、ノラ猫みたいな女の子だった。
　教室の中だろうが人目を気にせず、スケッチブックを広げてサラサラと鉛筆を走らせる姿は堂々としたもので。
　何よりも絵を描くことが好きらしく、絵画コンテストに応募して何度も入賞するほどの腕前だと知った時は、どうりで……と彼女の実力に納得した。
　高校を卒業したら有名な美大に入ることが目標で、週に2回ほど美術の予備校に通い、残りは美術部の活動に専念している。
　やりたいことが明確にあるので、それ以外のことに全く興味が向かないと言う柊花のことを、心からカッコいいなって思った。
　そんな柊花のそばで過ごすようになってから、いい意味で少しずつ周りが気にならなくなっていって。
　高2に進級してから1か月近く経つ頃には、私が前ほど人の反応を意識しなくなったおかげか、教室でも普通に光希に話しかけられるようになっていた。
「今日暇なら、デッサンモデル頼んでもいい？」
　柊花から誘われるのは、いつも突発的で、はじめは戸惑ったけど、彼女の週間スケジュールを把握するうちになんとなく読めてきた。

「うん。いいよ」
「じゃあ、放課後美術室で。妃芽の骨格って本当に綺麗だから、絵の練習になるんだよね」
　普段は滅多に笑わない柊花だけど、好きなことが絡むと表情が柔らかくなって、子どもみたいに瞳を輝かせる。
　放課後の美術室で、向かい合って座る私達。
　特別多くは語らないものの、真剣な顔で絵を描く柊花の姿を眺めるのは楽しかったし、マイペースな彼女だからこそ、もっと親しくなれたらいいなって思った。

「新しいクラスになってから、なんだか明るくなったよね」
「そう？」
「うん。前よりも妃芽が楽しそうで、俺も安心してる。いい友達が出来てよかったね」
「ふふ……ありがと」
　光希に『明るくなった』と言ってもらえたことが嬉しくて、思わず顔が綻んでしまう。
　今は、ふたりで4時限目の授業をサボって、いつもの旧校舎の空き教室でのんびりしてるところ。
　朝から生理痛がひどくて、体育の授業を休もうと保健室へ向かおうとしたら、たまたま光希が旧校舎に歩いていく姿が見えて。
　こっそりあとをついていって、ひとりでサボろうとしていた光希に『私もいいかな？』と笑いかけて、昼休みまでのんびり語り合うことになったんだ。

日の光が射し込む室内。
　風通しを良くするために、少しだけ開け放した窓から爽やかな空気が入り込み、今日も天気がいいなぁとほっこりする。
　旧校舎の周りに植えられた木々は、桜が散ると緑に移り変わり、季節はもうすっかり春。
　私と光希は窓辺に並んで腰かけ、最近の出来事を報告し合いながら、楽しく雑談していた。
「あのさ、少し気になってたんだけど、最近ここに来る回数が増えてるよね？　特に、お昼休みが近くなると、教室から光希の姿が見えなくなるなって感じたんだけど……」
　ふと、最近気になっていたことを質問すると、光希は何かをごまかすようにあいまいに苦笑して「そう？」とうまくはぐらかした。
「うん。あと……」
「ほかにもまだ気になることあった？」
「…………」
「妃芽？」
「ううん。やっぱりなんでもない」
　小さく首を振って、当たりさわりのない話題を振る。
　私が何か言いかけていることを気付いていても、優しい光希は強引に聞き出そうとしたりせず、どうでもいい話に相槌を打って微笑んでくれる。
　正座したままの私と、膝をついて座る光希。
　午後の日差しに照らされた、温かな空き教室の中でふた

り、肩と肩が触れ合いそうなスレスレな距離で。
　こんなに近くにいるのに、気になることを聞き出せずにいる。
　──ねえ、光希？
　ここ最近、前にも増して女遊びが派手になったのは、どうして？
　休み時間の度に、いろんな子が入れ代わり立ち代わり光希のそばにきて、人目もはばからずにイチャつく姿を目にする度、胸の奥が鈍く痛んで──それ以上に、違和感を覚えてる。
　だって、彼女達を相手にする光希の態度が、どことなく開きなおっているように見えるから。
　ただ女の子とイチャつくだけなら、1年の頃と変わらないんだけど……。
「……あのね、やっぱり1個だけ言わせてね」
　光希が着ているキャメル色のカーディガンの裾をくいっと引っ張り「？」と首を傾げて笑う光希の目を見て告げる。
「何かあったら、頼ってね？」
「…………」
　よほど真剣な顔をしていたからか、光希の表情からもスッと笑顔が消えて。
「ははっ、ありがと。頼りにしてるよ」
　一瞬で元に戻ったけど、瞳の奥がわずかに揺れて動揺したのを見逃さなかった。
「……ありがと」

こてん、と私の肩に頭をもたせかけて、目を閉じる光希。
「ほかの子と違って、妃芽の前だと気が緩むな、やっぱり……」
　独り言のように呟く光希の前髪を、いつもしてもらっているように優しく撫でたら、柔らかく苦笑された。
　光希は明言しないけど……。
　私ね、なんとなく気付いてるんだ。
　最近の「異変」は、あの子の影響なんじゃないかなって。
　でも、光希がそのことについて打ち明けてくれるまでは、何も言えないから……。
　ただこうして寄り添うことしか出来ない自分が歯がゆくてしょうがない。
　——キーン、コーン。
　校舎の方から聞こえてくる、4時限目終了を告げるチャイム。
「——戻ろうか」
　私からそっと離れて、光希が腰を上げる。
　ねえ、光希。
　私ね、最近、なんだか落ち着かないんだ。
　その理由は——。
「あっ、みっちゃんだ！」
　光希と肩を並べて旧校舎をあとにしたら、光希を捜し回っていたらしき息切れしたヒナちゃんと昇降口でバッタリ遭遇して。
　光希を見つけるなり、ニコニコしながらそばに寄ってい

く。
　いつ見ても、ちぎれんばかりにしっぽを振って喜んでいる子犬みたいでかわいいな、って素直そうなヒナちゃんを見てて思う。
「──って、ごめんなさい。人といたんだね」
　ようやく私の存在に気付いたのか、申し訳なさそうに離れていこうとするヒナちゃん。
「あ……」
　とっさに何か言いかけたものの、なんて話しかければいいのかわからず、困惑していたら。
「──コラ。廊下を走るな。人にぶつかったり、転んで怪我したりしたらどうするんだ」
「うひゃっ」
　ヒナちゃんの背後に現れた緒方くんが、猫の首ねっこを掴むように彼女を取り押さえて。
　眉間に皺を寄せながら「大体、いつも注意してるけどお前は本当に……」と懇々と説教しだした。
　緒方くんに注意をされて、ぷいっと顔を背けるヒナちゃん。
　そんなふたりの間に入り、「まあまあ」と仲裁する光希。
　一見、揉めてるように見えて、本当は仲睦まじいことがよくわかる。
「邪魔してごめんね。じゃあまたね、みっちゃん、蛍くん」
　ひらひらと手を振りながら、にこやかに去っていくヒナちゃん。

彼女がいなくなると、緒方くんも無言で教室に戻っていく。
「……いつも見てて思うけど、緒方くんてヒナちゃんの保護者みたいだよね。普段はクールなのに、ヒナちゃんを前にした時だけ感情があらわになるというか」
「ははっ、的を射てるね。でも、実際は——」
「光希……？」
「……ううん。なんでもない。ちょっと『用事』を思い出したから行ってくるね」
　トン、と私の肩を軽く叩いて、私の前を横切っていく。
　そのまま、さっきから私達をチラチラ見ていた派手な見た目をした女子のそばに寄ると、フレンドリーな笑顔で話しかけて。
　ひと言ふた言交わすなり、光希は彼女の腰に腕を回して、クスクス囁き合いながらどこかに行ってしまった。
　……またた゛。
　ここ1か月、もっと詳しく言えば、ヒナちゃんが入学してきてからというもの、光希はずっとこんな感じなんだ。
　以前よりも女遊びが激しくなって、ところ構わず校内でイチャつくようになった。
　それも、不特定多数の相手と人目もはばからずに……。
　はじめは気のせいかなって思ってたけど、間違いない。
　光希が荒れるのは、必ずと言っていいほど『ヒナちゃん』と絡んだあとなんだ。
　子どもみたいに無邪気で、いつも元気いっぱいの明るい

ヒナちゃん。
　そんな彼女は、毎日休み時間の度にうちのクラスまで押しかけて、
「みっちゃん、今日こそ私と付き合って……！」
　って人目も気にせず、堂々と光希にアタックしてる。
　その都度、光希は「ヒナがもう少し大人になったらね？」って苦笑混じりに軽く交わしてるんだけど、ヒナちゃんはめげることなくすぐまた気持ちを伝えにくる。
　ヒナちゃんが告白するのと、光希が笑顔でスルーするのと、もうひとつ。
　緒方くんが真顔で「いい加減にしろ」ってヒナちゃんを叱って、教室からつまみ出す——までが、毎日見かける光景なんだ。
　最初はポカンとしたけど、毎日繰り広げられるうちに、周りもその光景に見慣れてきて。
　今では一種の名物というか、恒例行事の一環みたくなってて、みんな気にしなくなった。
　……ただひとり、私を除いて。
　だって、ヒナちゃんが絡むと光希の様子がおかしくなるから。
　うまく説明出来ないけれど、ヒナちゃんの告白を流してるのは光希なのに。
　返事を濁す時、ほんのわずかにだけど苦しそうに表情を歪めていることを私は知っている。
　まるで本音を押し込めたように、切なさそうに笑うから。

フッてるのに、フラれているような……そんな印象を受けるんだ。
　何度も告白するぐらいだから、ヒナちゃんも本気だと思うんだけど——、どうして彼女の気持ちを受け止めてあげないのかな？
　ほかの子の前では決してしない、穏やかな目を向けてるのに。
　いつも意識して見てるからわかるよ。光希にとって、ヒナちゃんは特別な存在だってこと……。
　本人は「妹みたいに思ってる」って言うけど、そんなの嘘。だって、近頃の光希は、鬱憤を晴らすように手当たり次第遊んでるから。
　……相談、してくれればいいのに。
　私じゃ力不足かもしれないけど、人に話すことで少しでも気分が楽になることを教えてくれたのは光希なんだよ？
　いつかのお返しじゃないけど……今度は私が話を聞く番だから。
　だからね、悩んでることがあったら教えてほしいんだ。
　光希のことが心配でたまらないから。

「——上原光希」
　その日の放課後、柊花に頼まれてデッサンモデルを引き受けることになった私は、柊花の口から突然出てきた名前に驚いて、思わずポージングを崩してしまった。
「あ、ごめん」

「いいけど。そこまで反応するとは思わなかった」
　慌てて元のポーズをつくり、柊花に指定されたとおり窓の外を見つめる。
　茜色の夕日が射し込む、柊花とふたりきりの美術室。
　今日は美術部の活動が休みなので、デッサンの練習をさせてほしいと頼まれて、先ほどから小一時間ほど同じポーズを取り続けている。
　机に両肘をついて窓の外を眺めているんだけど、光希のことばかり考えていたせいか、柊花の口から想い人の名前が出てきて過剰反応してしまった。
「……最近さ、前にも増して女遊びが盛んだって噂だよね」
　スケッチブックにサラサラと鉛筆を走らせながら、柊花が伏し目がちに笑う。
「そ、そうみたいだね」
　動揺を悟られないよう、無理して笑い返してみたものの、柊花にはお見通しだったのか「上原と仲いいもんね、妃芽」と苦笑された。
「っていうか、好きだよね？」
「ち、ちが……」
　とっさに否定しかけたものの「嘘」と言葉を遮られて沈黙する。
「同じクラスになってから、ずっと妃芽といるじゃん？　だから、妃芽の目線の先にいる相手ぐらいわかるよ、なんとなく」
「……わ、わかるものなの？」

「ほかの人は気付いてるか知らないけど、少なくともあたしはね。上原と話してる時なんて、すっごく嬉しそうな顔してるし。ああ、好きなんだろうなって思ってた」
　図星を突かれて、かあああっと耳朶まで熱くなってしまう。
　恥ずかしくなって、両手で顔を覆うと「──モデルを引き受けてくれた今だから言うけど」と柊花が言葉を続けて。
「1年の終わり頃から、妃芽の雰囲気が柔らかくなったっていうか、素の表情が出てきたなって思っててさ。そんで、時々、ものすごく切なそうな顔してる時もあって……そういう妃芽を絵に描いてみたいなってずっと思ってたんだよね。入学した時から目をつけてたけど、前よりずっと被写体としての興味が湧いてた」
　カタン、と机の上に描きかけのスケッチブックを置いて、柊花が椅子から腰を上げる。
　どうやら、18時を知らせるチャイムに合わせて片付けを始めたみたい。
　美術室の使用時間が過ぎたので、これから職員室まで鍵を返しにいかなきゃいけないんだけど……。
「ど、どうして急に確かめてきたの？　その、私が光希を好きだって」
　話すうちにどんどん小声になって、顔の前で手を合わせながらもじもじしてしまう。
　今まで恋バナをするような親しい相手がいなかったので、好きな人を打ち明けるのが妙に恥ずかしいというか照れくさくて。

机を元の位置に戻す手伝いをしながら泣きそうな顔で質問したら、意外な答えが返ってきた。
「なんか、よくつらそうな顔してるから」
「え……？」
「ここ最近は特に、上原を見つめる表情が切なげっていうか。……ちょっと気になって、心配してた」
「柊花……」
　まさか、そんなふうに気にかけてくれてたなんて。
　思わぬ気遣いにジンときて、涙ぐみそうになってしまう。
　だって、同級生の女の子には妬まれてばかりで、親しくしてくれる人なんていなかったから。
　光希の前では本音を話せるようになったけど、光希のことを本人に相談するわけにもいかないし——ましてや、恋愛関係の悩みだもん。誰にも言えずに悩んでいた。
　だから、柊花が「話して気が楽になるなら聞かせてよ」って微笑んでくれた瞬間、嬉しさのあまりほろりと泣けてきてしまったんだ。
「今日、予備校ないから、帰りにどっか寄ってこうよ。食事がてら相談乗るよ」
「……ありがとう、柊花」
「べつに。デッサンモデルを引き受けてもらえて感謝してるのは、こっちの方だし。そのお礼だよ」
　泣かないでよ、と柊花が大人っぽく笑って私の肩を叩く。
　でも、簡単に涙は止まってくれなくて、その時ようやく自覚したんだ。

ああ、私はずっと人に話を聞いてもらいたかったんだなって。
　少し前までなら、どれだけ思いつめても人に相談したいなんて思えなかった。
　必死で平気なフリを装って、誰にも本音を見抜かれないよう閉じこもっていたはずだ。
　だけどね、光希が話を聞いて、優しく受け止めてくれたから。
　あれ以来、少しずつ人に心を開きはじめていたんだと思う。
　柊花の前で弱いところを見せられたのも、そのおかげなんだろうなって、光希に対して密かに感謝した。
　それから、学校を出た私達は駅前通りのカフェに移動して、ゆっくり話し合った。
　ここは先月オープンしたばかりで、ピンクと白を基調にしたラブリーな内装と種類豊富なおいしいケーキが人気のカフェ。
　若い女性客が多く、何よりも全室個室なので、ガールズトークしたい人には最適な場所なんだそうだ。
「柊花って大人っぽいから、落ち着いた雰囲気の喫茶店とか、そういう店に行くと思ってた」
「……よく知ってる人には意外だって言われるけど、結構甘党なんだよね。あとは、自分には似合わないけど、かわいい物を見るのが好きなんだ」
　私はザッハトルテと紅茶を、柊花は苺のショートケーキ

と苺ミルクを注文して、軽く談笑しながらケーキを食べた。
　よく考えてみれば、女友達と学校帰りにどこかに立ち寄るのははじめての経験だ。
　そう打ち明けたら、柊花は「じゃあ、今度から定期的に誘うよ」って心なしか嬉しそうに苦笑してた。
「あのね、柊花。さっき、柊花が言ってたことなんだけど……」
　手に持っていたフォークをケーキ皿に置いて、スッと視線を落とす。
　なんて話を切り出したらいいのか迷って、太ももの上で拳を握り締めたままためらっていると。
「……うん。ちゃんと聞くから大丈夫」
　柊花が優しく私の背中を後押ししてくれたおかげで、ようやく肩の力を抜いて「あのね……」と話しだせた。
　柊花と友達になる前の、これまでの自分のこと。
　いつから光希と交流するようになって、彼を意識しはじめたのか。
　好きだと自覚したものの、おそらくほかに好きな女の子がいるだろうことや、ふたりは両想いなのではないかという疑問。
　ヒナちゃんの前では、いとおしそうに彼女を見つめているのに、彼女の告白はなぜだかあっさり流していて、矛盾を感じてしまうということも。
　家の事情を説明する時だけは、義嗣くんの一件があって躊躇したけど、柊花は最後まで私の話を真剣に聞いてくれ

たんだ。
「……なるほどね。それは、いろいろと複雑な事情が絡んでそうだ」
　テーブルに片肘をついて、ひと言で感想をまとめる柊花。
　一気に話して引かれたら……って心配したものの、柊花の表情は普段と変わらぬ真顔で、単純に思ったことを口にしただけみたい。
「まあ、家の事情はね……あたしからはうかつなこと言えないけど、親と距離を置くのもいいと思うよ。時間が解決してくれる問題ってのもあるし、あくまでも離婚したのは本人同士の意志なんだからさ。自分のせいで親の幸せを奪ったなんて考える必要もないと思う。結果が出てるものに対して『ああしていれば、こうしていれば』って悔いてても、どうしようもないじゃん？」
「……うん」
「ただ、そのことで妃芽が自分を責めたくなる気持ちもわかるから、つらくなったら、あたしなりほかに話せる人に弱音を吐き出せばいいよ。──言ってなかったけど、うちも両親が別れてるから、なんとなく気持ちはわかるし」
「え？」
　はじめて聞く話に驚き、顔を上げる。
　すると、少しだけ寂しそうに笑いながら、柊花はこう言ったんだ。
「今は消化不良な状態でもさ、うちらが親の年齢に近付いた時に自然と理解してく事情ってたくさんあるだろうし。

悩みたきゃ悩めばいいし、考えたくないなら考えなくてもいい気がするんだよね。あたしの場合は、好きなこと……まあ、描くことだよね。絵に没頭することで、余計なことを考えずに集中するようにしてるんだけど」

　鉛筆を握って絵を描くジェスチャーをしながら、柊花が目を伏せて笑う。

　多分、柊花なりに励まそうとしてくれてるんだよね？

　ありふれた言葉じゃなく、自分の言葉で精いっぱい伝えてくれている。

「今、上原光希が気になるなら、そっちに没頭しちゃえばいいじゃん。ほかに好きな人がいようが関係ないよ。ときめこうが、苦しくなろうが、全部をひっくるめて楽しいのが恋愛の醍醐味ってやつなんじゃないの？」

「すごいね、柊花。なんかの格言みたい……」

　ふっと口元を緩めて、そのまま思ったことを伝えたら。

「……自分で言ってて『くさすぎ』って思った」

「ふふっ。でも嬉しかったよ。……ありがとう」

　柊花が片手で顔を扇ぎながら、恥ずかしそうに顔を顰めたので、正直に感謝の言葉を口にして頭を下げた。

「お礼なら──、今度の美術コンクールに妃芽の絵を描いて出してもいいかな？」

「えっ、練習用じゃなくて？」

「うん。本人に言うのは失礼かもしれないけど、妃芽の悩んでる姿って絵になるっていうか、創作意欲を掻き立てられるんだよね。駄目かな？」

真剣な瞳でじっと見つめてくる柊花。

　コンクールでは絵のテーマを明確にして描く分、普段のデッサンモデルと違って責任重大だと思う。

　そんな大事なものに選んでもらっていいのかって正直迷うし、私なんかよりもずっと素敵なモデルはたくさんいると思う。

　普段見せてもらう柊花の絵はどれも魅力的で、美術に関することは素人の私でもひと目見てすごいってわかるものだから。

　……でも、柊花は『私』を選んでくれたんだよね？

　1年生の頃から、絵のモデルになってほしかったって思ってくれてたんだもん。

　軽い気持ちで言ってるわけじゃないことは十分伝わってくる。

「わ、私なんかでよければ……」

　かあぁっと頬を熱くしながら俯いて返事をしたら、柊花の目がとたんに生き生きと輝きだして。

「絶対いい絵にする」って、とびきり嬉しそうな顔で力強く断言してくれたんだ。

　ずっと女の子に妬まれてばかりで、コンプレックスになっていた外見を「最高の被写体」だと感じて、認めてくれる人がいる。

　人より目立つことで嫌な思いもしてきたけど、この見た目のおかげで私に興味を持ってくれて、柊花が声をかけてきてくれたのも事実なんだ。

きっかけは絵のモデルだったけど、今はこうして悩みを打ち明けられるぐらい親しい関係を築きはじめている。
　そう考えたら、ほんの少しだけ自分自身を好きになれた気がして。
　みんながみんな悪いことばかりじゃない。
　単純に、そう思えたんだ。

誰にも言えない

「みっちゃーん、今日こそ私と——」
「はは。その話はまた今度ね」
　高2に進級してからはじめてのテスト期間が過ぎた、6月中旬。
　ヒナちゃんの猛アタックと、告白を上手に流す光希のやりとりは相変わらずで。
　毎日、うちの教室まで押しかけて、元気いっぱいに想いを伝えられるヒナちゃんの逞しさがうらやましくもあり、同じぐらい複雑だったりする。
　今日は、朝礼が始まる前にやってきて、光希の席で楽しそうに会話してるみたい。
　あっさり流されてるのに、どうしてヒナちゃんはニコニコしてられるんだろう、ってちょっぴり不思議だけど。
「……もうすぐ朝礼の時間だ。自分のクラスに帰れ」
「うわーんっ、蛍くんの馬鹿馬鹿！　みっちゃんとの時間を邪魔しないでよ〜っ」
　そして、これまた毎度のごとく緒方くんに首ねっこを掴み上げられて、教室からつまみ出されるヒナちゃん。
　頬を膨らませて、緒方くんに「あっかんべー」すると、プリプリしながら歩いていってしまう。
　そんなヒナちゃんの後ろ姿を「やれやれ」と言いたげに、緒方くんは首の後ろに手を添えて嘆息しながら見つめてい

る。
　うん。立派な保護者だ。
　はじめの頃は興味津々しんしんに眺めていたクラスメイト達も、もう見慣れてしまったのか、3人の掛け合いを気にする人はほとんどいなくなった。
　むしろ、ヒナちゃんといる時の柔らかい表情をした光希や、普段滅多に見ることの出来ない感情をあらわにした緒方くんの姿を見られることに満足しているみたい。
　特に、緒方くんは近寄りがたい存在なので、ヒナちゃんに感謝している人もいるんだとか。
　……はたから見てると、周りがうらやむぐらい仲良しの3人なのにな。
「ねえ、光希。今日の昼休み、予定入ってなかったら……どう？」
　ヒナちゃんが去るなり、すぐさま別の女子が光希の席まで寄ってきて、机の上に両肘を突きながら上目遣いでお誘いしている。
　前開きにしたシャツから豊満なバストが見え隠れしている、派手めな女の子。
　彼女の誘いに「この前と同じ場所でもいい？」なんて、あっさりと笑顔で承諾しょうだくする光希。
　ふたりは耳元で囁き合うと、クスクス笑って「じゃあ、あとでね」と手を振り合い、女子生徒は自分の教室まで戻っていく。
　どうして光希は、ヒナちゃんの告白を流すのに、ほかの

子の誘いにはすぐ乗るんだろう。
　日に日に、女遊びが激しくなってて心配だよ……。
　光希の変化を気にしつつも、どうすることも出来なくて歯がゆい思いをくすぶらせていたその日の昼休み——ついに、事件は起こったんだ。

「柊花は今日も美術室でランチ？」
「コンクールの応募期日が迫ってるし、少しでも着色を進めておきたくて。時間がもったいないから、作業しながら食べるよ」
「そっか。じゃあ、いってらっしゃい」
　昼休みに入るなり、軽食の入ったコンビニ袋を手に持ち、大急ぎで教室から出ていく柊花。
　彼女の背中を笑顔で見送り、ひとりになった私は旧校舎の空き教室でお昼を取ろうと決めて席を立つ。
　柊花と親しくなってからは教室でふたりで食べることが多かったんだけど、最近はコンクールの締め切りが近付いてるから別々に食事しているんだ。
　先月、絵のモデルになることを改めて引き受けてから、柊花は更にやる気が増して、いろんなポーズの私を試し書きしては「いや、もっと妃芽の魅力を引き出すには……」と試行錯誤して、納得いくまで下絵に取りかかっていた。
　着色段階に入ってからは、人目があると集中しにくいとの理由で、下書きまでしか知らないんだよね。
　だから、どんなふうに仕上がるのか今から楽しみなんだ。

「——あ、そうだ。ご飯の前に、図書室から借りた本を返しておかなくちゃ」

　スクールバッグからランチトートを取り出しかけて、ふとバッグの中に入ったままの資料集の存在を思い出す。

　授業で使うのに借りたまま、すっかり返すのを忘れてた。

　危ない危ない。

　確か、貸し出し期限は今日までだったよね？

　旧校舎に行く前に、図書室に返しにいかなくちゃ。

　そのままお昼にしようと、ランチバッグと資料集を腕に抱えて教室をあとにする。

「あれ？　カウンターに誰もいない……」

　図書室の引き戸を静かに開けて中に入るものの、図書委員の姿はどこにも見当たらない。

　返却口に戻しておけば問題ないかなと思ったものの、少し待てば人がくるかもと思いなおして、暇つぶしに奥の本棚を覗いていたら。

　——ガラッ、と入り口から引き戸を開ける音がして、誰かが入ってきた。

「やった。うちら以外誰もいないっぽくない？」

「ほんとだ。でも、すぐ図書委員の人が仕事しにくるんじゃない？」

「そっかぁ。じゃあ、その前にぃ……」

　クスクスと笑い合う男女の声。

　図書室には誰もいないと思っているのか、ふたりの足音がこっちに向かってくるのを感じ、慌てて窓際から足音を

立てないよう移動する。

その際、本棚と本棚の隙間から、テーブルの下に身を潜めるもうひと組の男女の姿を発見して目を丸くする。

テーブルの下に隠れているのは……、ヒナちゃんと緒方くん!?

まるで目の前の光景を「見るな」とでも言うように、後ろからヒナちゃんを抱きかかえている緒方くんが彼女の目元を覆い隠していて。

そこに何があるのかと視線を走らせた瞬間、強い衝撃を受けて走り激しく後悔した。

「……っ」

なぜなら、今朝教室に来ていたギャル系の女の子と光希が濃厚なキスを交わしていたから。

彼女の顎を持ち上げて、角度を変えながら深い口づけを交わす光希は、自分達のほかにも生徒がいることに全く気付いていない。

状況から察するに、私よりも先にヒナちゃん達の方が先に来て、テーブル席で話していたんだと思う。

その証拠に、どちらかのものと思しき期末テストの答案用紙がテーブルの上に置かれたままになっている。

そのあとに光希達が来て、緒方くんがヒナちゃんをテーブルの下に隠したんじゃないかな?

目隠ししているのは、光希のキスシーンを見せたくなかったからだと思う。

私だって、光希がほかの女の子とキスしてる場面を目撃

するのはこれがはじめてじゃないけど——やっぱり嫌だ。
　ズキンと胸が痛みだして、本棚の陰に身を潜めながら、ぎゅっと目をつぶる。
　下唇を噛み締めて、泣きそうになるのをこらえていたら。
　——ガタンッ!!
　椅子が倒れて、テーブルの下から姿を現したヒナちゃんが、カーディガンの袖口で目に浮かんだ涙を拭い取りながら、じっと光希を凝視していた。
　後ろからだと表情まではわからないけど、きっと私と同じような顔になっている気がする。
「——行くぞ、ヒナ」
　何も言わず、ただ光希を見つめるヒナちゃんの手首を掴んで、緒方くんが強引に歩きだす。
　光希の横を通りすぎる際、緒方くんは光希に冷たい一瞥を浴びせて「そういうことは人目につかない場所でやれ」と低い声で注意している姿が見えた。
「あ、あー……びっくりした。まさか人がいるとは思わなかったよねぇ。ていうか、さっきの続きする？」
　図書室からふたりが出ていくなり、まるで今の出来事がなかったかのように相手の女の子が光希の首に腕を回しかけて、その手を跳ねのけられる。
「……悪いけど、そういう気分じゃなくなったから」
　さっきと違って、そっけない態度で突き放す光希に、相手も感じとるものがあったのか「そっか」とうなずき返して、足早に廊下に出ていく。

ひとりその場に残った光希は、長い前髪を無造作に掻き上げながら深いため息を吐き出している。
　それから、やり場のない思いをぶつけるように、ドンッと拳を壁に叩きつけて「……クソ」と呟いていた。
「光希……」
　その声が微かに震えていることに気付いた私は、少しためらったものの光希の前に姿を現し、顔を覆って俯く彼の背中に名前を呼びかけた。
　私の声に反応して、ビクリと肩が揺れる。
　ゆっくり振り返った彼と目が合った瞬間、光希の顔がおびえたように弱々しくなって、低くかすれた声で「……最悪すぎでしょ」と苦笑いされた。
「もしかしなくても、妃芽も見てた？」
「…………」
「ここにいるってことは見てたに決まってるよね」
　ハハッと自嘲気味に笑って、光希が壁にもたれかかる。
　見るからに無理してるのがバレバレなつらそうな表情。
　苦しげに眉根を寄せて、伏し目がちにくしゃりと前髪を掴んでる。
「ごめんね？　変なところ見せて」
　なのに、なんで平気なフリして笑おうとするの？
　校内のいたる場所で女の子とイチャつく人が、たったひとりの相手にキスシーンを目撃されただけでこんなにうろたえるなんて……理由はひとつしかないじゃない。
「……笑わないで」

スッと光希の前に歩み出て、彼の頬に手を添える。
　　ほんの一瞬、瞳の奥がたじろいで、緊張したように身構えられたのがわかった。
「お願いだから、もう無理して笑わないで」
　　八の字に眉を下げて、必死の思いで訴える。
　　光希のことが心配でたまらないのだと伝わるように。
「……ヒナちゃんのことが、好きだよね？」
　　なんらかの事情があって本当の気持ちを押し込めてるのぐらい、ずっと見ていたらわかるよ。
　　だから、もうごまかさないで。
「私と光希は『友達』、だから――苦しんでることがあるなら、なんでも話して。……頼ってよ」
　　いつかの君が、私の悩みを聞いてくれたように。
　　今度は、私が支えたいんだ。
「……なんで？」
　　頬に添えられた私の手を掴み取って、虚ろな目をした光希が私を見下ろす。
「なんで誰にも話してないのに……、誰にもバレたことなかったのに、妃芽にはわかっちゃうのかな」
　　ゆっくりと開いた口から聞こえてきたのは、動揺を抑えきれない戸惑った声音だった。
「……それはきっと、私達がどことなく似てるからだよ」
　　両手を広げて、光希の頭を抱きかかえるようにして包み込んだら、光希は私の肩に額を預けるようにしてゆっくり倒れ込んできた。

その時、小さくだけど鼻を啜る音が聞こえたような気がして、胸の奥が締めつけられたように切なくなった。

　あれから、ほかの利用者が来る前に図書室を出た私達は、人目を忍ぶように旧校舎まで移動してきた。
　ほかの人とのキスシーンをヒナちゃん達に見られて放心している光希をあのまま放っておけず、午後の授業を休んで話をすることにしたんだ。
「妃芽……」
　空き教室の鍵を開けて入室するなり、光希は後ろから私の体を抱き締めて、ぎゅっと力を入れてきた。
「ごめん。弱いところ見せて……」
「ううん。いいんだよ。全然気にしないで」
　顔を後ろに向けて、優しい目で微笑む。
　それから、お腹に触れた彼の手に自分の手を重ねて、もう一度「大丈夫」と言い聞かせた。
　おそらく、光希は不安なんだと思う。
　その証拠に、迷子になった子どもみたいな顔してる。
「とりあえず、座ろうか」
　一旦落ち着かせようと、光希の手を引いて窓際の壁に背をもたせかけ並んで腰を下ろす。
　厚い雲に覆われた灰色の空からは激しい雨が降りだし、ポツポツと窓を打っていた。
　梅雨の時期なのと、室内の換気をしていないため湿気がすごく、ただそこにいるだけでじめっとするよう。

光希と繋いだ手も若干汗ばんでいる。
「……どこから話せばいいのかな？」
　片膝を立てて座り、顔を俯かせたまま、ポツリと話しだす光希。
　長い前髪に隠れていて表情はよく見えないけれど、緊張していることが窺えて、大事な話をしようとしてくれてるのだと伝わってくる。
「どこからでもいいんだよ。順番がめちゃくちゃでも構わないから、光希がため込んでるものをそのまま教えて」
　光希の手を掴んで、ぎゅっと握り締める。
　人に聞いてもらうだけで心が楽になるのだと教えてくれたのは君だよ、光希。
　だから、今度は私が聞き役に回るね。
　胸の内に秘めてる想いをスッキリするまで吐き出してほしい。
「ありがとう……」
　こっちを向いて、光希が首を傾けながら苦笑する。
　不安そうに揺れる瞳を真っ直ぐに見つめて、静かに微笑み返した。
「……支離滅裂だったら、ごめん」
　先にひと言謝ってから、光希が私に語り聞かせてくれたのは、10年間にも及ぶ、長い長い恋の話だった。
　商店街の一角にある、お菓子町ロードと呼ばれる3店舗。
　光希の実家が営む、本場洋菓子店の『bonheur』。
　ヒナちゃんの実家が営む駄菓子屋の『駄菓子屋・おのだ』。

そして、緒方くんの実家が営む老舗和菓子屋の『緒方屋』。
　特に、何代にも渡って受け継がれてきた『緒方屋』と、昭和時代から続く『駄菓子屋・おのだ』は商店街の中でもかなりの古株で、地域の人にとっても深くなじみのある2店舗で。
　緒方くんとヒナちゃんは生まれた時から隣同士の家に住む幼なじみで、本当の兄妹のように仲良く育ったらしい。
　天真爛漫だけど注意力散漫でトラブルに巻き込まれやすいヒナちゃんを、保護者のように見張って守り続けてきた緒方くん。
「――生まれた時からずっと一緒で、ほかの人間なんて入り込めないぐらい特別なふたりって感じがしたよ」
　ふっと口の端を持ち上げて、遠い目をしながら光希が話し続ける。
　元々光希は違う地方出身で、あとからこの町に越してきたそうだ。
　今から10年前――、ヒナちゃんがちょうど小学校に入学するタイミングで。
　同い年の緒方くんと、ひとつ下のヒナちゃん。
　同じ商店街で暮らす仲間として、ふたりは温かく光希のことを出迎えてくれた。
「でも、はじめて会った時から、なんとなく蛍のヒナに対する気持ちに気付いてたんだ。はた目にはわかりにくいかもしれないけど、ああ見えて蛍は人一倍独占欲が強くてさ。ヒナが俺に懐けば懐くほど、遠くから面白くなさそうに

らんでくるんだ」
「あの緒方くんが……!?」
　常に冷静沈着で真顔のイメージが強いせいか、感情をあらわにしている姿がちっとも想像つかない。
　……だけど、言われてみれば確かに、ヒナちゃんの前にいる時だけはいろんな顔してる気がする。
「そう。蛍はね、小さい頃からずっとヒナのことが好きなんだ。あれだけモテるのに、ほかの子なんて一切目もくれずに、ヒナだけを一途に想い続けてる」
「でも、ヒナちゃんは……」
　チラリと光希の横顔を見つめて黙り込む。
　毎日、人目を気にすることなく堂々と光希に告白しているヒナちゃん。
「大好き」「付き合って」とハッキリ言葉にして迫るところを見るに、よっぽど好きなんだなと思うけど……。
　ただ、ひとつだけ。
　普通なら、あれだけ何回もスルーされれば落ち込むと思うんだけど、どうしてヒナちゃんは毎日笑顔でアタックし続けることが出来るんだろうって引っかかっていた。
「ううん、違うよ」
「え……？」
「……ヒナが本当に好きなのは、俺じゃないんだ」
　横殴りの雨が窓を叩きつけて、カタカタと揺れている。
「蛍だよ」
　耳をすまさなければ聞き逃してしまいそうなほど小さな

声で、光希は衝撃的な発言を口にした。
「ヒナが好きなのは、昔から今もずっと蛍だけなんだ……」
　毎日、告白しにくるほど光希を想ってるはずなのに。
　そのヒナちゃんの好きな人が、本当は光希じゃない？
　にわかには信じがたく、頭の中がグラグラと揺れるように混乱しはじめて。
　私の動揺を顔色から感じとったのか、光希は切なげに苦笑しながら、なぜそうなってしまったのかを教えてくれたんだ。
「──今でこそ、ヒナと蛍とは家族同然の仲だけど。こっちに来たばかりの頃は、親密すぎるふたりの中に入っていきづらくて自分から距離を置いてたんだ」
　兄妹同然に育った、ヒナちゃんと蛍くん。
　そこに、よそ者の自分が割り込んでいくには勇気がいって、ふたりとどう距離を詰めていったらいいのか悩んでいた。
「商店街の中で生まれ育つのって、自分の家族だけじゃなくて、周りで店を出してる人達全員が身内のように扱ってくれるんだ。逆を言えば、あとから来た奴にとっては簡単に入っていけない空気感があって、子どもなりに引け目を感じてた」
　商店街の人達から「実の子ども」のように扱われているふたりといると、嫌でも実感させられる。
　自分だけは、まるで長期休みに親戚(しんせき)の田舎を訪れた「よその家の子」扱いみたいだと。

「それは当然のことで、悪くとらえる必要なんてなかったんだけど……そんな考えに及ばなくて。正直、拗ねてた」

　前の地元には友達がたくさんいたのに、親の都合で全員と離れ離れ。

　商店街で暮らす人達にうまくなじめなくて、どうにも居心地が悪い。

　両親は新しく始めた店にかかりっきりで、寂しさは募るばかり。

　どこにも居場所がない気がして、どんどん自分の殻に閉じこもりがちになっていた。

「そんな俺を、自分達の輪に入れようとしてくれたのがヒナだった。俺が独りになろうとすると、必ず『遊ぼう！』って満面の笑みで誘い出してくれて、いつもそばにいてくれたんだ」

　はじめは躊躇したものの、人懐っこくて天真爛漫なヒナちゃんの明るさに惹かれていくうちに、自然と元気を取り戻していって。

　ヒナちゃんと緒方くんと3人で過ごすのが当たり前になる頃には、すっかり孤独を感じなくなっていた。

　ここには、ちゃんと自分の居場所がある。

　そう思えるようになったから。

「正直言えば、ヒノのことを女の子として好きになってた。でも、俺の目から見ても、ヒナは蛍に特別懐いていたし、蛍もヒナを特別扱いしてたから、ふたりは両想いだってはじめからわかりきってた」

なのに──、と苦しそうに呟いて、光希が深いため息を吐き出す。
　悲しい眼差しは、ここではないどこか遠くを見ているよう。
「ふたりが両想いになったら、またひとりになりそうな気がして……怖かったんだ。それなら、傷付く前に距離を置いて、当たりさわりなく付き合おう。そう考えて、ふたりから離れようとしたら──、俺の異変を素早く察知したヒナが急に告白してきたんだ」
「えっ……」
「いくら無自覚とはいえ、どう見ても明らかに蛍のことが好きなのに。蛍を選んだら俺がいなくなるのを感じて引き留めようとしたんだと思う。だって、何があっても蛍はヒナから離れないからね」
　雨音に混じる、無理した空笑い。
　自分を責めるように、あざ笑って。
　今にも張り裂けそうな、複雑な胸の内を吐露する光希。
「──『それは違うよ』って、本当ならすぐ訂正しなきゃいけなかったのに、ヒナの優しさにつけこんで『間違った恋』を正してあげなかったんだ。今は同情かもしれないけど、ずっとそばにいれば、そのうち本当の意味で自分を好きになってくれるかもしれないって期待したから……」
「光希……」
「本当は両想いのふたりを結ばれないようにして。その癖、気持ちが向いてない状態で手に入れるのに抵抗があるか

らって、ヒナの告白を断り続けてさ。更に、罪悪感から逃れるために、適当な女の子と遊びまくって憂さ晴らしして。ハハッ、最低でしょ？」

これが全部、と話し終えて、光希は悲しそうな微笑を浮かべる。

瞬間、気が付いたら、彼の頭を掻き抱くようにしてぎゅっと強い力で抱き締めていた。

その拍子に、スカートのポケットからスマホが落ちて、床の上に落下した。

窓を打ち付ける雨音の中に、光希の鼻を啜る音が微かに混じって、どうしようもなく胸が張り裂けそうになった。
「……っ、光希は、最低なんかじゃない」

私の肩口に額をうずめた彼の耳元に唇を寄せて、今感じたことを正直に伝える。
「誰よりも優しすぎて、最低になりきれない自分に嫌悪してるだけだよ……」

私の言葉に反応して、光希の肩がピクリと揺れる。

何か言いおうと口を開きかけて閉ざし、深い息を吐き出す気配を感じながら。

光希の柔らかな髪を優しく撫でて、額と額をコツンと合わせた。
「ずっと苦しかったね……。ずっと自分を責め続けて、後悔ばかり繰り返して……つらかったと思う」
「……っ」
「偉かったね、光希。つらい気持ちを抑え込み続けて、よ

く頑張ってきたね。ふたりが大切じゃなかったら、そこまで悩んだりしないよ。優しい光希だからこそ、自分なりの方法で3人の絆を守ってきたんだもん。……そんなの誰も責めたり出来ないよ」

　真っ直ぐ目と目を合わせて、にっこり微笑む。

　今にも涙が溢れ出しそうとわかるほど潤んだ光希の瞳からひと筋の涙が頬を伝い落ちていく。

　普段の飄々とした態度からは想像もつかない繊細すぎる一面を目の当たりにして思ったんだ。

　……私も光希と同じ。

　ヒナちゃんが好きなのに、決して想いを口にしない光希。

　緒方くんに対する申し訳なさと、本当の意味で振り向いてほしいからという淡い期待を捨てきれず、複雑な恋心をくすぶらせている。

　それは、今の私にも言えることで。

　本当は、誰よりも光希が好きで、ヒナちゃんじゃなくて自分のことを見てほしいと願ってる。

　……だけど、好きな人には心から幸せになってほしいから。

　たとえば、もう少し恋愛スキルが高くて卑怯な女になれれば、弱ってるところにつけこんで、自分を意識してもらえるようにアピール出来たのかもしれないけれど。

　そんなの、違うよね。

　光希が落ち込んでる姿を見て「チャンス」だなんて思えない。

「──私は、味方だから」
　きゅっと唇を噛み締めて、今出来る精いっぱいの笑顔を浮かべる。
　自分の本音に蓋をして、好きな人を励ますことだけ考えて。
「光希の気持ちをちゃんと知った上で、私は光希の恋を応援するって決めたから。……だから、自分に正直になってね」
「妃芽……」
　わずかに目を見開いて、光希が何か言いかける。
　でも、ためらうように口をつぐんでから、
「……ありがと」
　って、目を伏せて、そっと私の背中に腕を回してきたんだ。
　光希の広い肩口に額をうずめた瞬間、右目から涙が零れ落ちて、慌てて下唇を強く引き結んだ。
　泣いてることが決してバレないよう、懸命に自分の気持ちを押し殺す。
　ねえ、光希。
　好きな人に、ほかに好きな人がいるって切ないね。
　だけど、相手を想うほど、自分の幸せよりも好きな人の幸せを願ってしまうんだ。
　きっと、光希の周りにいるその他大勢のように、一時だけでも慰めようと思えば、体だけの関係は結べると思う。
　これまで光希が、そうして寂しさを紛らわせてきたよう

に……。
　でも、そんなのなんの意味もなくて。
　どんなに憂さ晴らししても救われないことを知っているから。
　……私だけは『友達』としてそばにいよう。
　異性として意識することのない、安心した味方に。
　そのためにも、光希に対する気持ちを本人に悟られないよう必死に隠し通すんだ。
　友達としてそばにいるための、たったひとつのルール。
　何があっても好きなんて言わない。
　そう、固く決意をして──。

4th
変わるための決意

自分自身の殻に閉じこもっている方が楽だった。
傷付けられないよう、耳を塞いで、固く目を閉じていれば、
大抵のことは我慢出来たから。
でも、それじゃ「本当の自分」を押し殺してるのと同じだから。
傷付いてもいいから、
耳をすまして、目を開いて、ちゃんと受け止めていくんだ。
……変わりたいって思えたのは、君に出会えたおかげだよ。

まずは、行動から

　期末テストが終わり、すっかり梅雨明けした7月はじめ。
　うちの高校は、毎年7月下旬に学校祭があって、テスト期間を挟んで約1か月以上準備期間がある。
　うちのクラスは、当日『コスプレ喫茶』をすることになり、男子は執事、女子はメイドの格好で接客することに。
　喫茶店のメニューを考案したり、業者さんに連絡を取って食材を取り寄せたり、コスプレ喫茶で使用する衣装を作ったりと大忙しの毎日。
　ほかにも、クラスの垂れ幕や山車づくり、合唱コンクールの練習もあるので、クラス一丸となって協力し合っている。
　テスト期間が終わってからは、午後の授業が全て準備期間にあてがわれるので、普段よりもクラスメイト達と密接に関わる時間が増えて、グループの垣根を越えてひとりひとりと距離が近付いていく。
「わ～っ、田島さんて裁縫上手なんだね」
「ほら、見て。衣装の完成度やばくない!?」
「本当だ！　普通にお店で売ってる既製品みたい。てか、クォリティー高っ」
　コスプレ喫茶で着用する衣装づくりをするため、家庭科室でミシンを使用していたら、同じ衣装係のメンバーが完成したばかりのメイド服を手に取って感嘆の声を上げた。

ひとり黙々と作業していた私は、みんなから褒められて戸惑うばかり。
　照れくさいやら、恥ずかしいやらで赤面してしまう。
「む、昔から手作業するのが好きで……。既製品と比べたら劣るけど、そう言ってもらえて嬉しい、です」
　精いっぱいの勇気を振り絞って、感謝の言葉を述べたら。
　衣装係の女の子達が目を丸くして、それから全員笑ってくれたんだ。
「田島さんてすごくかわいくてモテるから、タレントみたいっていうか、近寄りがたいオーラを感じてたんだけど……。こうして話してみたら気さくないい人だってわかって、だいぶ印象が変わったよ」
「わたしも。前は、一部の人としか話してるイメージないっていうか、ほとんどの人に対して一線引いてる印象を受けてたけど、最近すごく雰囲気が柔らかくなったよね」
　私の周りを取り囲むようにして、みんなが優しい言葉をかけてくれる。
「ぜ、全然……普通の人間だから。その、みんながよければ、仲良くしてくれると嬉しい……」
　緊張しながらも正直な思いを伝えたら、みんなはさっきよりも嬉しそうな笑顔を浮かべて「こちらこそ」って同意してくれた。
　小・中学校と女子から嫌われて常にハブられてきたせいか、無意識のうちに「同性は自分を嫌ってる」と思い込んで、自ら距離を置くようになっていた私。

だけど、香梨奈との一件や、光希や柊花と出会えたことで、少しずつ気持ちに変化が生まれはじめて。
　ハッキリと嫌われてるわけでもないのに、また以前のように嫌われたらという「起こってもいない未来図」におびえていたことに気付いて、根本的なことから見なおしていこうと思った。
　そう考えだした時期に、ちょうど学校祭の準備期間が重なって。
　普段よりも密接に関わる時間が増えるのを機に、クラスの人達と交流を深めようと決意し、同じ衣装係の子達と積極的にコミュニケーションを取る努力を始めたんだ。
　はじめの頃は緊張しすぎてギクシャクしてしまったけど、毎日同じメンバーと作業するうちに、その場の空気にも慣れてきて。
　裁縫は得意だったので、衣装係のメンバーに率先して指示を出しながら、作業の合間に雑談を交わしたりして、ちょっとずつみんなとの距離を縮めていった。
　その成果か、まだ若干の緊張はあるけど、前よりも気さくに会話出来るようになって、教室の中でもいろんな人と話せるようになってきたんだ。
　そのおかげで、今までどれだけ自分から人との間に壁をつくっていたのか思い知って反省したり……。
　反対に、殻に閉じこもっていたことで、人と交流する楽しさを知ることが出来て、独りで過ごした時間も決して無駄ではなかったなと感じたり、いろんなことを実感する

日々だった。
『光希の気持ちをちゃんと知った上で、私は光希の恋を応援するって決めたから。……だから、自分に正直になってね』
　先日、光希を励ました時に自分が言った言葉を自ら行動に移すことで人は変われるんだよって光希に伝えたかったのが、そもそものきっかけ。
　だって、人のことを励ましておいて、自分は出来ませんなんて説得力に欠けちゃうよね？
　それに、いいきっかけだと思ったの。
　自分に正直になるって難しいけど、自分が思い込んでるよりは案外難しくないんだよって。
　そう伝えるには、私自身が実行して感じた想いを伝えるのが一番だと思ったから。
　まずは自分のことから、きちんと見なおして。
　それから、光希に伝えたいんだ。
　正直な気持ちを抑えつけて苦しみ続ける必要なんてないってこと。
　いつの日か、過去のトラウマに縛られてがんじがらめになっていた私を光希が救ってくれたように。
　今度は私が『友達』として苦しい現状から救ってあげたかったんだ。
　たとえ、そのために自分の本心を押し殺したとしても……。
「わっ。すごいね、柊花。さすがは美術部」

「あたしがリーダー担当してる垂れ幕がビリとか許せないからね」

　完成した衣装を抱えて教室に戻ると、教室前の廊下に垂れ幕を広げて色塗りしている柊花の姿を見つけて、声をかけた。

　完成まであともう一歩の垂れ幕には迫力満点の竜が描かれている。

　美術コンクールで入賞する腕前の柊花を筆頭に、垂れ幕づくりも順調に進んでいるようだ。

「そっちも大活躍(だいかつやく)だそうじゃん？　衣装係の子達が褒めてたよ」

　ニッと口角を持ち上げて、マイクのように絵筆を向けてくる柊花。

「そ、そんなことないよ」

　と照れ笑いしつつも、自分の頑張りを認めてもらえたことが嬉しくて素直に喜んでしまう。

「一時は沈んでたから心配だったけど、最近元気になったみたいでよかったよ」

「柊花……」

「ほら、こんなところで道草食ってないで作業戻りな。衣装合わせにきたんでしょ？」

　柊花からの思いがけない言葉にジーンとしてたら、しっしっと手を払うようなしぐさをされて苦笑してしまった。

　自分で言ってあとから恥ずかしくなったのか、柊花の耳朶はほんのりと赤く染まっている。

不器用な柊花なりの、優しい気遣い。
　友人の思いやりに感謝しながら、柊花の肩を軽く叩き、残りの作業も頑張ってねと伝えて教室の中に入る。
「あっ、いたいた。光希と緒方くん、ふたりともちょっといいかな？」
　教壇の近くで、喫茶店のメニューを考案しているふたりを呼び止めて、完成したばかりの衣装を着てみてほしいとお願いする。
「衣装の着心地とか、サイズの確認をすればいいのかな？」
「……着るのはいいけど、外野に騒がれるのは面倒だな」
　衣装の入った紙袋を笑顔で受け取る光希と、げんなりした様子の緒方くん。
　女の子の集団に囲まれてもなんとも思わない光希とは対照的に、緒方くんは衣装を着たあとに騒がれる光景を思い浮かべているのか乗り気じゃなさそうに嘆息している。
　そういうの苦手そうだもんね。
「あはは……」
　お願いします、と頼んだのはいいものの、嫌な役を押し付けちゃったかな？
　でも、男子の衣装が出来上がったら、真っ先に光希と緒方くんに着用してもらうのが衣装係のメンバーを筆頭にしたクラスの女子みんなの願いだったりするわけで。
　普段見ることの出来ないイケメンふたりのコスプレ姿を拝もうと、ほとんどの女子が作業の手を止めて教室に集まっている。

中には、飢えた獣のように瞳をギラつかせて、スマホカメラやデジカメを用意している人まで。
「じゃあ、ちょっと着替えてくるね」
　私の肩をポンと叩き、緒方くんとつれて教室から出ていく光希。
　それから、約十分後。
　執事をイメージした燕尾服姿のふたりが戻ってくるなり、女子達は黄色い悲鳴を上げて大絶賛。
　ワッとふたりを取り囲み、パシャパシャとフラッシュをたきはじめた。
　カ、カッコ良すぎる……っ。
　あまりのハマりっぷりに、ポーッと頬を赤らめて見入ってしまう。
「ハハッ、似合ってるかな？」
「……断りもなく勝手に写真を撮るな。肖像権の意味も知らないのか？」
　きゃーきゃーと赤面しながら「カッコいい!!」と連呼する女子達に、光希はお調子者っぽく笑って応対し、緒方くんは眉間に皺を寄せて苛立ちをあらわに。
　はじめは盛り上がっていた女子達も、緒方くんに鋭い目でギロリとにらまれたとたんに、蜘蛛の子を散らすようにサーッと離れていき、遠巻きに羨望の眼差しを送っている。
　シャッターチャンスをものにした子達は「あとで画像送るね」と興奮気味に耳打ちし合い、それから、
「田島さん、グッジョブ！　執事の衣装を手がけてくれて

感謝してるよ」
　と、近くにいた私に親指を立てて「GOOD」とお礼を言ってきた。
　ポカンとしたものの、本気で大喜びしている彼女達を見ていたら、頑張って作ったかいがあったなと思えてきて。
「──妃芽」
　じわじわと喜びを噛み締めていたら、いつの間にか光希が目の前に立っていて、私の顔を下から覗き込むようにしてニンマリ笑っていた。
「カッコいい衣装を作ってくれて、ありがと」
「ッ」
　とびきり魅力的な笑顔で、私の両手を包み込むように持ち上げる光希。
　その視線の先には、細かい裁縫で怪我して、絆創膏を貼ってある指先があって──。
「目の下の隈もだけど、最近毎日頑張ってる姿を見て偉いなって思ってたんだ。……俺も見習わなくちゃね」
「み、光希……」
　コツンと額同士を合わせて微笑む光希に、かあぁっと顔中に熱が集まって赤面してしまう。
　だって、なんだか自分のことみたいに嬉しそうにしてるから。
　ご機嫌な光希を見て、そこまで何かしたかな？って考えていると。
「……妃芽がクラスの輪に溶け込もうと努力してる姿、ちゃ

んと見てるよ」
 ボソッと耳元で囁かれ、大きく目を見開く。
 だって、こんなの反則すぎる。
 自分を変えようと頑張ってたこと、ひと言も話してないのに。
 いつもそばにいる光希には、私の変化がお見通しだったみたい。
 ……好きな人が、自分を見守っていてくれること以上に心強いことなんてあるのかな？
 嬉しくて、胸の奥がじんわり熱くなって。
 ああ、駄目だな。
 頬が緩んで、少しだけ泣きそうになる。
「……ありがと、光希」
 ふっと、とびきりの笑顔を浮かべて、小さな声でお礼をしたら。
「……っ、今のは反則だって」
 ごくりと喉を鳴らし、若干だけど頬を赤らめて私から目を逸らす。
「？」
 声が小さくて聞こえなかったけど、なんて言ったのかな……？
 きょとんと首を傾げていると、光希が女子達に呼ばれて、そっちに行ってしまった。
 心なしか光希が照れてるように見えて、胸がドキドキしてしまう。

そんなわけないのに、ほんの少しだけ期待してしまいそうになって慌てて首を振る。
　違うよ。光希が好きなのは、ヒナちゃん。ヒナちゃんだけなんだから……。
　だから、勘違いしちゃ駄目。
　——でも、今だけは。
　今、この瞬間だけは、自分に都合良く受け止めて浮かれそうになる気持ちを許してほしい。
　あとからちゃんと「そうじゃない」って言い聞かせるから。
　赤くなった頬を両手で押さえて、黒板の前で女子達に囲まれる光希を遠巻きに見つめる。
　……衣装づくり、頑張ってよかった。
　光希に褒めてもらえたことが嬉しくて、自分でも抑えがきかないぐらい口元が緩んでいた。
　——自分に正直に行動するって難しい。
　人目を意識して萎縮する部分もあるし、どう思われるかなって想像するだけで尻込みしそうになるけれど。
　でも、きっと「頑張りたい」って気持ちを尊重することは悪いことじゃないから。
　人と関われば、昔のように傷付くかもしれない。
　また誰も信用出来なくなって、心を閉ざしてしまうことだって……。
　だけど、人と距離を置いている間、私は本当に幸せだったのかな？

寂しさを抱え続けて、孤独に押し潰されかけて。
　ずっとずっと、誰かにそばにいてほしいと望んでいた。
　あの頃の自分と比べて、光希と出会ってからの私は、だいぶ前向きになれたと思うんだ。
『自分を理解してくれる人がいる』
　たったひとり、心強い存在がいるだけで、大袈裟じゃなく世界が開けたような気がした。
　暗闇に光が差し込んで、ようやく私は俯いていた顔を上げることが出来たんだ。
　光希がいなければ、柊花と友達になることも、クラスのみんなと打ち解けることも出来なかったかもしれない。
　だからね、今よりも明日、明日よりも未来の自分が「今この時」を振り返った時に、よく頑張ったねって私自身の努力や足跡を認めてあげられるように。
　ゆっくりと1歩ずつ、素直に生きられるよう、正直な本音にしたがって行動していきたいと思うんだ。
　そう思えるきっかけをくれて、本当にありがとう。
　光希と出会えて、本当によかった……。
　高2の夏、自分の気持ちに変化が生まれだした私が感じたこと。
　それは、大好きな人に対する心からの感謝だった。

過去と向き合うために……

　期末テストが明けてからは、迫りくる学校祭の準備に向けて、どのクラスも大忙し。
　本番が近付くごとに、生徒達から熱気が出てきて、学校全体が盛り上がりを見せていた。
　全校で競い合う出し物で1位を獲るため、ひとつの目標に向かって自然と一致団結してくのを肌で感じてる。
　普段よりも長時間、クラスメイト達と一緒にいるからか、みんなとの距離も近付いている気がするし。
　それぞれの作業を真剣にこなして、自分の役割が終わった人から終わってないグループの手伝いをしにいく。
　当日が目前に迫ると土日も学校を訪れ、平日は門を閉めるギリギリの20時まで居残って作業した。
「お疲れ〜。これ、うちの店からの差し入れ。疲労回復には糖分が必要かと思って、クラス全員分のシュークリームを焼いてきたよ」
「……うちの店からは、あんみつの差し入れを持ってきた」
　最終日の金曜には、一度家に帰宅した光希と緒方くんが大量の差し入れを持って教室へ戻り、クラス全員に配ってくれた。
　これには、疲労がたまりはじめていたみんなも大喜び。
　ふたりに感謝しながら、おいしく差し入れを頂いた。
　さすがは、クラスのムードメーカー。

光希と緒方くんを筆頭にうちのクラスは動いているので、細かな気配りも忘れないふたりの優しさに感心してばかりだった。
　そうして、ひとつひとつ、みんなに割り振られた仕事が完成していって、明日はついに本番。
　その日の夜、自宅に帰った私は緊張しながら、リビングのソファに正座して、両手に持ったスマホを凝視していた。
「……っ」
　震える指でアドレス帳を開き、右手を胸に当てて深呼吸。
　大丈夫。
　今の私なら、きちんと向き合えるはずだからと自分自身を励まして。
　スマホの液晶画面に表示された時刻は、21時。
　おそらく、まだ仕事中だと思うけど……。
　ある人物の番号を呼び出し、コール音が鳴ること5回。
　予想どおり、留守番電話に繋がったことに安堵しながら、受話器を耳に当てて、緊張気味の震えた声で伝言を残した。
「もしもし、あのね――、明日から学校祭が始まるんだけど……もしよければ、2日目の一般公開日に来てほしいの。私、ずっと待ってるから……」
　メッセージを吹き込み、通話終了のボタンをタップする。
　祈るような気持ちでスマホを握り締めて額に押し当てると、そっと息を吐いた。
　どうか、会いにきてくれますように……。
　心からそう願って。

4th　変わるための決意 >> 243

「2年Ｂ組『執事＆メイド喫茶』の会場はこちらでーす！」
　学校祭初日を終えて、2日目の一般公開日の日曜日。
　活気に溢れた校舎内では、各クラスの客引きの生徒のかけ声が響き渡り、生徒と来客の話し声でガヤガヤと盛り上がっている。
　各階の廊下や、各クラスの教室内は学祭仕様に装飾されていて、どこからともなく明るい音楽が聞こえる。
　そんな中、私は現在、教室の前で客引きしている最中。
　段ボールで出来た店の立て看板を持って、出来る限り声を張り上げながら、道行く人達に声がけしている。
　なんでも、目立つ人が呼びかけした方がお客の入りがいいからだそうで。
　初日の昨日は、光希と緒方くんが交互に立って、お客の数がとんでもないことになっていた。
　私なんかじゃふたりの足元にも及ばないけど、これも模擬店部門で1位を獲って、総合優勝を目指すため。
　人前に立つのは緊張するけど、精いっぱい頑張らなくちゃ。
　ムンと張りきって、声がけを続けていると。
「うっわ、君超かわいいね！　このクラスの生徒？」
「マジだ！　メイド服も似合いすぎててかなりやべぇ」
「ねえ、彼氏とかいいの!?　当番終わったら、オレらと遊ばない？」
　他校の制服を着た3人組の男子にゾロゾロと囲まれ、看板を握り締めながらあたふたしてしまった。

「あ、あの……プライベートなことはちょっと。お店に入るなら案内するので」
「あははっ、緊張してんの？　声まで震えてか〜わいい〜」
「とりあえず、連絡先だけでも教えてよ。あとで迎えにくるし」
「だな！　名前は何ちゃん？」

　全く人の話を聞いてないのか、見るからにチャラそうな外見をした男子達が私の前に詰め寄ってくる。

　ど、どうしよう……。

　お客さんかもしれないし、無下な扱いをするわけにもいかず困り果てていると。

「——ストップ。この子、俺の彼女だから。人の女、勝手に口説かないでくれる？」

　スッと私と3人組の間に燕尾服を身にまとった長身の男性が割って入り、背中の後ろにかくまってくれた。

「光希……っ!?」

　びっくりして目を丸くする。

　だだだって、今『彼女』って……!?

　こっそり振り返り、私を見ながら唇に人さし指を押し当てる光希。

　いたずらっぽく笑って「シーッ」と黙ってるよう指示される。

　どうやら、話を合わせて大人しくしてろってことらしい。

「なっ、男いるならはじめからそう言えよな」
「次、あっちの出し物見にいくか。さっき、かわいい子い

たし！」
　誰もが目を見張るほど美形の光希に牽制されて圧倒されたのか、3人組はその場からそそくさと逃げ去っていく。
「た、助かった……」
　ほっと胸を撫で下ろして、涙目で立て看板を握り締めていたら。
「大丈夫？　怖い思いしなかった？」
　光希が背を屈めて、心配そうな顔で私の顔を覗き込んできた。
「ッ」
　いつもと違い、オールバックの髪形に、きっちり着こなした燕尾服姿の光希に見惚れてときめいてしまう。
　長身でスタイル抜群なので、執事の衣装がばっちり似合ってる。
　甘いマスクと中性的な雰囲気にやられてクラクラしそうなほど。
　昨日見た時も思ったけど、本人を前にしたらあまりのカッコ良さに、心臓がドキドキ騒ぎだした。
「んー……、やっぱり妃芽の客引きをほかの人に交代してもらえるよう頼んでこようかな」
「えっ。私は大丈夫だよ！　今みたいのはちょっと怖いけど、次はうまくあしらうし……？」
　せっかく与えられた仕事を途中放棄(ほうき)するわけにはいかず、顔の前で両手を振って「問題ない」アピールをすると。
　なぜだか、光希が眉間の皺を指で揉みほぐしながら、浅

く息を漏らして。
　頭ひとつ分以上離れた私の全身を頭のてっぺんからつま先までじっくりと眺め「やっぱり駄目」と止めてきた。
「ただでさえ目立つのに、その格好は破壊力ありすぎ」
「その格好って……みんなとお揃いのメイド服だよ？」
　コスプレ喫茶の衣装である白と黒を基調としたメイド服。
　襟元は鎖骨が綺麗に見える大きさに開かれていて、ミニスカートの下には黒いガーターベルトとストッキングをはいている。
　頭には白いカチューシャをしていて、すごくかわいいと思うんだけど……もしかして、私だけ特別似合ってなかったとか？
　少し不安になって、潤んだ目で光希をじっと見上げたら。
「……っだから、そういう目で見ないの」
「わっ」
　光希が着ていた執事風のフロックコートを肩の上から羽織らされて、前を押さえて歩くよう促された。
「な、なんで……？」
「なんでって……これだからこの子は」
　眉根を寄せて、呆れかえったように額に手をつく光希。
　チラッと私を見下ろすと、今度は盛大なため息をついて。
「……上から見たら見えそうで危ないんだよ」
　ボソッと何か呟いたかと思うと、近くにいた同じクラスの女子に「柄の悪い奴にナンパされてるから、誰か代わってあげて」と頼みにいってしまった。

「妃芽が着てる服のサイズ合ってないから。もう少し胸元を詰めるか、上着を羽織って作業して。あと、今ほかの子に頼んで客引き係と厨房の仕事変わってもらったから裏方で頑張るように」
「えっ、えええ!?　そんな勝手に」
「勝手じゃない。いいね？」
「……うん」
　有無を言わせぬ口調で押しきられて渋々(しぶしぶ)うなずく。
　すると。
「あのさ、妃芽はかわいいんだから気を付けてよ。じゃないと、いくら心配してもキリがなくなる」
　光希が熱い眼差しで私を見つめながら、手の甲にそっと唇を押し当てて、ふっと苦笑したんだ。
「……っ」
「ほら。こんなふうに隙だらけだ」
　だから気を付けてね、と片目をつぶって忠告され、金魚のように口をパクパク開閉させてしまう。
　バクバクと破裂しそうなぐらい心臓の音がうるさくて全身が熱い。
　光希に触れられた手の甲を押さえて、顔を熱くして俯いていると。
「——お前は公衆の面前で何をやってるんだ。油売ってないで、今すぐ持ち場に戻れ」
　緒方くんが光希の襟元をグイッと引き寄せて、苛立った様子で短く舌打ちした。

光希目当てのお客が殺到してるのに、当の本人がいなくて教室の中は大混乱らしく、すぐさま仕事に戻れと怒っている。
　緒方くんに叱られた光希は苦笑いしながら「ごめんごめん」と軽く謝り、強引に引きずられる形で教室に戻っていく。
　その場に残された私は、いまだドキドキする胸を服の上から押さえて、通行人の邪魔にならないよう廊下の隅に移動して、柱のそばに座り込む。
　いいい、今のは一体……？
　光希らしからぬ言動の数々に戸惑い、慌てふためいていると。
「……嫉妬だね、あれは」
「柊花っ」
　突然、柊花が横からぬっと現れ、ニンマリ笑いながら意味深なセリフを口にしてきた。
「一連のやりとりを目撃してたけど、やるねぇ上原も。さすがは校内屈指のチャラ男。ああいうことしてもさまになるのはさすがだね」
「も、目撃してたってどこからどこまで……!?」
「さあね。それよりも、本当に妃芽って脈ないのかな？あたしにはそうは見えなかったんだけど。……最近、上原の女遊びがめっきりなくなったって噂もあながち嘘じゃないみたいだね」
「？」

「なんでもない。ていうか、客引きはあたしが引き受けたから、妃芽は裏方に回って。ドリンクづくりなら出来るでしょ？」

私の手首を引っ張って立ち上がらせ「その前に着替えておいで」と苦笑する柊花。

「う、うん」

本当は着替える必要なんてないと思うけど……、この格好をしていたら、また光希に注意されそうな気がして、大人しく制服に着替えなおすことにした。

そのまま、午前中は裏方の仕事に徹して、厨房で奮闘(ふんとう)すること数時間。

お昼を過ぎて、ようやく交代時間がやってきた。

次の人にバトンタッチして、光希の姿を捜していると。

「あ、あのね、蛍くん。今日の格好、カッコ良すぎてね、ちょっとその……緊張するからあんまり近寄らないでほしいの」

「そっちこそ、ヒヨコの着ぐるみ姿で校内をウロチョロするなよ。……あんまりほかの奴に見せたくない」

ヒヨコの着ぐるみ姿のヒナちゃんと、オールバックの髪形(くろぶち)に黒縁眼鏡をかけた執事姿の緒方くんが、誰もいない階段の踊り場で会話していて。

普段と違う緒方くんにときめいているのか、ヒナちゃんは腰の後ろで手を組み、もじもじしている。

目を合わせられず、床に視線を落としていると、緒方くんが彼女の顎先を強引に持ち上げて。

「……俺のこと『カッコいい』って言ってるように聞こえたけど、気のせい――じゃないよな？　光希じゃないって、ちゃんとわかってるのか？」
「……っ、わかって、る」
　正面から見下ろされて、ヒナちゃんが耳のつけ根まで真っ赤にしながら、コクリとうなずいて。
　つられるように、緒方くんも頬を染めながら「なら、いいけどな」と言って、ヒナちゃんをそっと抱き締めた。
　ふたりはどう見てもいい雰囲気で。
　なん、で――？
　偶然見てしまった目の前の光景の意味がわからず、ドクリと胸が騒ぎはじめる。
　だって……、だって、ヒナちゃんは光希が好きだって思い込んでるんじゃないの？
　ふたりに気付かれないよう、気配を消すようにして、その場から引き返そうと後ろに一歩下がろうとしたら。
　――トン、と背中が何かにぶつかって。
　後ろを向いた瞬間、息が止まりそうになってしまった。
「みつ……」
「シーッ……」
　名前を呼びかけて、慌てて手で口を塞ぐ。
　なぜなら、私の後ろに立っていたのが、光希だったから。
　唇に人さし指を押し当てて、ほんの少し寂しそうに微笑んでる。
　光希の視線の先にあるのは、緒方くんに優しく抱き締め

られて真っ赤になってるヒナちゃんの姿で。
　あ……と思った直後、光希は私の手を引いて、その場から静かに離れていった。
「──本当、やんなるよねぇ。いくら盛り上がってるからって、いつ人が通るかもわからないあんな場所でさ。ただでさえ一般公開日で人来てるんだから、気を付けてほしいよね」
　ハハッ、と軽く笑って、空き教室の暖房器具の上に腰を下ろし、窓に背中をもたせかける光希。
　あのあと、ガヤガヤと賑わう人混みを避けて、人のいない旧校舎に移動してきた私達。
　いつもは静かなこの場所も、今日ばかりは本校舎の賑わいが微かに聞こえてきて、盛り上がりの気配を感じさせる。
「光希……」
　木漏れ日が差し込む窓のそばで向かい合う、私と光希。
　陽の光を浴びて、光希の茶色い髪が金に近くすけて映る。
　私より少し前に休憩時間に入っていた光希は、すでに制服に着替えなおしていて、ネクタイだけ外していた。
「やだなぁ。なんで妃芽が、そんな顔してるの？」
「……っ」
　眉を八の字に下げて、泣くのをこらえるように下唇をきゅっと噛んでいたら。
　光希の長い指先が頬に触れて、ピクリと反応してしまった。
「だって、ヒナちゃんと緒方くんが……」

途中まで言いかけて黙り込む。
　私には光希の恋愛に口を挟む権利なんてないから。
　なのに、あの光景を見た光希のことが心配で、気になって仕方ないんだ。
「妃芽には言い忘れてたけど……前に、俺が女の子と図書室でキスしてるのを妃芽やヒナ達に見られた日のこと覚えてる？」
「覚えてる、けど……？」
「うん。あのあとさ、妃芽が俺のこと慰めてくれたじゃない？」
　すり、と手のひらで頬を撫でられて、鼓動がとくとく鳴りだす。
　頬がじんわり熱くなって、耳のつけ根や首までどんどん赤く染まっていく。
　首を傾げつつも、覚えてることを伝えるためにうなずいたら、光希が優しい眼差しで苦笑してくれた。
「そのおかげでね、自分の気持ちに正直になってみようと思って。ヒナの部屋に行って、ゆっくり話をしてきたんだ」
「話、って……？」
「――『ヒナの好きな人は俺じゃないよ』って。本当に好きな相手には、そんなあいさつするように好きなんて言えないし、軽々しく触れたりも出来ない。本気で好きになればなるほど、今の関係が崩れるのを恐れて臆病になるんだよって、ヒナにも理解出来るよう説明してきた」
　長い睫毛を伏せて笑いながら、光希が私の腰に腕を回し

て自分の方へと引き寄せる。
　そのまま、肩に額をうずめると、私を抱き締める腕にぎゅっと力を込めて、小さな声で呟いた。
「……本当のこと言ったら、蛍に対する気持ちを自覚させるだけだってわかってたけど。これ以上、俺のせいでふたりの気持ちがすれ違うのは嫌だったんだ」
　――うん。
　そうだね、光希。
「好きだけど……好きだから、幸せになってほしかったんだ、ふたりに……」
　誰よりも大切な幼なじみだから。
　大好きな人達の幸せを、自分の本音を犠牲にしてまで望むぐらい、光希は優しい人だから。
「……頑張ったね、光希」
　そっと手を伸ばし、柔らかな髪に触れて「よしよし」と優しく撫でる。
　彼の頭に顎先をのせて、もう一度「頑張ったね」って労いの気持ちを込めて囁いたら。
「……ふは」
　光希が力なく噴き出して、私を抱き締める腕に力を加えた。
「――人の背中を押すのは簡単なのに、どうして自分自身を奮い立たせる勇気がないんだろうね、俺は」
　空笑いと共に吐き出される、心の奥底の本音。
　醜くて、ドロドロしていて、きっと認めたくはない負の

感情。
　だけど、言葉に出して受け入れることで、スッと楽になる部分もあるはずだから。
「光希は意気地なしなんかじゃないよ……。誰だって、光希の立場になればためらうのは当然だもん。ヒナちゃんと緒方くんが大切なら尚更……」
「…………」
「……尚更、葛藤すると思う、し」
「妃芽？」
　——パタリ、と熱い滴が光希の頬に零れ落ちて。
　涙腺に込み上げたそれは、次々と両目から溢れて、板張りの床に跳ね落ちていった。
「……どうして妃芽が泣くの？」
　自分でもわけがわからなくて、小さく首を振るだけ。
　返事をしようにも声にならなくて、ただぽろぽろと泣いてしまう。
　だってね、光希の状況を考えたら、自分のことのように切なくなって、無意識に目頭が熱くなっていたから。
　好きな人を想って、苦しい選択をした光希。
　ヒナちゃんの思い込みを「間違ってる」と説くのに、どれだけ悩み続けて決断したの？
　誤解を正したら不利な状態になるってわかっていて、後悔しないわけがないのに。
「……今まで、ずっと悩んでたけど。ヒナの誤解を解いて安心してる自分もいるんだ」

私の腕を掴んで、そっと体を引き離して見上げてくる光希。
　その表情は、何かが吹っきれたようにスッキリしていて。
　穏やかな眼差しを向けられて首を傾げていると、
「ちょっと横になりたいから、膝枕してよ」
　と甘えるような声で頼まれ、きょとんと目を丸くしてしまった。
　にっこり微笑みながら、光希が床を指差す。
　意味を理解するのに数秒かかって、赤面しながら慌てふためいていると、光希が笑顔のまま「座って」と促してきて。
　言われるがままに、ドキドキしながら床に正座したら、光希が寝転んで私の太ももの上に頭をのっけてきた。
「……少しの間だけ、このままでいさせて」
　ゆっくり瞼を閉じると、お腹の上で手を組み合わせて、スーッと眠りに就いてしまう。
「ほ、本当に寝ちゃったの……？」
　耳をすませると、微かな寝息が聞こえてくる。
　こんな一瞬で眠れるなんて、相当疲れがたまっていたに違いない。
「……昨日も今日も、光希目当てのお客さんを接客してたもんね」
　お疲れ様と笑顔で囁き、そっと光希の頭を撫でる。
　普段は大人っぽく見えるけど、あどけない寝顔は年相応なんだなと感じて、クスリと笑ってしまう。

その瞬間、1日も早く光希の心が癒されることを願っていた。
　——そう。この瞬間までは、自分のことよりも光希の気持ちを優先していたのに。
　30分ほどしてから私の膝枕で寝ていた光希を起こし、そろそろ教室に戻ろうかと旧校舎を出た直後のこと。
「ふふっ。光希の前髪、寝癖ついてるよ？」
「結構本気で爆睡(ばくすい)してたからね。最近うまく寝つけなかったんだけど、妃芽の太ももが気持ち良くてゆっくり眠れた」
「……さらっとセクハラ発言したよね？」
　くあ、と欠伸を漏らして伸びをする光希を横目で見て、背中をぺちんと叩く。
　光希は「いてっ」と噴き出し、冗談だよと肩をすくめておどけてみせた。
「もう。光希が言うと冗談に聞こえない——」
　し、と続けようとした、次の瞬間。
「——妃芽？」
　活気に溢れた人混みの中、下駄箱のそばを光希と歩いていたら、後ろから男の人の声に名前を呼ばれて。
　ザワザワと賑わう喧騒(けんそう)。
　聞き覚えのある声に、おそるおそる振り返ると。
「やっぱり、妃芽だ」
　私と目が合うなり、その男の人は"ヘビのように"ニタリと目を細めて、そばに寄ってきたんだ。
「久しぶりだね。……ずっと捜してたんだよ？」

艶やかな黒髪と、賢そうな印象を強める眼鏡。
　知性は顔に表れると言うけれど、目の前の彼も気品に溢れ、幼い頃から教養を受けている人独特のオーラを感じさせる。
　小顔に、やや離れ気味の三白眼。
　目は細いけど鼻や口は大きめで、どこか冷たさを感じさせる顔立ち。
　ネイビーのシャツに細身の黒パンツ姿の男の人。
　ここにいるはずのない"あの人"が現れたことに、大きく目を見開き、全身を硬直させる。
　どうして、どうして――と、心音がはやりだし、バクバク鳴っている。
　毛穴からぶわりと嫌な汗が噴き出て、体が小刻みに震えだす。
「な……んで……」
　あまりの恐怖に、サッと顔が青ざめて。
　無意識のうちに、自分の体を守るように両手で抱き締め、おびえきった眼差しを目の前の男の人に向けていた。
「なんで……義嗣くんが、ここにいるの……？」
　思い出したくもない、忌々しい記憶。
『やめてっ、離して……っ』
『――ッ、暴れるなよ!!』
　ふたりきりの夜。
　私の部屋に押し入り、ベッドの上に押し倒して襲おうとしてきた、過去のトラウマが一気によみがえる。

「なんでって、言っただろう？　妃芽を捜してたからだよ、ずっと」
　ガタガタと真っ青な顔でおびえる私を見て、眼鏡の奥で嬉しそうに目を細める義嗣くん。
「妃芽……？」
　明らかに様子のおかしくなった私と、ニタニタ笑う義嗣くんの顔を交互に見比べてピンときたのか、光希の表情も険しくなって。
「ここだと人が通るのに邪魔になるんで、移動しませんか？」
　私の手を掴んで、背中の後ろに隠すようにしながら、目の前に立ち塞がってくれる。
　口調こそ穏やかなものの、ふと見上げた光希の横顔は鋭く、静かな怒りをたたえていた。
　以前、私から聞いた話と義嗣くんの名前で、彼が私を犯そうとした元義兄であると勘づいたんだと思う。
　義嗣くんは、私と光希の繋がれた手に一瞥を落とすと「ゆっくり話せる場所に案内してくれないか？」と鼻で笑って、光希をにらみ付けていた。

もう、おしまいにしよう

　私達のうしろについて歩く義嗣くんの気配におびえながら、3階まで上がり、自分達のクラスに向かう。
　光希と相談した結果、人のいない場所よりも人目につく方が下手なことは出来ないのではと考えたからだ。
「あれ〜。光希、もう休憩終わったの？」
「ううん。まだだけど、ここでひと休みしようと思って。奥の座席、空いてたよね？　飲み物は自分達で運ぶから、こっちのことは気にしないで」
　教室に入るなり、すぐさまクラスの女子がやってきて、興味津々な様子で私達3人を見てくる。
　独特の雰囲気を持つ、見慣れない美形の男子を伴っていれば、注目度が上がるのも当然なわけで。
　見た目から大学生とわかる義嗣くんと、どんな繋がりなのか。
　質問したくてうずうずしている女の子達の視線をあえて無視して、3人で窓際の奥にあるテーブル席に向かう。
　4人掛けのテーブルなので、私と光希は隣同士に座り、ロッカー側を背にした義嗣くんが、私の向かいに腰を下ろした。
　教室の中は、明るいBGMと人の話し声で賑やかで、よほど近くにいなければ会話の内容も聞こえない。
　光希のとっさの判断は正解だと思った。

「やだな。ここまで警戒しなくたって、何もしないよ。人気(ひとけ)のない場所に連れてったら、何かしでかすとでも思った？」
「……っ」
　私達の考えを見すかしているのか、義嗣くんが顎に手を添えてクスクス笑う。
　図星を突かれてカッとなった私は頬を火照らせ、太ももの上でぎゅっと手のひらを握り締めた。
「——あの、単刀直入に言わせてもらうと、俺は妃芽とあなたの間に『何があったか』知ってます。なんで、妃芽が男嫌いの原因になったあなたとふたりきりにするわけにはいかないし、させるつもりもないです」
　肩を震わせて俯いていると、私の手の上に大きな手を重ねるように置いて、真剣な顔した光希が義嗣くんに牽制をかけた。
　腕組みしながら話を聞いていた義嗣くんは、眉をピクリとも動かさずに、ふっと口の端を吊り上げて笑っている。
　そんな牽制、全く効かないとでも言わんばかりの態度。
　あれだけのことをしておいて悪びれもせずに堂々としていられる神経が信じられなかった。
「何かあった、なんて人聞きが悪いなぁ。『アレ』は、妃芽の方から望んでたことで、僕の意志じゃないよ」
「なっ……」
　平然と嘘を言ってのける義嗣くんに、呆気にとられて言葉を失う。

自分の意志じゃないなんて、どの口がそんなこと……！
　どうしようもなく怖くて。
　助けを求めて必死に泣き叫んで。
　それでも、誰の耳にも悲鳴は届かず、心をズタズタに引き裂かれた。
　人を信じられなくなったのは、全部――義嗣くんのせいじゃない。
「君がどんなふうに聞いてるのか知らないけど、この子は人よりも被害者意識が強くてね？　この容姿のせいで、嫉妬した同性に虐げられてきたせいか、ちょっとしたことでもすぐ過剰に反応するんだ」
　テーブルに両肘を突いて、ニコニコと話す義嗣くん。
　かつて、完璧な優等生フェイスで両親を騙したように、光希を丸め込もうとしているんだ。
　普通なら犯罪行為を指摘されてうろたえるところなのに、取り乱すことなく落ち着き払った態度で「そんな事実はない」と否定した上で、全ては私の虚言だと言い返してくる。
「それにしても、驚いたよ。しばらく海外に行ってる間に、親が離婚してたなんて。留学中、何度も妃芽に手紙を送ったのに一通も返事をくれないし。お義母(かあ)さん――って、もう"元"か。留学期間を終えてすぐ、妃芽の母親の弁護士事務所に伺(うかが)ったら、僕になんて言ったと思う？」
「え……っ？」
　思わぬ人の名前が出たことに、ドクンと胸が騒ぐ。

留学中、私宛てに送っていた手紙――？
　お母さんの事務所に義嗣くんが訪れたなんて、ひと言も知らされてない。
「『あなた達親子とは、もう一切の縁がないので、わたしと娘に金輪際近付くな』だってさ。ひどいよねぇ？　仮にも、数年間は息子だった相手に対して、その言い草はあんまりだと思わないか？」
「お母さんが、そんなことを……？」
　グラリと視界が揺れて、頭の中が混乱する。
　だって、お母さんは私を恨んで遠ざけてるんじゃなかったの？
　再婚してから、充実した日々を送っていたのに。
　あの出来事を境に家族は崩壊して、バラバラになってしまった。
　お父さんが亡くなって以来、女手ひとつで私を育ててくれたお母さんが、ようやく手に入れた幸せだったのに……。
　今、別々の家に住んでいるのも、私と顔を合わせたくないぐらい憎まれているからだと思い込んでいただけに、義嗣くんの発言は鈍器で頭部を殴られたぐらい衝撃的だった。
「あのことは誤解だって言ってるのに、あとから疑いだしたみたいでね。『何よりも信じてあげなければいけなかった娘の気持ちを踏みにじってしまった。だから、もう二度と同じ過ちを繰り返さないために、貴方と妃芽を会わせる

ことは出来ない』って宣言されたよ。……せっかく、僕が妃芽に当てた手紙も私書箱でとめられてて、君の手元に渡らないようにされてた。どれだけ深く妃芽を必要として大事にしてるのか訴えた切実な手紙をだよ？」

ワイワイと騒がしい教室内。

人当たりの良さそうな笑顔を浮かべて語る義嗣くんを見て、物騒な内容を想像している人はいないのか、はじめは私達に注目していた生徒も、各々の仕事や雑談に集中してこっちを見ていない。

口調こそ、穏やかに。

だけど、彼の口から紡がれる事実は、どれも信じがたいほどショックなものばかりで。

「それだけじゃない。僕の父親と結託して、妃芽の住所を本当は住んでない母親の弁護士事務所に登録して、戸籍から割り出せないよう細工してたんだ。おかげで、妃芽が通ってる高校名を割り出すのにひと苦労したよ」

何よりも鳥肌が立ったのは、話しているうちにだんだんと義嗣くんの表情が強張っていって、私しか目に入れなくなっていたことだ。

まるで光希の存在なんて視界の端にも映ってないように、私だけをじっと凝視している。

……あの、ヘビのように細めた目で。

「でも、ようやく捜し出せて再会出来た。ここまでくるのに、どれだけ大変だったことか……。でも、もう大丈夫だよ。『あの日』のことは間違いだったって、もう一度両親に説明し

にいこう？　それでふたりが復縁すれば、僕達もまた一緒に暮らせる。またそばにいられるんだよ」
　恍惚の表情を浮かべて、ありえもしない夢物語を語りだす。
　義嗣くんの目の奥に潜んだ、歪んだ愛情に気付いて。
　ゾクリと鳥肌が立ち、口内が渇きだす。
　――この人は。
　この人は、どれだけ自分本位で身勝手なことを口走っているのか、全く自覚がないの？
　ふつふつと宿る、静かな怒り。屈辱と悔しさに奥歯をきつく噛み締めて。
「……ッ」
　声にならない想いをぶつけるように、涙腺に込み上げた熱いものを目から零すギリギリで、ガタンッと席を立とうとしたら。
「――要するに。ストーカーでしょ、アンタ？」
　光希が私の腕を掴んで、ゆっくり椅子に座りなおさせながら、義嗣くんの方を見てニンマリと口角を持ち上げた。
「は？」
　心外と言わんばかりに眉をひそめる義嗣くん。
　よほど不愉快だったのか、眼鏡のフレームをいじりながら、眉間に皺を刻んでいる。
　一方、光希は飄々とした態度で「あ、図星だった？」とわざとあおるように噴き出して。
「あのね、アンタがしてることは、相手の気持ちなんて――

切お構いなしに自分の好意を押し付けてる迷惑行為なの。頭よさそうなのに、そんな単純なことも理解出来ないの？」
「お前、何を……」
「あはは。やだなぁ。さっきまでの余裕はどこにいっちゃったの？　だって、よく考えなくてもそうでしょ？　自分のものにならないからって、無理矢理妃芽を手に入れようとして、傷付けるだけ傷付けておいて謝罪もなしに『また一緒に暮らせる』だ？　──ふざけんなよ」

　にこやかな笑顔から一変して、光希が真顔になる。

　今まで聞いたことないぐらい低い声は、義嗣くんの話を聞いて、どれだけ怒りを押し込めていたのか伝わるほど怖いものだった。
「あげくの果てに、アンタの異常性を警戒して両方の親が妃芽に会わせないよう注意してんじゃん。そこまでされるって相当だけど、それでもわかんないわけ？」

　ぐっと私の肩を引き寄せて、光希が義嗣くんをにらみ付ける。

　瞬間、義嗣くんが目を見開き、カッとなった勢いで、中身の入った紅茶を光希に浴びせかけた。
「光希……っ!!」

　一瞬にして、ザワッとどよめく室内。この場にいる全員の視線がこっちを向いく、何事かとざわめきだす。

　白いシャツに染み込んでいく、薄いオレンジ色。

　光希の顔に紅茶が跳ねて、前髪の毛先からポタポタと滴が垂れていく。

血相を変えて、スカートのポケットからハンドタオルを取り出そうとすると、乱暴に椅子を引いて立ち上がった義嗣くんがすかさず私の手首を掴んできて。
「きゃっ」
「——行くぞ、妃芽。ここにもう用はない」
「妃芽……っ」
　とっさに引き留めようとする光希の手を払い、肩をドンッと力強く突き飛ばす。
　その一瞬の隙を突いて、私の手を引いて廊下に出ていくと、すれ違う通行人に「邪魔だ！」と怒鳴りつけながら、あっという間に教室から離れていく。
　人の数が多いので、人混みに紛れて光希の姿を見失ってしまった。
「やめてっ、離して……‼」
「うるさい。今の男も、父さんも、お前の母親も、みんなして僕達の邪魔をして……‼　ならいっそ、誰も手の届かないところに行ってしまえばいいんだっ」
　義嗣くんは完全に目がおかしくなっていて、ちっとも声が届かない。
　くくく、と喉奥で噛みころしたように笑いながら、ふたりの逃避行について語りだす様は狂っているとしか言いようがなくて。
　ガクガクと震える足。
　極度の緊張と恐怖に支配されてく思考。
　義嗣くんに植えつけられたトラウマがフラッシュバック

して、叫びそうになるけれど。
　——同時に、光希と出会ってから今日までの日々がよぎって……。
『つらかったね』
　心細かった、16歳の誕生日。ケーキを作ってお祝いしたあとに、慰めてくれたこと。
『——でも、疲れるでしょ？』
　香梨奈達との付き合いに悩んでいた私を、無茶しすぎちゃ駄目だよって諭してくれたこと。
『全員で、俺の友達に何してたの？』
　香梨奈の差し金で男達に襲われかけた時、必死で助けにきてくれたこと。
『妃芽はひとりじゃないよ。味方が……俺がちゃんとついてるから』
『もうこれ以上、自分を傷付けたりしなくていいんだ。自分を大切にしていいんだよ。だから、危ないことはしないで』
　つらい過去を打ち明けて、涙が止まらなかった時も。
　光希はいつもそばで支えてくれて"味方"になってくれた。
　人を信じられなくなっていた私を、優しく包み込んで、そっと支えてくれんだ。
　長い冬が終わって、雪解けの春が訪れるように。
　凍りついていた心を、ゆっくり温めて溶かしてくれた。
　だから——私はもう、あの頃の自分を受け入れて、しっ

かり前を向いていく。
　つらかった。怖くて、不安で、ずっとずっと寂しかった。
　それが、ちゃんとした私の気持ち。
　見ないようにしてた本心だって、光希が気付かせてくれたから。
　どんなにつらくたって、怖くたって、不安だって、寂しくなったって、今の私にはちゃんと大切な人がいる。
　弱音を吐く場所も、心から素直に笑える場所も、みんな君が用意してくれたんだよ、光希……。
　居場所がある。
　ただそれだけで、私はちゃんと前を向ける。
　自分の意志で、想いを伝えることが出来るんだ。
「裏門を出たところに車を止めてあるんだ。妃芽には言ってなかったけど、高校を卒業したタイミングで免許を取ったんだ。人見知りの君でも、車内なら人目を意識せずに……」
「離してっ!!」
　──パシッ。
　義嗣くんに掴まれた手を振りほどき、キッと相手を見据える。
　人気のない場所を選んでか、体育館裏の駐輪場を抜けて、裏門を出ようとしたところで必死の抵抗を見せて、ありったけの声で叫ぶ。
　義嗣くんが言ったとおり、裏門を出てすぐの路肩に黒塗りの高級車が止まっているのを目にして焦ったからだ。

ほとんどの人は校舎の中と正門前で催しを楽しんでいるため裏門には人の姿が見当たらず絶望的な気分になる。

それでも、声を張り上げることで、誰かが異変を感じて様子を見にきてくれるかもしれないと、わずかな期待に賭けるしかなかった。

脳裏をよぎるのは、たったひとりの顔。

光希が来てくれることを祈って。

「私はもう義嗣くんと会う気も関わるつもりもないっ」

「……は？」

「昔されたことも全部……っ、なかったことにしてしまいたいくらい。一瞬だって思い出したくない。だけど、いつまでも過去に囚われて、目の前にいる人達を信用出来ない自分でいたくないから——だから、もう会いにこないでください」

頭を下げて懇願する。

精いっぱい、強気の姿勢を崩さず、怖くてどうしようもない気持ちに負けないように。

震える体を落ち着かせるよう、ゆっくり息を吸って。

前だけ見据えて、静かに顔を上げる。

真摯な目で、もう一度だけ「お願いします」と訴えたら、義嗣くんは意味不明だと言いたげに首を傾げて、口元をひくつかせていた。

「君、さっきから何を言ってるのか……？」

ふらついた足取りで、じりっと詰め寄ってくる義嗣くん。

近寄られた分だけ後ずさるものの、ガシッと右腕を掴ま

れて。
「——この僕が、直々に必要としてやってるのに、どうして拒絶(きょぜつ)するようなことを言うんだっ」
　ビクリと肩が揺れて、反射的に目をつぶる。
　生まれつきのエリートで、政治家の息子という立場から一目置かれてきただけに、拒絶された事実を受け止めきれないのだろう。
　もしかしたら、プライドをへし折られたのかもしれない。
　怒りに顔を赤らめ、我を失ったように私の体をガクガクと揺さぶってくる。
「はじめて見た時から、ずっと僕だけのお姫様だったのに。……アイツか？　さっきのあの男にたぶらかされて、頭がおかしくなったのか!?　前までは、あんなに従順で大人しかったのに、こんなふうに楯突くなんて変な知恵を教え込まれたからだろう？　あんなチャラついて教養もなさそうな男——」
　——パンッ!!
　光希を罵倒する言葉が出た瞬間、全身がカッと熱くなって、手のひらを高く振り上げ、義嗣くんの頬を思いきりひっぱたいていた。
「……っ、光希を悪く言わないで!!」
　眉根を寄せて、怒りで肩をブルブル震わせながら叫ぶ。
「私の友達を——大切な人を侮辱したら、絶対に許さないっ」
「ッ」

叩かれた頬を押さえて、呆然と放心している義嗣くん。
　まさか、彼の言う『あの』私が、こんなふうに怒りをあらわにするとは夢にも思わなかったのだろう。
　信じられないと言わんばかりに、大きく目を見開いている。
　でも、すぐ我に返ったのか、みるみるうちに顔をしかめて。
「……っ僕が、こんなに想ってやってるのに‼」
　不愉快そうに舌打ちすると、勢い良く拳を振り上げ、殴り返そうとしてきた。
　とっさに目をつぶり、顔の前で腕をクロスして身構える。
　殴られるっ──と痛みを覚悟して、怯んだ直後。
「──自分の思いどおりにいかないからって女の子に手を上げるとか最低だろ、お前」
　頭上から、荒っぽい息を吐き出す音がして。
　次の瞬間、私と義嗣くんの間に"誰か"が割って入ってくると、義嗣くんの胸ぐらを思いきり掴み上げ、木の幹に背中を叩きつけた。
　──ガンッ、と木全体が揺れるほどの強い蹴りを入れて、乱暴に義嗣くんが着ているシャツの襟元を引き寄せる。
「これ以上、身勝手な理由で妃芽を傷付けるな……っ」
　全身から漂う気迫。
　額同士がぶつかりそうな至近距離から、相手を鋭くにらみつけているのは──。
「光希……」

信じられない思いで名前を呟き、両手で口を覆う。
　額から汗を流し、荒い呼吸を繰り返す光希。
　ここまで全力疾走してきたのか、シャツの背中部分が汗で張り付いている。
「アンタのは愛情なんかじゃない！　本当に大切に想ってるなら、力づくで手に入れようとしたり、相手を怖がらせるようなことするはずないだろ!?」
「ハッ、庶民のぶんざいで説教を垂れるとか何様のつもりだっ」
　今にも取っ組み合いのケンカが始まりそうな一触即発ムード。
　鋭い目つきでにらみ合うふたりを前に、固唾を呑んでいると。
「──やめなさいっ、ふたりとも!!」
　ピンと張りつめた空気を切り裂くように、凛とした声が響き渡って。
　声のした方を振り返ると、そこには黒いパンツスーツを身にまとった女性が、ツカツカとヒールを鳴らしてこっちに向かってくる姿が見えた。
「お母、さん……？」
　まさかと目を見張り、放心する。
　なぜなら、光希と義嗣くんを引き離して止めに入ったのが、私のお母さんだったからだ。
「久しぶりね、義嗣くん」
　義嗣くんの前に立ち塞がるお母さん。

険しい顔つきからは、とてもじゃないけど再会を喜んでるようには感じられず、再び緊迫した空気が流れだす。
「……なんで、ここに……？」
　義嗣くんは思わぬ人物の登場に驚いているのか、半信半疑の様子で瞬きを繰り返している。
　お母さんを見るなり、明らかにうろたえだした彼を光希と目配せしながら様子見していると、お母さんは目を鋭く細めて、義嗣くんにじりっと一歩詰め寄った。
「おかしいわね。あなたの父親と離婚する際、書面契約できちんと接近禁止令を交わしたのに。どうして、妃芽と一緒にいるのかしら？」
「そ、れは」
「約束したはずよ？　あなたが妃芽にしようとしたことをもみ消す代わりに、金輪際二度と接触しないって。いくら身内のこととはいえ、犯罪行為は許されない。それが、自分達の子どもなら尚更……。そう訴えたわたしに、元旦那——義嗣くんのお父様は、頭を下げてこう言ったわ。『そんなことしたら、自分の仕事上での立場があやうくなる。どこかに情報が漏れて、マスコミに知られたらどうするんだ！』って。……何よりも先に、自分の地位を案じたあの人に深く失望して愛情が冷めていったのよ」
「……っ」
　痛いところを突かれたのか、奥歯を噛み締めて黙り込む義嗣くん。
　光希の背にかくまわれていた私は、たった今知ったばか

りの事実に驚きを隠せず、あまりの衝撃に言葉を失ってしまう。

　私と義嗣くんを会わせないよう『接近禁止令』を敷いてたって、どういうことなの——？
「外部に情報を漏らさない。その代わりに、あなたと娘を二度と会わせることもしないって。書面にサインする時、お父様と一緒にあなたもうちの事務所を訪れたはずだけど、もう忘れたって言うの？」

　お母さんは呆れたと言わんばかりに肩をすくめて息を漏らす。

　義嗣くんは何も言い返せないのか、焦りを滲ませた表情で固まっていた。
「……あなたが妃芽にしたことを許すつもりもないわ。ただ、縁が切れたとはいえ、あなたの『母親』だったのも事実。親として義嗣くんを支えてあげられなかったこと、あのことが起きる前に異変に気付いてあげられなかったことは、今も心から悔やんでる。最後まで、息子だったあなたを助けてあげられなくてごめんなさい……」
「お母さん……」

　義嗣くんに頭を下げたお母さんは、とてもやるせない顔をしていて。

　それは、家族だったのに、多忙なあまり子ども達の異変を見逃してしまっていたことへの後悔と申し訳なさが滲み出ているようだった。

　お母さんに謝られたことで意気消沈したのか、義嗣くん

は呆然としたまま立ち尽くしている。
「もうすぐあなたの父親が迎えの者を寄こしてくるはずよ。さっき、義嗣くんが妃芽を連れてく姿を見て、すぐ連絡したら、電話越しでもわかるぐらい血相を変えて秘書に命じてたわ」
「……ッ」

　父親の名前を出されて、義嗣くんがビクリと肩を震わせる。

　同じ家に住んでた頃から感じてたけど、彼と父親の関係は普通の親子と違い、政治家の子息としてふさわしい立ち居振る舞いを強要されているようだった。

　私の前では優しい"お義父さん"だったけど、跡取りの義嗣くんに対しては、特別厳しく接していたので、親子だけど怖い存在なのかもしれない。
「だからね、言ってやったわ。『こんな時でもあなたは人任せにして、子どもの気持ちに寄り添ってあげないのか！』って。いくら仕事上、毎日多忙とはいえ、家族で触れ合う時間は必要だもの。……義嗣くんが抱えてる寂しさや不満も、きちんと吐き出さなくちゃ。そうじゃないと、あなたはまた妃芽にしたようなことを別の人に繰り返して、他人を思いどおりに操って手元に置こうとすることで孤独を紛らわせようとすると思う」
「人を利用して……孤独を紛らわせようと……」

　愕然と呟く義嗣くんの頭に手を伸ばして、お母さんがそっと撫でる。

眉を下げて苦笑しながら、まるで小さな子どもに言い聞かせるように……。
「そうよ。そんなの本当の『愛』じゃないわよ。……でしょ？」
「…………」
　思い当たる節があったのか、それ以上何も言わずに口を閉ざす義嗣くん。
　その目に、潤んだものが浮かび上がったように見えたのは気のせいだろうか？
　泣くのをこらえるように、前髪で顔を隠し俯く彼を心配げに眺めていたら、義嗣くんが覚悟を決めたように顔を持ち上げて。
　ただじっと私を見つめて、ゆっくり息を吐き出してから「ごめん」と謝ってくれたんだ。
　複雑な表情のまま、悲しげに肩を落として。
　それに対して、私はなんとも言えず、光希が着ているシャツの袖口をきゅっと掴んで黙り込む。
　本当は、あれだけのことをされて簡単に許す気になんてなれないし、ひと言謝られたからって、すぐには信用出来ない。
　……だけど。
　チラリと光希を見上げたら、全部お見通しだよって言ってくれているみたいに優しく微笑んでくれていて。
　──私、変わりたい。
　今、この瞬間に。
　つらい過去を乗り越えて、前に進みたいから。

正直、義嗣くんを前にするだけで怖い、けど。
　自分を傷付けた人を許せる勇気を持ちたいんだ。
「さよなら、義嗣くん……」
　光希の隣に並んで、真っ直ぐに前を見据える。
　眉を下げて、義嗣くんに向けて弱々しく微笑みかけた。
　きっと、これが最後。
　彼と会うのも、言葉を交わすのも、あの時の痛みも苦しさも、全部ひっくるめて、義嗣くんを許すことは自分のためになる。
　つらかったね。
　苦しくて、涙が溢れてどうしようもなかったね。
　……でも、もう大丈夫。
　やっと「前」に進めたから。
　長年張りつめていた緊張の糸がゆっくり解けて、肩の力が抜けていくのを感じていた。

あと、もうひとつだけ

　学祭期間最終日の夜。
　全日程を終えて、表彰式のセレモニーも終わり、うちのクラスは垂れ幕と模擬店部門でダントツ1位を獲得して、総合2位となった。
　3年生の中に交じって上位に食い込んだことで、クラス一同大興奮。
　特に、模擬店部門で客引きに貢献(こうけん)した光希と緒方くん、衣装係と垂れ幕でリーダーシップをとっていた私と柊花はみんなから感謝されて、嬉しいやら照れくさいやら。
　それ以上に、満ち足りた気分を味わっていた。
　表彰式のあとは、駐輪場の近くに設置された仮設テントの中で毎年恒例のバーベキューを行い、ひとしきり飲み食いして盛り上がったあとに、お待ちかねの後夜祭が始まる。
　校庭の中心でキャンプファイヤーが行われ、お祭り好きな生徒を中心に輪になってはしゃぐ。
　バーベキューのあとは自由行動なので、お祭り気分の勢いを借りて気になる生徒に告白する人、思い出づくりの写真を撮る人、校庭の隅で固まって談笑している人など、それぞれ思い思いに過ごしていて。
　そんな中、私と光希は大量の生徒から告白や写真を迫られるのを避けるため、ふたりで目配せし合って、こっそり人の輪から外れることに。

いつもの旧校舎でのんびりしていると、後夜祭最大のメインイベントである打ち上げ花火が始まって、ふたりで窓枠(わく)にもたれながら感嘆の声を上げていた。
「わぁっ……綺麗」
　連続して打ち上がるカラフルな花火に見惚れて、頬を紅潮させていると。
　私の横顔を隣で眺めていた光希が口元に手を当ててクスリと笑い、優しい眼差しで話しだした。
「それにしても驚いたね。妃芽のお母さん、想像してたよりずっと美人で、ハキハキしてて、何よりも娘想いのいい人で安心したよ」
「……うん。私の知らないところで、お母さんがあんなに守ってくれてたなんて思わなかったよ。てっきり、お義父さんと別れる原因になって憎まれてると思ってたから」
「でも、実際は反対の理由だったね」
「あのあとね、義嗣くんの迎えがきて、お母さんと久しぶりにうちで話し合ったの。そしたら、長い間ひとりにしてごめんねって、ぎゅっと抱き締めて謝ってくれたんだ。『あの時、真っ先に妃芽を信じてあげなくちゃいけなかったのに、気が動転して深く傷付けることを言ってごめんなさい』って。そのことが引っかかって、どう接したらいいのか躊躇してるうちに、私もお母さんを避けだして、親子の間でギクシャクした溝が生まれてたことが判明したの」
「要するに、言葉足らずでお互いにすれ違っちゃってたんだね？」

光希の言葉に、こくりとうなずきなおす。
　そう。光希の言うとおり、私とお母さんはお互いに憎まれていると思い込んで、これ以上嫌われることを恐れるあまり変に遠慮し合っていたのだ。
　実際は、ずっと大事に想っていたし、そばにいたかったのに。
「……お母さんね、私が義嗣くんに襲われたあと、はじめて彼の部屋に入ったんだって。それまで、義嗣くんは家族の誰も部屋に入れてくれなくて、年頃の男の子だし遠慮してたらしいんだけど。そしたらね――」
　下唇をきゅっと噛み締めて俯く。
　話していいのか、少しためらうけれど。
　光希には全部知っていてほしい。
　そう思ったから、不安だったけど説明することにした。
　義嗣くんの部屋の天井や壁一面に私の写真がびっしり貼られていたことを。
　その中には、明らかに盗撮とわかる着替え中や入浴中のものもあって……。
　ほかにも、私がなくしたと思っていた衣類や私物が見つかって、これはただ事ではないと感じたらしい。
　義嗣くんに襲われそうになって、泣いて取り乱して事務所に駆け込んだ私の姿と重ね合わせて、やはりクロだと判断したお母さんは、すぐさま義嗣くんを問いつめた。
　だけど、頭の賢い彼はのらりくらりと交わそうとして。
　最後の切り札に彼の部屋で見た光景について指摘する

と、真っ青な顔で「勝手に部屋に入ったのか!?」と大声を上げて、お母さんに掴みかかろうとしたそうだ。

その時、たまたま家にお義父さんがいて、ふたりを慌てて引き離し、3人で話し合うことに。

その結果、無理矢理口を割らされた義嗣くんは、やけになったのか、自分から私にしてきた数々の行為を暴露して両親をあざ笑った。

家族としてやっていく以上、このまま見過ごすわけにはいかないと説得を試みようとしたお母さんに対して、お義父さんがとった行動は常軌を逸したものだった。

この件をマスコミにリークされたら困る。

政治家という立場上、息子が女性を襲ったなんて外部に漏れるわけにはいかないし、ましてや、義理の妹が相手だなんてスキャンダルにもほどがある。

義嗣は海外に行かせるから、物理的に離しておけばほとぼりも冷めるだろう。

もちろん、君も母親だからといって変な使命感でこの件を正そうなんて思わないように。

──と、真っ先に自分の立場を優先し、お母さんに箝口令をしいて、あの出来事をなかったことにしようとしてきた。

これがきっかけとなって、パートナーへの信頼が薄れはじめ、のちのちの離婚に繋がったそうだ。

「ただね、誤解しないでって言ってた。私のせいで別れたんじゃなくて、あくまでもお母さんに男を見る目がなかっ

ただけだって。……でも、義理とはいえ、義嗣くんも本当の息子のように大事に想ってたから、彼のことだけはなんとかしてあげたかったって後悔してたな」
「そっか……」
「ん。だからね、もし義嗣くんに困ったことがあったら、その時は全力でサポートするって言ってた。うちのお母さん、ああ見えて意外と義理堅いから。いくら縁が切れたとはいえ、義嗣くんのことは放っておけないって話してたよ」

　義嗣くんが現れたあの夜、うちのマンションで、お母さんとリビングに並んで座ってお茶を飲みながらいろんな話をした。

　別々に暮らしていた間の出来事について、どれも嬉しそうに相槌を打って話を聞いてくれたお母さん。
「最後にね、またお別れするのが寂しくなって、ポツリと本音を漏らしたの。またお母さんと一緒に暮らしたいって。……そしたら、お母さんがね？　くしゃくしゃな泣き顔で『許してくれるの？』って私に聞いてきてね。うんってうなずいたら、ありがとうって何回も言って号泣しちゃって……つられて泣いちゃった」

　その時の光景を思い出したら、目頭がじんわりしてきて。

　嬉しい報告なのに、いろんな感情が込み上げて、自然と泣けてきてしまった。
「……ちゃんと自分の気持ちを伝えられてよかったね。よく頑張った」

　私の頑張りを認めるように、光希がよしよしと頭を撫で

てきて、ますます涙が止まらなくなってしまったんだ。

だって、光希がとびきり優しい表情をしてるから。

ありがとう——と言いかけて、ふと窓の下を見た私は口を閉ざす。

「妃芽……?」

私の視線を追うように、光希も同じ光景を目にして、複雑そうな顔で沈黙する。

なぜなら、校庭から少し離れた場所にある旧校舎の真下——大きな木の下で、ヒナちゃんと緒方くんが寄り添うようにして座って談笑していたから。

花火の音にかき消されて、ふたりの声は全く聞こえない。

だけど、お日様のようにニコニコ笑うヒナちゃんを見つめる緒方くんの眼差しは、誰も見たことがないくらい穏やかなもので。

ふたりの関係を知らない私でも気付くぐらい、ふたりの仲は急接近して、いい雰囲気になっているのは明らかだった。

そうじゃなきゃ、あんなに密着して座ったりしないよ。

ただの幼なじみなら、お互いに頬を染めて嬉しそうに見つめ合ったりなんかしない。

そんなの、誰よりもふたりのそばにいた光希が気付かないわけないのに……。

「光希……」

ほんの少し寂しそうに、切なげな目をした光希の横顔を見上げて、彼が着ているシャツの裾を握り締める。

ねえ、光希。

　私ね、自分の問題が解決したからってわけじゃないけど、光希も大切な人に本音を伝えて楽になれたら……って願ってしまうんだ。

　だって、それぐらいふたりを見つめる眼差しは心細そうで、不安なのがわかるから。

　ふたりの幸せを望んでるのに、心から応援しきれない。

　そんな矛盾した考えに苦しんでること、ちゃんと伝わってるよ。

「光希」

　光希から顔を背けて、頭上の打ち上げ花火を眺める。

　色とりどりに明滅する光の花を目に焼き付けながら。

「光希は、このままでいいの？」

　私が名前を呼んだ瞬間、隣で、息を呑む気配がした。

　私の言葉にピクリと反応して、気まずそうに黙り込む。

「私は――光希から人に気持ちを伝える大切さを教わって、すごく救われてきたから。だから、今度は……光希自身が前に進めるといいなって、思う、よ……」

　言葉尻が萎んで、どんどん小さい声になっていく。

　私なんかが偉そうなこと言って申し訳ない気持ちが勝ったからだ。

　だって、私に言われなくたって、そんなこと本人が十分わかってる。

　十年も本音を抑え込み続けて、悩み抜いてきたんだもん。

　光希の決意が簡単に揺らがないことぐらい、わかってる

けど。
　それでも、願わずにはいられないんだ。
　自分の好きな人が好きな人と幸せになれる未来を。
　光希がヒナちゃんと緒方くんの幸せを望むように、私も光希の幸せを祈るから……。
「ちゃんと、いるから。ここに、光希の味方が」
　光希の手をそっと掴んで握り締める。
　今、こっちを見られたら困るぐらい耳朶が赤くなって顔中に熱が広がっているけれど。
　私の思いが伝わったのか、光希もぎゅっと手を握り返してくれて。
　ゆっくり顔を上げたら、眉を下げて苦笑している光希と目が合った。
　何か言うでもなく、ただ静かに微笑んで。
　心なしか、少しだけ顎を引いてうなずいているように見えたのは気のせいなのかな……？
　ううん。きっと、気のせいなんかじゃない。
　光希もきっと、前に進むために葛藤しているんだ。
　繋いだ手と手。
　背筋を伸ばして、前を向く。後夜祭ラストを彩る連続した打ち上げ花火を見上げながら。
　轟音に呑まれてほとんどかき消されてしまったけど、微かに隣から聞こえてきたんだ。
　ありがとうって呟いた声が……。

大盛況だった学校祭も終わり、あっという間に時間が流れて夏休みがやってきた。

　あれから、私はというと、学祭の準備期間中から親しくなったクラスの女子と普段も話すようになり、前より更に学校生活が楽しくなった。

　お母さんとのわだかまりも解けて、今私が住んでいる家に越してくることも決まった。

　お母さんが引っ越してくるのは、夏休み明けくらいなので、部屋の片付けをしている最中。

　また一緒に暮らせるようになったことがすごく嬉しくてたまらない。

　そんな私を見て、柊花は「表情が明るくなったね」と微笑み、少し前までの物憂げな感じも似合ってたけど、今の方が肩の力抜けててていいよと言ってくれた。

　なんでも、ますます私を見て創作意欲が掻き立てられるようになったらしい。

　そんな柊花の描いた絵は、先日美術コンクールに入賞して、県内の大きな美術館に展示されることになった。

　嬉しい報告を受けたのは、夏休みに入ってすぐ。

　柊花が行きたがっていたスイーツバイキングを訪れ、プチケーキを食べていたら、ふと思い出したように「そういえば」と報告されて驚いた。

　だって、かなり有名なコンクールで入賞してるのに、ついでみたいなテンションでサラッと言うんだもん。びっくりしちゃうよ。

「すごいね柊花！　本当に本当におめでとう」
　驚きのあとは、それを上回る興奮に包まれて。
　頬を紅潮させて祝福の言葉を贈ると、柊花は「どういたしまして」と心なしか照れくさそうに苦笑し、私にある物を差し出してきた。
「妃芽が好きな人を想ってる姿を描いた絵だから、好きな人と見にきてよ」
「これは……？」
「美術館のタダ券。展示される場所が有料のとこだからさ。ちなみに、それ1枚で2名まで入れるから。上原とおいで」
「なんで光希と？」
　柊花から手渡されたチケットをしげしげと眺めながら首を傾げると。
「くればわかるよ。まあ、モデルのお礼と、友達の恋を自分なりに応援してるのが伝わればいいかなって」
「？」
「はい、そこ。ポカンとしないの。いいから食べるよ」
　柄でもないことすると妙に気恥ずかしいわとブツブツ呟きながら、柊花がお皿に盛ったプチケーキをフォークに刺して頬張る。
　えっと……要するに、モデルを引き受けたお礼ってことでいいんだよね？
「ふふ。柊花、いっぺんに食べすぎだよ」
　甘いものに目がない柊花。
　普段が大人っぽいクールキャラだけに、愛らしいギャッ

プに惹かれて、クスクス笑ってしまう。

何はともあれ、おめでとう。

モデルはラフの段階までだったので、完成した絵はまだ見てないんだ。

だから、どんなふうに仕上がったのか見るのが楽しみ。

……せっかく柊花がチャンスをくれたんだし、光希を誘ってみよう。

きっと、ふたりで出かける名目を与えてくれたのが、柊花の言う「友達の恋を応援してる」って意味なんだろうし。

実は、夏休みに入ってから光希と全く会えてなかったから、誘う口実をもらえてありがたかった。

光希は実家のケーキ屋さんで毎日仕事をしているから、よほど何かのきっかけがないと声をかけづらかったんだ。

早朝から仕込み作業をして、開店から閉店時間まで働いて、お店を閉じたあとも片付けや翌日の準備に追われてるって話していたから。

そのほかにも、パティシエの父親と洋菓子づくりの修業をしたりと大忙しみたい。

前までは、いろんな女の子と遊んでたけど、学祭前ぐらいからかな？

パッタリと女遊びをしなくなり、いつものように誘われても「ごめんね」と軽く交わすようになっていた。

その分、実家の手伝いや、ケーキづくりに専念しているというか。

私が義嗣くんに別れを告げて、お母さんと仲直りした姿

を見て、光希なりに感じるものがあったらしく、
「俺も妃芽を見習って成長しなくちゃね」
　と、何かを決意したように意味深な言葉を口にしていた。
　夏休みに入る前のことなので、しばらく会ってない今はどうしているのかわからないんだけど……。
　柊花からもらったせっかくのチャンスを棒に振るわけにはいかない。
　そう思い、勇気を振り絞って、久々に連絡を取ることにした。
【久しぶり。元気にしてる？　突然だけど、光希の都合いい日にでもお出かけしたいなと思って連絡してみたよ。友達が美術館のチケットをくれたんだ。よければ、一緒に行かない？】
　メッセージアプリに本文を入力して、ドキドキしながら送信ボタンをタップする。
　トーク画面にメッセージが表示されると、あまりの緊張感から脱力してしまい、ずるずると布団の上に倒れ込んでしまった。
　柊花と別れたあと、帰宅してからどう誘おうか悩みに悩み抜いて送った文章。
　なるべくフランクな感じを装うために、ウサギがピクニックセットを持ってお出かけしようとしているスタンプも貼りつけた。

　時刻は21時。

お店の営業時間も終わって、仕込み作業がなければ部屋でくつろいでる頃だと思うんだけど……。
　急に誘って変に思われたかな、なんて。
　いざ送信してから不安に陥り、枕元のクッションを胸に抱き締めていると。
　——ピコンッ、とメッセージアプリの着信音が鳴って、慌てて飛び起きた。
【妃芽も元気にしてた？　来週だったら予定空いてるよ】
　こ、断られなかった！
　……よね？
　何度も本文を読み返し、震える指で画面をタップする。
【返信ありがとう！　土日はお店が忙しいと思うから、平日の都合いい時間帯で大丈夫だよ。光希と会えるの楽しみにしてるね】
　楽しみにしてるは言いすぎかなって迷ったけど、正直な気持ちだもん。
　きっと、言葉どおりに受け止めてくれるはず。
　再び送信すると、すぐさま既読マークがついて【了解。また追って連絡する】と返事がきた。
「う、うわぁ」
　じんわり熱くなってきた頬を両手で押さえて、布団の上をゴロゴロする。
　夏休みに入る前は、毎日学校で会っていたのに。
　ほんの1か月、顔を合わせてなかっただけでこんなに緊張するなんて。

4th　変わるための決意 >> 291

「ど、どの服を着てこう」
　テンパりすぎて、ベッドから起き上がった足で部屋のクローゼットを確認したり。
　ふたりで出かけるってことは、デート……みたいなものだよね?
　実際に付き合ってるわけじゃないから、ニュアンスは違うけど。
　それでも、久しぶりに光希と会えることが嬉しすぎて言葉にならない。
　——でも。あくまでもそれは『友達』として。
　約束して会うことに特別な意味合いなんかなくて……。
　わかってる。わかってる、けど……。
　光希の恋を応援するって決めた以上、変な期待をするだけ無駄だし、なんとも思われてないからこそ誘いに応じてくれたことも承知してる。
　でも、本気で好きになればなるほど苦しくて、どうしようもなく切なく感じてしまう。
　友達、なのに……。
　この胸いっぱいに溢れる「好き」という感情を抑えきれなくて、想いを伝えてしまいたくなるんだ。
　だけど、告白して振られたら?
　想像するだけで、足がすくんだように身動きがとれなくなる。
　光希が女遊びをやめたのも、ヒナちゃんに……本命に一途になると決意したからだと思うし。

光希とヒナちゃんの間にある長い歴史や絆の深さを考えても、私なんかが入り込む隙間は1ミリもなくて。
　今の関係を維持したいのなら、決して気持ちを伝えちゃいけない。
　告白して、友達ですらいられなくなる方がつらいから。
　それに、優しい光希のことだもん。
　失恋後に気を使って、距離を置くかもしれない。
　——そんなの、絶対嫌だ。
「……なんて、我儘ばっかり」
　手に持った洋服を抱き締めながら、自嘲的な笑みを零す。
　結局、単なる意気地なしなんだ。
　本音の部分では進展を望んでるのに、友達ですらいられなくなるのが怖くて前に進めずにいる。
　好きになればなるほど臆病になって慎重になってく。
　この胸に渦巻く、様々な葛藤。それらを払拭するように首を横に振って、モヤモヤを吹き飛ばした。

　あれから、光希の予定と折り合いをつけて、ようやく出かけられたのは、夏休みがあと2日で終わる8月下旬だった。
　午前中から日が高く昇り、ジリジリと蝉の声が響き渡る真夏日。
　冷房の効いた家から出た瞬間、あまりの暑さに全身から汗が噴き出て、首筋やうなじをハンドタオルで何度も拭った。

「お待たせ、光希」
「おはよう。終業式以来だから久しぶりだね」
　朝10時に待ち合わせ場所の駅前広場に着くと、光希が先に来ていて、時計台の下でスマホをいじっていた。
　私があいさつすると、爽やかな笑顔を向けて、ジーンズのポケットにスマホをしまう。
　今日もカッコいいな……。
　今までにも何回か私服姿は見たことあるけど、いつもオシャレだなって感じる。
　今日の光希は、胸元にポケットが付いているゆったりした無地の白シャツと、細身のジーンズ、黒いスニーカーというラフな軽装。
　首元に革製のネックレスを提(さ)げている。
　長身痩躯でスタイル抜群なので、なんでも着こなしてしまえるところはさすがだと感心してしまう。
「今日の格好もかわいいね。いつもより大人っぽくて綺麗な感じがする」
　じっと見惚れていると、光希の方から私服コーデを褒められて、ボンッと顔中が熱くなってしまった。
　まさか、褒める前に褒められるとは思いもしなかったから。
　ノースリーブでネイビーカラーのオールインワンと、シルバーのサンダル。
　首元にはワンポイントのネックレスが揺れている。
　耳の下あたりのショートカットは、ヘアアイロンで毛先

をゆるふわに巻いてセットしてきた。

　メイクも普段よりほんのり大人めにしてきたので、光希に気付いてもらえて嬉しかった。

　今日のために頑張ってきてよかった。
「あ、ありがとう。……その、光希も……カッコいい、よ」
　ゴニョゴニョと小声で伝えると、光希は目を丸くして、それからおかしそうに「ふはっ」と噴き出した。
「なんで照れてんの？」
「て、照れてない……っ」
　背を屈めて、腕組みしながら下から顔を覗き込んでこようとする光希からふいと目を逸らす。

　こんな真っ赤な顔見られたくないし、それより何より私の反応を見てからかってるのが丸わかりなのが悔しい。
「さ、行こうか」
　スッと自然な動作で私の手を掴んで、駅に向かって歩きだす。
「わ。見て、あそこのカップル。美男美女！」
「芸能人か何か？　すごい目立ってるね」
「あの男の子、マジカッコいいんだけどっ」
　道行く人達がすれ違う度にこっちを振り返って、ヒソヒソと噂話をしている。
　女性陣の視線を集めるのは、もちろん光希。
　熱い眼差しを浴びてるにもかかわらず、当の本人は注目されることに慣れきっているのか、周りを気にした様子もなくて。

改めて思うけど、光希ってイケメンだよね……。
　顔で好きになったわけじゃないけど、周囲の反応を見て、しみじみ実感する。
　そんな人と誤解とはいえカップルだと思ってもらえたことが嬉しくて、どうしようもなく緩みそうになる口元を引き締めるのに精いっぱいだった。

　それから、光希と電車を乗り継いでやってきたのは、県内の中心部にある大きな美術館。
　丸みを帯びた印象的な外観は全面ガラス張りになっていて、内観も近未来的な雰囲気になっている。
　多彩な展覧会を開催していて、カフェやブラッスリーも入っているのでお茶やランチにも利用することが出来る。
　1階のミュージアムショップでは企画展(きかくてん)に関するグッズや、いろんなアーティストの作品も販売されていて、柊花いわく美術好きにはたまらない場所だそうだ。
「こういう場所にくるの、地味にはじめてかも」
「私も。小学生の時、学校行事で公民館の郷土資料とかは見にいったことがあるけど、こんな立派な美術館はじめてだよ」
　受付カウンターでチケットを見せて、光希と展示会のイベントホールに足を踏み入れる。
　癒し系の音楽が静かに流れるホール内には、豪華な額縁に飾られたコンクールの入賞作品が何十点も飾られていて、入り口から順番に作品を眺めていった。

私と光希のほかにもお客さんが来ていて、まじまじと作品に見入っている。
　その中でも、小さな人だかりが出来るぐらい「ある絵」の前で人々は足を止めていて。
　ある程度人がさばけて、ようやくその絵の前に立った瞬間、思わず目を見開き、放心しながら作品に見入っていた。
　全体的に淡い色合いの水彩画。
　目の前の"誰か"を真っ直ぐ見つめていると思しき、ひとりの少女の絵。
　憂いを帯びた少女の目にはうっすらと涙が浮かんでいて、内に秘めた切なさを押し殺すようにはにかんでいる。
　見るからに、無理した笑顔。だけど、必死に泣くまいとする様は、いじらしさすら感じられて……。
「——これ、妃芽だよね？」
　私の隣に並んで鑑賞していた光希が、絵と私の顔を交互に見比べて質問してくる。
　うん、と声に出して返事したつもりが、涙腺に熱いものが込み上げたせいで言葉にならなくて、顎を引いてうなずくので精いっぱいだった。
　なぜなら、その作品——柊花が描いてくれた"私"の絵のタイトルが、【言いたい。】だったから。
　具体的な説明がないので、誰に何を言いたいのか、パッと見はわからない。
　だけど、被写体として描いてもらった私にはわかるんだ。
　……これが、柊花なりの私に宛てた応援メッセージだっ

てことが。
『妃芽が好きな人を想ってる姿を描いた絵だから、好きな人と見にきてよ』
　どうしてこの絵を光希と見るよう言っていたのか。
　人付き合いが不器用な柊花らしい背中の押し方に、ぽろぽろと涙が溢れて止まらない。
　——言いたい。
　本当は、何よりも好きな人に、光希に「好き」って言いたい。
　友達として光希の恋を応援すると決めた以上、自分の気持ちは封印しなくちゃいけなかったのに。
　決意を貫き通すためには、最初から最後まで本音を伝えちゃいけないと思っていた。
　なのに、抑えつけようとする度に、いとしさが膨らんで。
　この胸いっぱいに溢れた想いを、どうしたらいいのかわからなくなっていた。
　好きで、好きで、好きで……ただ、好きで。
　もう誰も信じないと頑なに閉ざしていた心をほぐして癒してくれた、君が好きで。
　光希の幸せを願うのに、その幸せな光景の隣に並んでいるのが自分だったらいいのにって、心のどこかで思ってたんだ。
「どしたの？　急に具合でも悪くなっ——」
　突然泣きだした私を、光希が心配そうに気遣ってくる。
　背を屈めて、下から顔を覗き込まれそうになった時。

ふと視線同士が絡んで、ああ限界だと思った。
空気を入れ続けた風船が破裂するように、たった一瞬で抑え続けてきた感情が爆発した。
「……き」
涙を流しながら、光希が着ているシャツの裾を掴んで、上目遣いで見つめる。
真剣な想いは、いざ声に出すとあまりにもシンプルで。
でも、それが嘘偽りのない正直な全部だった。
「光希が、好き」
告白しようと思ってしたわけじゃない。
ただ感情に突き動かされるままに本能に従ったら、素直な言葉が零れ落ちていた。
「……っ、好きなの。ずっとずっと、好きだった」
涙の膜が張って、目の前の景色が滲んでいく。
そのせいで、光希がどんな表情をしてるかわからなくなったけれど、微かに息を呑む気配が伝わってきて。
「ほかに好きな子がいるって知ってるのに、好きって言ってごめんね……」
目元を覆う指と指の隙間から熱い水滴が零れ落ちて頬を伝い落ちていく。
不思議なことに、あれだけ秘密にしておこうと思った本音を口にしたら、スッと肩の力が抜けて心が軽くなっていた。
きっと、気分が高揚してるせいだけど、それでも本心を打ち明けたことでだいぶスッキリしていたんだ。

きゅっと目元を手の甲で拭い取って、真っ直ぐ顔を上げる。頭上を見上げたら、放心状態の光希と目が合って。
　鳩が豆鉄砲でも食ったような、びっくりした顔を目の当たりにしたら、どれだけ鈍いんだろうこの人はと思えて苦笑してしまった。
　あれだけいろんな女の子と遊んでて、その反応は意外すぎるよ。
　たとえ一瞬でも、光希を動かすことが出来たなら、この告白はきっと間違いなんかじゃない。
「……私ね、義嗣くんのことがあってから、男の人を好きになるなんて無理だって諦めてた。でも、光希に出会えたから、ちゃんと人を好きになれたんだ。恋する気持ちを教えてくれて、ありがとう」
　光希の手を両手で包み込んで、涙で濡れた目で微笑む。
「妃芽……」
　緊張で指先が震えたけど、感謝の言葉を伝えられてほっとした。
　だから、あと少し。
　ほんの少しだけ、勇気を振り絞って。
　スッと息を吸い込んで、真剣な目を向ける。
　私は私の恋を諦めて、光希を応援するために最後の我儘を口にした。
「……っ、ちゃんと諦めるから、絶対もう好きなんて言わないから──お願いだから、今日だけそばにいて」
「……っ」

光希の目がわずかに見開かれて、喉仏を膨らませて唾を呑み込む音がした。
　それから、顔を俯かせて、首の後ろに手を添えながら迷うそぶりを見せて嘆息する。
　伏し目がちになり、真剣に考え込んでいる様子から、どう応えるべきか悩んでいるのが伝わってきた。
　自惚れかもしれないけど、それぐらいには大切に想われている証拠なのだと実感して、こんな時なのに嬉しく感じてしまう。
　同時に申し訳なさも感じて、胸が鈍く痛む。
　友達の一線を越える、ルール違反の発言だと十分理解していた。
　今ならまだ引き返せる。
　純粋なまま、告白だけで済ませれば『友達』としていられる。
　でも、それじゃあ何も変われない。
　失恋することから逃げて、好きな人の恋を応援してると言いながら本当はうまくいってほしくなくて……本音は矛盾してばかりでグチャグチャだった。
　本当は、光希が好きっていうシンプルな気持ちだけ大切にしていれば良かったのだと、たった今自覚した。
　お願い、と震える声でもう一度懇願した瞬間、光希は無言のまま私の手を引き、出口に向かって歩きだした。
　――もうあとには引き返せない。
　揺れる視界の中で、光希の広い背中を見つめて覚悟する。

友達の壁を壊す選択をしたのは、自分自身なのだと。

「——本当にいいの？」
　美術館を出て、あてもなく駅周辺を歩きながら、光希は無表情で質問してきた。
　近くの建物や看板を見てホテル街に入ったことに気付き、一瞬おじけづいて足がすくみそうになる。
　真剣な眼差しから「覚悟はあるのか？」と問われているようで、ごくりと唾を呑み込んだ。
　きっと、一線を越えたら元の関係には戻れなくなる。
　友達としてそばにいることも、頼りにすることもされることも、みんな全部。
　ひとつずつ築き上げてきた友情を壊してまでどうしても手に入れたいのかと自分自身に問いかけて、光希の顔を見据える。
　真っ直ぐ、覚悟を込めて。
「うん」
　揺らぐことのない本心に耳を傾けて、正直な思いをぶつけたんだ。
　私の本気度を感じとった光希は、そっかと呟いて、困ったように優しく苦笑してくれた。
　誰よりも私のことを気にかけて、見守ってきてくれた彼だからこそ、生半可な覚悟じゃないと理解してくれたのだろう。
「光希、ごめんね……」

我儘で、身勝手すぎて本当にごめんなさい。
　それでも、どうしても君が欲しかった。
　夢みたいな一瞬で構わないから、全ての過去を乗り越えて、異性に対するトラウマを払拭するなら、生まれてはじめて好きになった光希以外考えられなかったから。
　目に涙を浮かべて微笑む私に、光希は寂しそうに笑い返して「いいよ」って受け入れてくれた。
　裏路地のホテルに入り、部屋に入るなり、私は光希の首に腕を回して抱きついた。
　光希は私の髪の間に指を差し込んで、額や瞼にキスを落としながら、ゆっくり引きずるようにベッドの上に雪崩れ込んでいく。
　ギシリとスプリングを軋ませながら、ベッドの上に片膝をついて、上から私を見下ろしてくる光希。
　彼の頬に手を伸ばして、顔を近付けようとしたら、唇同士が触れるスレスレで大きな手のひらに口を塞がれた。
　どうして、ときょとんと目を丸くする私に、光希は眉を八の字に下げて「口は駄目」と口角を持ち上げて微笑んだ。
「せめて唇だけは、本当に好きな人と付き合えた時のためにとっておきなよ」
「……っ」
「こら。そんな顔しないの。……ちゃんと、前に進むんでしょ？」
　耳元でヒソリと囁かれた声に、ピクリと肩が反応する。
　ずるいな。

そんなふうに言われたら、それでもお願いなんて言えなくなるじゃないか。
「それ以外は、全部あげるから」
　ね、といたずらっぽく目を細めて、光希が柔らかく苦笑する。
「……なら、我慢する」
　ポツリと呟いて、顔を横に背ける。
　自分で口にしたセリフなのに、あまりの大胆さに羞恥で頬が熱くなり、耳のつけ根まで赤く染まっていく。
　真っ赤な顔で恥ずかしがる私を見下ろして、光希がクスリと笑う。
　でも、次の瞬間には、艶っぽい空気に切り替わって、どちらも冗談を口にする余裕すらなくなっていた。
　光希が腕をクロスしながら上着を脱ぎ捨てて、私が身に着けていた衣服を丁寧(ていねい)に脱がしてくれる。
　それから、熱っぽい眼差しを絡め合わせて、お互いに触れ合った。
　首筋に触れる吐息の熱さ。
　肌をなぞる、武骨な手のひらの優しさ。
　お互いの息が上がりだす頃には、汗ばむ体に触れる指先が滑って、熱に浮かされたような心境に陥っていく。
　はじめて触れる大好きな人の腕の中で。
　この温度も、感触も、体の痛みも、全部全部記憶に焼き付けて、生涯忘れたくないと思った。
　だって、胸が張り裂けそうな切なさ以上に、この人を好

きになれてよかったと心から思えたから。
　怖くてたまらなかった男の人の記憶が、甘く優しい思い出に塗り替えられていく。
　それは、相手が君だからだよ……光希。
　だからね。
　今だけだから。
　もう口にしないから、うわ言みたいに繰り返させてよ。
「好き……っ、光希が、大好き」
　涙で滲む視界の中、苦しい息の下から途切れ途切れに吐き出した、本当の気持ち。
　光希はその想いを全てすくい取るように、うんとうなずき、繋いだ手に力を入れて、きつく抱き締めてくれていた。
　最初から最後まで、好きなんて言わない。
　……そう決意して、蓋をし続けてきたけれど。
　本当はずっと、こうして伝えたかったの。
　好きな人に好きと言える、正直な自分に。
　だから、絶対後悔しないよ。するはずがない。
　だから、今度は光希の番だよ。
　これまで築き上げてきた友情を全てぶち壊す覚悟で君を求めた意味が、少しでも伝わるといいな。
　言葉の代わりに、行動で示すから。
　頑張って、光希。
　今度は君が、好きな人に向き合う番だよ。
　そう祈りを込めて──。

5th
君に恋してよかった

誰も信じられなくなって、塞ぎ込んでたあの日。
君と出会えて、私は救われたんだ。
人は人を信用出来なくなる時もあるけど。
人を信じたいと思わせてくれるのも「人」なんだって。
光希――、君に恋をして知ったんだ。

ちゃんと恋をしたね

　夏休みが明けてすぐ、あるニュースが駆け巡り、学校中が騒然となった。
「嘘っ。緒方くんに彼女出来たって本当!?」
「相手は、1年だって。妹扱いされてるっぽいから油断してた……」
「でも、あの子、前まで上原くんにつきまとってなかった？」
「あっちがじゃれ合いで、本命は緒方くんだったってことでしょ？」
「なんか、このことで彼女のこと悪く言うと、冷酷極まりない緒方くんと、笑顔のまま『ヒナの悪口言ったら殺すよ？』って詰め寄ってくる上原くんにブチ切れられるから注意しろだって！　何人もそれで撃退されてるって噂だよ」

　新学期に入ってから、早2週間。

　ここ最近、ヒナちゃんと緒方くんが付き合いはじめた話題があちこちで飛び交い、いろんな情報が交錯していた。

　うちの高校で1番人気の緒方くんだけに、ショックを受ける人の数も半端じゃなくて。

　みんな悲痛の表情で項垂れ、なんでなんでと困惑している。

　教室に入るなり、その話を耳にした私は「……ついにきたか」という気持ちと、光希に対する複雑な思いで胸がいっ

ぱいになった。

　たまたま教室から窓の外を眺めていたら、仲良さそうに手を繋いで登校してくるヒナちゃんと緒方くんの姿が見えて。

　普段、人前でニコリともしない緒方くんが、ヒナちゃんの前では穏やかな笑みを浮かべて彼女の話に相槌を打ってるのを見て、ベタ惚れの噂は本当なんだなとつくづく実感する。

　ヒナちゃんもとびきり嬉しそうで、はたから見てても微笑ましいカップルだなって思う。

　どんな噂をされても、そんなの関係ない。

　そう言わんばかりに、堂々とした態度で付き合っている。

　……というよりは、噂のとおり、一部の嫉妬した女子がヒナちゃんの悪口を言おうものなら、光希と緒方くんが相手に圧力をかけて黙らせているかららしいんだけど。

　なんでも、注意された子の中には、ふたりの顔を見るのもトラウマレベルで逃げ出す子もいるとかなんとか。

　それぐらい、ふたりに大事に守られてるなら、ヒナちゃんも安全だよね？
「おはよ〜、光希！」
「おはよう。朝からみんな元気だね」
　机に座って、ぼんやり外を眺めていたら、教室の入り口から光希の声がして顔を上げる。

　すると、パチリと目が合って。
「おはよう、光希」

目を細めて笑顔であいさつしたら、光希はほんの少しだけ照れくさそうに苦笑して「おはよう」と返してくれた。
　あいさつするなり、すぐさま前に向きなおり、机の中から教科書を引っ張り出してノートを広げる。
　柊花がくるまでの間、数学の小テストに向けて自習してよう。
　……っていうのは、表面上の建前で。
　本当は、あの日以来、光希とどう接していいのかわからないんだ。
　友達の一線を越えてから、1日も早く失恋を受け入れなくちゃ、って想いが強くなって……。
　姿を見ると意識してしまうから、なるべく不自然にならないよう距離を置いて、ふたりきりになるのを避けている。
　いつもの待ち合わせ場所だった旧校舎にもずっと行ってない。
　まだ正直に言えば切ないけれど……前に進むって決めたんだから、未練を引きずっちゃ駄目。
　……なのに。
　気のせいだと思うけど、ここ最近、やたら光希から視線を感じて、目が合う度に戸惑ってる。
　誰かに見られているような気がして顔を上げると、なぜだか毎回光希と視線がぶつかるんだ。
　目が合うと、お互いに緊張して、ビクッとなるのがわかる。
　それから、短く苦笑し合い、気まずくなって目を逸らす

――っていう状態が、新学期に入ってから続いていて。

その時の光希は、心なしか若干頬が赤らんでるように見えて。

どうして私相手に、そんな顔するのか不思議でしょうがない。

でも、そんなの気のせいだから。

光希を意識しすぎるあまり、自分に都合良く思い込もうとしてるだけ。

だから……、自惚れちゃ駄目だよ。絶対駄目。

夏から秋に季節が変わりはじめて、夏服からセーターを着用した冬服に衣替えする中。

私と光希の間に生まれたわずかな『距離』に、一刻も早くふんぎりをつけなければと感じていた。

だって、光希は友人としても大好きな人だから。

ちゃんと前みたく、普通に仲良くしたい。

私がギクシャクしてしまう限り、優しい光希は遠慮してしまう。

そのためにも――ちゃんと光希以外の人に目を向ける努力をしなくちゃいけない。

簡単に好きになれるとは思えないけど、時間の経過と共に変化していく感情もあると信じて……。

「ねえねえ、田島さん！　今日の放課後、空いてる？　もし、暇してたら、他校の男子と合コンするんだけどどうかな？　クラス写真見せたら、みんな『この子に会いたい！』って

希望してきてさ」
「……実は、田島さんが来るなら、この子の好きな人との仲を取り持ってやるって言われてて。どうかな？」
「こ、こんなこと急に頼んで迷惑だよね……」

　9月中旬の、ある日のお昼休み。

　柊花とランチを終えて、教室でまったりお喋りしていたら、同じクラスの女の子達が3人組でやってきて、いきなり合コンの話を持ち出されて驚いた。

　どうやら、声をかけてきたふたりの後ろでもじもじしながら赤面している朝長(ともなが)さんが他校生に片想いしていて、私を紹介すればその相手との仲を取り持つと提案されたらしい。
「ねっ、お願い！　どうしてもうちら、この子に協力してあげたいんだっ」
「今回、あたしらはサポートに回るだけで、男を探してるわけじゃなくてさ。あくまでも、交換条件をのむだけというか」

　どうしようか迷い、返事をするのに躊躇する。

　気軽な気持ちで参加してほしいと言われたものの、また香梨奈達のように『男を独り占めして調子に乗ってる』と悪態をつかれたら……と不安がよぎったからだ。

　でも……。
「わたしのせいで……変なお願いしてごめんなさい」

　目の前で泣きそうな顔してるクラスメイトを放っておけなくて。

「ううん。大丈夫だよ。今日の放課後でいいんだよね？」
　私なんかでも人の役に立てるなら——そう思い、ニッコリ微笑んでOKした。
　まだ実際に起こってもいない仮定に対して、あの時のようにああなったら……って否定的にとらえるのは、目の前の相手に対して失礼だよね。
　それに、これをきっかけに共通の話題が出来て、彼女達と仲良くなれるかもしれない。
　物事をなんでもネガティブに受け取るんじゃなく、ポジティブに考えられるようになれたらいいな。
「本当!?　ありがとう、田島さんっ」
　私が承諾するなり、手を取り合って喜ぶ彼女達の姿を見て、協力出来ることがあってよかったって単純に思えた。
「妃芽が行くなら、あたしも参加するかな。最近、失恋したばっかで、ほかにいい男がいないか探してたところだし」
　ほのぼのした空気の中、柊花がつらっとした態度で右手を上げて爆弾発言を投下する。
　サラリと口にしたけど、その話を聞いたのは初耳で、思わず目を丸くしてしまった。
「しゅ、柊花っ、何その話……っ」
「今日の放課後、合コンに向かいがてら話してあげる」
　ふっと意味深な笑みを浮かべて、その場で追及しようとする私を制する柊花。
　た、確かに。
　人前でおおっぴらに話せる内容じゃないよね。

心配げな顔する私を見て、柊花は「もう終わったことだから大丈夫」と大人っぽく微笑み返してくれた。
「それよりも妃芽、さっき担任から用事頼まれてなかった？」
「あっ、そうだった。柊花、ごめん。ちょっと職員室に行ってくるね。みんなも、詳しいことはあとで聞かせて」
　柊花に促されて用事を思い出し、慌てて教室をあとにする。
　だけど、教室の入り口から廊下に出ようとした瞬間、後ろからぐっと腕を掴まれて。
　振り返ると、なぜだかそこに焦った様子の光希がいて驚いた。
　近くにいたクラスメイト達も、私の腕を掴んで引き留めている光希を見て興味津々な目を向けている。
「み、光希……？」
「──今、合コンに参加するとかって話が聞こえてきたんだけど」
　普段、人目を気にしがちな私に配慮して、あいさつ以外は人のいないところで話しかけてくるのに。
　なんでそんなに心配そうな顔してるの？
「う、……うん。今日の放課後、参加することになったけど……」
　いつもと違う光希に戸惑い、しどろもどろに答えると。
　光希は奥歯を噛み締めながら「なんで？」と真顔で聞いてきた。

「な、なんでって……？」
　え、えっと。この場合、なんて答えるのが正解なのかな？
　きっと、光希のことだから、義嗣くんの件で男の人に苦手意識を持っている私を心配して引き留めようとしてくれてるんだよね？
　あくまでも友人として。それ以上の深い意味なんてなくて……。
　それに、朝長さんの恋を応援するために、向こう側が提示した条件が『私を紹介すること』だなんて知ったら、香梨奈のことがあったのに懲りてないのかって呆れられるかもしれない。
　同じパイプ役でも意味は全然違うのに、うまく説明出来なくて。
　そもそも、人の恋愛事情を勝手に口外するわけにもいかないし。
「み、光希。とりあえず廊下に移動しようか？」
　緊迫した空気を漂わせる私達を周囲が注目してることに気付き、光希の腕を引いて人気のない廊下に連れ出す。
　だけど、階段の前まできた時、光希が私の手首を逆に掴み取って、足を静止させた。
「……光希？」
　目を伏せて、無言を貫く光希に首を傾げる。
　なんだか若干怒ってる、というよりは不機嫌に見えるのは気のせい……だよね？
「えっとね、合コン行くのはその……わ、私もね？　いつ

まででも過去を引きずってちゃいけないし、ちゃんと『次』に目を向けようと思って」

　様子のおかしい光希にしどろもどろしつつ、なるべく不自然じゃないよう、さっきの質問に答えていく。

　私が『次』という単語を口にしたとたん、手首を掴む腕に力が加わったような気がしたけど、あえて気付かないフリをした。

　だって、未練を引きずってるって知ったら、光希は困るでしょう？

　それに、あの日の約束を守れてないことになる。

「新しい出会いがあるかもしれないし、友達として応援してほしいな……光希には」

　ぎこちなく引きつりそうになる表情筋に力を入れて、無理矢理笑う。

　目を細めて、にっこりと。光希の目に映る自分の姿が不自然じゃないように。

　そうじゃないと、気が緩んだ瞬間に諦めようとしている想いが溢れ出して、友達ですらいられなくなってしまうから。

　本音を知られたら、きっと呆れられて離れてしまう。

　そんなの絶対嫌だから……。

「だから、心配しなくて大丈──」

「妃芽のこと、もう友達だなんて思ってない」

　──トン、と背中が壁に当たり、大きく目を見開く。

　同時に、光希は私の顔の横に両手をついて、冷たい目で

見下ろしてきた。

　瞬間、思考が停止して。

　何を言われたのか理解出来ず、頭の中が真っ白に染まっていった。

　もう友達だなんて思ってない。

　ハッキリ告げられた言葉が意味するのは……。

　眉根を寄せて、苦しそうに「……ごめん。頭冷やしてくる」と呟くと、光希は私から離れて、そのまま階段を下りていってしまった。

　タン、タン……と、遠のいていく靴音。

　あまりのショックで追いかける気力もなかった私は、呆然とその場に立ち尽くし、膝の力が抜けてずるずると床にしゃがみ込む。

「なん、で……？」

　ポツリと呟いた声は震えて、じわじわと目頭が熱くなっていく。

　両手で顔を覆ったら、指先が小刻みに震えていた。

　その日は、ショックを引きずったまま合コンに参加することになって。

　最悪な気分のまま、待ち合わせの駅前広場に向かうことになった。

　目的地に向かう道中、朝長さん達と柊花と5人で歩いていたら、私の異変に気付いた柊花がこっそり話しかけてきた。

「元気なさそうに見えるけど、どうしたの？」
　私達の前を歩く3人に聞かれないよう、声を潜めて話す柊花。
　すっかり気落ちして意気消沈していた私は、実はね……と昼休みの出来事を説明し、どうしようと呟いた。
「どうりで目元が赤くなってるわけだ」
「……うん」
　私の顔を覗き込んで、柊花が苦笑する。
　前までなら、何かあっても「なんでもない」と口を割ろうとしなかった私が正直に打ち明けたことが嬉しいらしく、まず先に「教えてくれてありがと」とお礼されて、よしよしと頭を撫でてくれた。
　夏休み中、光希との間で起こったことを全て知っているのは柊花だけ。
　新学期が始まってすぐ、美術館で見た絵の感想を伝えた時に一緒に報告したんだ。
　はじめは意外そうにしていたけど、真っ赤な顔で話す私に『頑張ったね』って微笑んでくれた。
　全部知っている柊花だからこそ、ちぐはぐになってしまった光希との関係に何か思うことがあるのかもしれない。
「まあ、あたしからすれば上原の態度は明らかに——って、あたしが言うことでもないか。そのうち、妃芽にもわかるよ」
「？」

意味深に含み笑いする柊花を見て首を傾げる。
　光希の態度は明らかってなんのこと？
「好きな人に冷たくされたら落ち込むけどさ、全く可能性がないわけじゃない分、あたしはうらやましいけどね」
「あっ……」
　そういえば、昼休みに『失恋した』って……。
　柊花の話を思い出し、詳しく聞いてもいいものなのか悩んでいると、先に彼女の方から「——実はさ」と話しだしてくれた。
「あたし、美術の予備校に通ってるじゃん？　そこの講師に片想いしてたんだ。相手は40を越えたオジサンで、相当変わり者なんだけど」
「えっ、40!?」
　予想を遥かに上回る年の差にぎょっと目を見張る。
　私の反応が面白かったのか、柊花が小さく噴き出す。
　肩を揺らして笑っているけど、いやいや、ちょっと待って。
　確かに、大人びた柊花なら年上相手でも違和感ないんだけど、さすがにアラフォーは予想外すぎる。
「そう。奥さんと離婚して独り身なんだけど、あたしと年の近い子どももいるよ。創作にのめり込むとそれしか見えなくなるから愛想尽かされたんだって」
「そ、そうなんだ」
「見た目も、40代に見えないぐらい若々しくてさ。身長も高くてスタイルいいから、よれっとした格好もいつも履い

てるサンダルもみんな様になるっていうか。同世代にはない落ち着いた雰囲気とか、渋さ、真剣に絵に取り組む姿とか、あの人が描く世界観とか全部好きだった」
「柊花……」
　好きな人のことを思い浮かべているのか、どこか遠くを見つめて、寂しそうに微笑する柊花。
　複雑そうな表情から、柊花がどれほど真面目に相手を想っていたのか伝わってきて胸が苦しくなる。
「先週、予備校の帰りにたまたま車で送ってもらえてさ。思いきって告白したら『未成年はないだろ』って苦い顔して断られたんだよね。普通さ、大人なんだからオブラートに包んで『自分なんかより年の近い人を探しなさい』とか諭すでしょ？」
「う、うん」
「でも、あの人の場合は、10代と付き合ったら捕（つか）まるから無理ってハッキリ言うわけ。あたしを気遣うよりも自己保身に走るのが先っていうろくでなし野郎なんだけど……それでも好きなんだよね。だから、しょうがない。実際、1回断られたぐらいで諦める気になんてなれないし。未成年が駄目なら成人になるまで粘る覚悟でいる」
「…………」
「好きってさ、しょうがないことの繰り返しなんだよ。いくら頭で考えても、心が従ってくれるわけじゃないからさ。だから『しょうがない』で納得してくしかない」
　ね、と優しく目を細めて、柊花が口角を持ち上げる。

いくら頭で考えても理性と本能は全くの別もので、正直な本音を前にした時、人は自ずと体が動いてるものだよって。

　柊花はそう言って、自分なりの言葉で私を励ましてくれたんだ。
「……今日、私を心配してついてきてくれてありがとう」
「なんのことやら、さっぱり」
　肩をすくめて惚ける柊花に「だって」とネタばらしして苦笑する。
「さっき、まだ好きな人のこと諦めないって言ってたでしょ？　なのに、昼休みには『いい男がいないか探してたところ』って嘘ついてたから」
「……妃芽って、そういうとこ意外と鋭いよね」
「ふふ。どういたしまして」
　柊花と目を合わせて同時に噴き出す。そんな私達の笑い声に反応して朝長さん達が不思議そうに振り返り、本当仲いいよねふたり、と笑っていた。
　……本当は、まだ光希が好き。
　だけど、諦めると決めた以上、その気持ちをなくさなきゃいけないものだと思い込んでいた。
　でも、無理に忘れる必要なんてないんだ。
　光希を想いながら、ゆっくり前に進んでいけばいい。
　そのうち、時間と共に新しく気になる人と出会えるかもしれないし、この胸の痛みも少しずつ癒えていくはず。
　もう友達なんて思ってないって言われたことには傷付い

たけど、これまでの絆や思い出がなくなるわけじゃないから。
　ちゃんと恋をした。
　人を好きになれたことに自信を持って。
　光希……。
　心の中で大好きな人の笑顔を思い浮かべて、小さく首を振る。
　今は……ちゃんと目の前の役割を果たすことに専念しよう。
「相手校の男子、もう駅前広場に着いたって！」
　目の前を歩く3人が、朝長さんを囲んで「合流したら、真っ先に彼のところにあいさつしにいくんだよ」「頑張れっ」と熱を込めて応援している。
　その光景を温かい目で見守っていると、朝長さんがこっちに来て、私の手を両手で包みながら「協力してくれて、本当にありがとう」と真っ赤な顔で頭を下げてきて。
　みんな一緒なんだ……。
　好きな人を想うと緊張してドキドキするのも不安になるのも。
「……うん。今日は頑張ろうね」
　朝長さんの恋がうまくいくよう願いながら、そっと彼女の手を握り返した。

最後からもう一度、好きになる

 ほんの少し前まで夏の名残を残していた気温もすっかり低くなって、銀杏の落ち葉がカーペットのように地面を敷きつめだした秋。

 朝長さん達に協力して、他校の男子生徒と駅前のカラオケボックスで合コンを開いてから、早1週間。

 結論からいうと、先日の合コンは大成功だった。

 男女とも5人ずつ、合計10人で集まったんだけど、盛り上げ役の男子がいてくれたおかげでカラオケは十分盛り上がり、終始和気あいあいとした良いムードのままお開きになった。

 全員同級生だったから、変に遠慮することなく会話が出来たんだと思う。

 朝長さんもお目当ての彼と親しくなれたみたいだし、当初の目的を叶えることが出来て本当によかった。

 私に群がろうとする男子は、柊花がさりげなくガードしてくれたおかげでベタベタ接触されることもなく、強引に迫ってくるような人もいなかったのでほっとした。

 別れ際に、どうしても連絡先を交換したいとひとりの男子に粘られ、相手の気迫に圧されてうっかり教えてしまったけれど……。

 はじめは後悔したけど、特に連絡もないので「まあいいか」と楽観的にとらえていた。

「た、田島さんっ。さっき、先生が呼んでたよ。日誌取りにこいって」
「本当？　教えてくれてありがとう」
　1時限目の授業が終わって、黒板に板書された文字を黒板クリーナーで消していたら、クラスの男子に話しかけられた。
　緊張しているのか、頬を染めている男子の話を聞いて、日誌を取りにいくのを忘れていたことを思い出す。
　にっこりしてお礼すると、男子の顔が更に赤くなり、鼻の下を伸ばして「い、いえ」と頭の後ろを掻いていた。
　黒板を消すなり、職員室に向かおうとすると。
「……やっぱり、雰囲気変わったよなぁ。元々かわいかったけど、親しみやすさが増したっつーか。やっぱ、田島さんかわいいわ」
「いいなー、お前。今、妃芽ちゃんに笑いかけられてただろ」
「ギブギブッ!!　絞め技かけんなって！　たまたま用事があって話しかけただけだろっ」
　担任からの伝言を知らせてくれた男子がほかの男子と話している内容が聞こえてきて、照れくさい気分になる。
　……親しみやすさが増したってことは、とっつきにくさが薄れてきたってことなのかな？
　自分でも無意識のうちに、男の人を前にすると警戒する癖がついていたので、そうじゃなくなってきたのならいいなと思った。
　少しずつ、少しずつ。

焦らず、自分のペースで成長していけばいいんだって。
男子の言葉が嬉しくて、ほっこりしていると。
教室を出ようとした際、背後から視線を感じて振り向くと、こっちを見ていた光希と目が合って驚いた。
光希は机に片肘をついていて、何か考え込むような表情を浮かべている。
だけど、私と目が合うなり、すぐさま視線を逸らし、近くにいた男子に話しかけてしまう。
「どした、上原？　なんか、機嫌悪くね？」
「べつに？　そんなことないよ」
人のいい笑顔を浮かべて受け答えする光希だけど、男子が言うように機嫌を損ねているのは明らかで。
またダ……。
光希と目が合う度に、視線を逸らされるのは何度目だろう？
『友達だなんて思ってない』と言われたあの日から、1回も話せていない。
声をかけようにも、また拒絶されたら……と怖くなって尻込みしてしまうんだ。
気のせいだと思うんだけど、特に男子と話してる時に視線を感じることが多くて。
合コンの件を含めて、もうほかの男かよって思われているのかもしれない。
でも、光希と約束した以上、誤解を解くわけにもいかないし……。

この先ずっとギクシャクした状態のままなのは、寂しいよ。
　複雑な思いを抱えたまま迎えた、その日の放課後。
　職員室に日誌を届けた足で、そのままたくさんの生徒で溢れた下駄箱に向かい外靴に履き替える。
　今日も光希と話せなかったな……と憂鬱な気分を引きずりながらため息を零すと、ブレザーのポケットから新着メッセージを知らせる受信音が聞こえてきて。
　誰からだろうと首を傾げてメッセージを確認した私は「えっ」と驚きの声を上げてしまった。
【久しぶり！　今、妃芽ちゃんに会いに学校まで来てるよ】
　そんなメッセージを送ってきたのは……えっと、ユウジくんって誰だったっけ？
　心当たりのない名前に、眉間に皺を寄せて考え込むこと数秒。
　ふと思い浮かんだのは、先日の合コンメンバーのひとり。
　一回しか会ってないから、ぼんやりしか顔を思い出せないけど……確か、短髪の黒髪で小麦色の肌をしていたような？
　わりとガッチリした体形で、背もまあまあ高かったはず。
　合コンの帰り際に、どうしてもと懇願されて、連絡先を交換したのがユウジくんだったと思い出し、深いため息を漏らす。
　嘘……。学校まで来てるって、会う約束なんてしてないよね？

事前にひと言あれば違ったものの、いきなり訪ねてこられるのはさすがに困る。
　あの日以来、特になんの連絡もなかったし、あの場のノリで聞いてきただけなんだろうなって思っていたから、どう対処していいのか悩んでしまう。
　柊花――に相談したいけど、もう部活中だよね。
　絵を描きはじめるとものすごく集中しだすことを知っているので、なるべく邪魔したくない。
　とはいえ、ユウジくんを無視して裏門から逃げ出すのも失礼すぎるし、どうしたらいいんだろう。
　まだ完璧に男性恐怖症を克服したわけじゃないから、よく知らない相手とふたりきりになるのは正直不安で……。
「ううん、逃げちゃ駄目」
　両手で頬を挟んで、気合いを入れなおすようにぺちりと叩く。
　べつに、相手も悪意があるわけじゃないんだから、怖がる必要なんてないんだ。
　よし、と肩にかけているスクールバッグの紐を握り締めて、下駄箱をあとにする。
　不安の色を顔に滲ませながら、緊張気味に歩いていくと、校門の前にいたひとりの男子と目が合って。
　他校の制服を着ているのと、ばんやり見覚えのある顔立ちから、すぐにユウジくんだとわかった。
「あ、妃芽ちゃん！」
「……っ」

「ごめんね、勝手に来て。ほら、この前連絡先交換して以来、あんまり交流なかったからさ。直接顔見て話したいなと思って、高校まで来ちゃった」

　頬を掻きながら、照れくさそうに笑うユウジくん。

　いきなり押しかけたことを悪く思っているらしく、申し訳なさそうに謝られて、どう返事をしたらいいのか迷ってしまう。

　せっかく、私に会うためだけにここまで来てくれたのに、あっさり追い返してもいいものなんだろうか。

　せめて、駅周辺のファーストフード店あたりに移動して、少しの間でも話をした方がいいのかな？
「急に来ておいてあれだけど、このあと予定あったりする？なければ、このままふたりで遊びにいかない？」
「あ、えっと……」
「この近くに、最近新しくパンケーキ屋の店が出来たみたいでさ。クラスの女子から話を聞いて、妃芽ちゃんと行ってみたいなって思ったんだよね。……って、それは単なる口実で、単純に会いたかったからなんだけど」

　下校時刻で大勢の生徒達が校門を通り抜けていく中、すれ違いざまに興味本位の視線を何度も向けられて冷や汗が浮かびだす。

　田島さんが男といるのめずらしいね、とか。

　妃芽ちゃん、他校に彼氏いんのかよ！とか。

　私とユウジくんのツーショットを見て誤解した人達がヒソヒソ話をしているのが耳に入って、カッと耳朶が熱く

なった。
　きっと、はたから見れば、他校の生徒が彼女を迎えにきているようにしか見えないと思う。
　こんなに人がいる場所で断ったら、ユウジくんに恥をかかせてしまうかもしれないし。
　やっぱり、場所を移してきちんと話そう。
　おそらく、私に好意を持ってわざわざ会いにきてくれたんだろうから……。
　ほかに好きな人がいることを話して、きちんと謝ろう。
　いくらあの場の雰囲気に押しきられたとはいえ、安易な気持ちで連絡先を交換してしまったことや、こんなふうに急に会いにこられると困るということ。
　友達として親しくなれるなら嬉しいけど、そうじゃないなら変に期待を持たせる方が酷だから。
　光希のそばで『友達』を続けながら想ってきたから、そのつらさは誰よりもわかるんだ。
「あ、あの。ここだと目立つから、ひとまず移動しない？」
　周囲を見回して、こっそり話しかけると。
「マジ!?　ふたりで遊んでくれんの？」
　ユウジくんの表情がぱあっと明るくなって、何を勘違いしたのか、いきなり手を繋がれてびっくりした。
「ちょ、ユウジくん──」
「ラッキー。駄目元で押しかけてよかった〜。妃芽ちゃん、合コンの時にパンケーキ食べたいって言ってたから、絶対連れてってあげようと思ってたんだよね」

私の手を引いて、強引に歩きだそうとするユウジくん。
　よほど浮かれているのか、困惑している私に気付きもせず、どんどん先を行こうとする。
　ゆっくり話すために場所を移そうと提案したのに、ユウジくんの誘いをOKしたと勘違いされてしまったんだ。
　ユウジくんに手を引かれた瞬間、額に脂汗が浮かんで、急に息苦しくなった。
　おそらく、鳥肌も立ってる。
　なんで急に——？
　体の異変に自分自身戸惑い、軽いパニック状態を引き起こしそうになる。
　だって、義嗣くんとの一件は解決して、異性に対するトラウマを克服したはずなのに。
　もう大丈夫って思えたから、光希と抱き合えたんだと思い込んでいた。
　なのに、私の体は男の人に触れられるのを拒むように、カタカタと震えだしていて……。
　こんな状態になって、ようやく思い知らされる。
　まだ完璧には男性恐怖症がおさまっていないこと。
　以前よりはだいぶ良くなったけれど、心を許していない人に触られると体に拒否反応が出てしまうのだと。
　あれは光希、だったから……。
　好きな人だから、平気だったんだ。
　優しく触れる、大きな手のひら。
　私を気遣うように優しく抱いてくれた——あの日の光希

を思い出した瞬間、目頭がじんわりと熱くなって。
　やっぱり、私は馬鹿だ。
　一瞬でも手も入ればいいなんて、そんなの嘘。
　本当なら、光希を諦めるために結ばれるんじゃなくて、ちゃんと好きになってもらえるように努力しなくちゃいけなかったんだ。
　友達の関係が壊れたのも自業自得じゃないか。
　それでも、どうしたって、頭から離れてくれないんだ。
『妃芽』
　って、私を呼ぶ優しい声。
　つらい時も悲しい時も、どんな時でもそばにいて見守っていてくれた。
　ずっと支えてくれていた光希が、今でも私は――。
「ユウジくん、放し……」
　弱々しい声で訴えようとした時だった。
「放して」
　――グイッ、と誰かによってユウジくんに繋がれた手を引き離されたのは。
　私を守るように後ろから抱き締めて、解放された手の上に大きな手を重ねてそっと握り締めてくる。
　まるで、もう大丈夫だよって安心させるみたいに……。
「妃芽が怖がってるから、離れて」
　もう片方の手でユウジくんの手首を掴んだまま、相手を牽制して低い声でたしなめる。
　この声は……と信じられない思いで顔を上げたら、ユウ

ジくんをひとにらみしている光希がそこにいて。
　光希は小刻みに震える私の肩に手を置くと、
「悪いけど、妃芽のことは諦めて」
　と、ユウジくんを見下ろしながら言い放ち、そのまま私の手を引いて歩きだした。
　その場に取り残されたユウジくんは状況がのみ込めず、ポカンとしたまま、あんぐり口を開けて放心していた。
「みっ、光希……!?」
　私の呼びかけに答えないまま、周囲の生徒達と逆行するように、どんどん校舎の方に向かっていく。
　歩くスピードが速くて、何度も足がもつれそうになるものの、光希は歩調を緩めてくれなかった。
　すれ違う生徒が興奮気味に「あれ、どういうこと!?」と私達を指差して騒ぎだし、辺りが騒然となる。
　そんな注目をものともせず、終始無言で新館と旧校舎を繋ぐ渡り廊下を突き進む。
　ようやく足を止めたのは、いつもふたりで過ごしてきた空き教室の前にたどり着いて、引き戸を開けた時だった。
　旧校舎には私達以外誰もいないので、辺りはシンと静まり返っている。
　入って、というように顎を前に突き出されて、おずおず従う。
　すると、光希は私を中に入れるなり、誰も立ち入らせないよう後ろ手で内鍵をかけてしまった。
「な、なんで光希が……」

あの場に現れて助けてくれたのか、質問しようとして口を閉ざす。

なぜなら、質問するよりも早く光希に頭を下げられてしまったからだ。

「……ごめん。勝手なことして」

「光希……？」

「妃芽が見たことない奴と話してるなと思ってたら、急に手を繋がれて困ってるように見えたから……カッとなって、体が勝手に動いてた」

ふたりきりになってようやく冷静さを取り戻してきたのか、申し訳なさそうに謝られて目を丸くする。

自分の行動に驚いているのか、無造作に前髪を掻き上げて嘆息する光希は、自分でもなんであんなことをしたのかよくわかっていないみたいだった。

「……嘘。本当は、ほかの男に触られてるのが嫌だった」

入り口のドアに背をもたせかけて、片手で口元を隠しながら、ボソリと呟く光希。

ありえるわけがない発言に、耳を疑う。

目の前の相手が恋しすぎて空耳でも聞こえてきたのかと思った。

なのに、どうして目の前の彼は顔中赤くさせて、こっちを見てるんだろう？

柔らかな午後の日が差し込む教室の中、私達はお互いに向き合ったまま、じっと相手を見つめていて。

先に目を逸らしたのは、動揺を隠しきれなかった私の方

で、顔を伏せた瞬間、震えるような吐息が漏れた。
　あまりの緊張と現実味のない発言に、思考が落ち着きそうもなくて。
　だって、私はとっくにフラれているのに。
　友達ですらなくなったのに、今更どうして期待出来るというんだろう？
　そこまで浅はかでいられるほど馬鹿にもなれなくて。
　じり、と光希が距離を詰めてくる度に、私も一歩ずつ後退してしまって。
　黒板前の教卓に腰が当たって、動きが止まった瞬間。
　光希は「ごめん」とひと言詫びて、それから目いっぱいに涙を浮かべて泣きだす私をゆっくり抱き締めた。
　聞きたいことは山ほどあるのに、何ひとつ言葉になんかならなくて。
　ただただ、光希の肩口に額をうずめて、信じられない気持ちを表すようにふるふると首を横に振り、奥歯をきつく噛み締める。
　決して、自分に都合良く解釈して自惚れたりしないように。
　なのに……。
「——夏休みの終わりに、ヒナをここに呼び出して告白したんだ」
　耳元で告げられた言葉に、ピクリと肩が反応する。
　驚きのあまり勢い良く顔を上げたら、光希は眉を下げて苦笑していた。

ヒナちゃんを旧校舎に呼び出して……告白した？
　言葉の意味を理解するのに時間を要してしまったのは、あれだけ頑なに本当の気持ちを押し殺してきた光希の姿を見てきたからだ。
　ヒナちゃんと緒方くん。
　大切な人達の幸せを願って、決して自分の想いは告げることなく、身を引こうとしていた光希。
　どれだけ悩み続けて苦しんできたのか。
　その彼が、ずっと想いを伝えたかった人に『好き』と言えたことの意味を、まるで自分のことのように重く受け止めていた。
　だって、どれだけの覚悟を持って告白したのか、ちゃんとわかっているから。
「10年分の想いを全部言葉にして……、俺を独りにさせないために、好きな相手を間違え続けていてくれたことに感謝して」
　苦笑混じりに話しながらも、その声は微かに震えていて。
「でも、間違いは正さないといけないから。俺はもう平気だから、蛍に気持ちを伝えておいでって、ヒナの背中を押してきたんだ」
　子どもの頃から、ずっと好きで。
　10年という長い年月の中で、ヒナちゃんだけを想い続けてきた。
　そんな光希にとって、好きな人の恋を叶えるために、自分の恋を諦めてまで背中を押してあげる行為で、どれほど

胸が張り裂けるような思いを味わっただろう……。
　でも、光希は誰よりも優しい人だから。
　このまま嘘を重ね続けて苦しむよりも、正直な気持ちを伝えることで、きちんと終止符を打ってきたんだ。
「多分、学校中の噂になってるから知ってると思うけど、ヒナと蛍、ちゃんと付き合いはじめたんだ。……ヒナから告白して、ようやく両想いになれたって知った時、すっごく嬉しかった」
　その時のことを思い出しているのか、何か吹っきれたように晴れやかな顔つきになっている。
　きっと、光希の中で長年抱えていた悩みを乗り越えることが出来たから、こんなにスッキリした表情をしてるんだと思う。
　迷いのない、真っ直ぐな眼差し。
　柔らかくはにかんで、光希は「ありがとう」と私に感謝の言葉を告げてきた。
「妃芽が支えてくれたおかげで自分の気持ちと向き合うことが出来た。……心から感謝してる」
「光希……」
　そんなお礼を言われるようなことなんてしてないよ。
　私はただ光希にあれ以上悩んでほしくなかっただけ。
　好きな人が苦しむ姿よりも、笑ってる顔を見ていたかっただけだから。
「……っ、違うよ。いつも光希に支えられて救われてきたのは私の方だよ」

両目から溢れ出した涙がぽろぽろと頬を伝っていく。
　泣くつもりなんかないのに、いろんな感情が押し寄せて、自分でも制御出来ないんだ。
　喉の奥が締めつけられたように息苦しくて、どんどん視界が滲んでいく。
　声にならなくて、だけど、自分の言葉で伝えたくて、肩を震わせて泣きじゃくりながら「……ごめんなさい」と何度も口にする。
「ほかに好きな人がいるのを知ってて、自分の都合で光希との友情を壊すようなことして……ごめんなさい」
　ユラユラ揺れる、視界の中。
　目を伏せたら、大粒の涙が零れ落ちて、木の床に染み込んでいった。
　まどろみの午後。
　日だまりに包まれながら。
　直接声に出して伝えた謝罪の言葉は、あの日からずっと後悔し続けていた想いを吐露するものだった。
「……っ、光希は優しいから、断れないってわかってて……利用するようなことしてごめんね」
　両手で顔を覆い、ごめんなさいを繰り返す。
　友達だったのに。
　誰よりも大切な人だったのに、自分勝手なお願いをして、友情を壊してしまった。
　普通の友達は、一線を越えたりしない。
　男女間の友情だからこそ、ボーダーラインを守らなく

ちゃいけなかったのに。
　それでもね。
　それでも、光希が欲しかった。
　たとえ一瞬でも、光希の温度を感じられて幸せだったの。
「……妃芽が謝る必要はないよ」
　光希が私の両手首を掴んで、顔から手を離される。
　真っ赤な目で泣きじゃくる私と目を合わせると、光希は長い睫毛を伏せて、コツンと額同士をくっつけてきた。
「俺の方こそ身勝手すぎてごめん」
「え……？」
　責められこそすれ、謝られる意味がわからず、きょとんと首を傾げる。
　光希は困惑する私を見下ろすと、切なげな表情を浮かべて「……最低だって呆れていいよ」と前置きして今の気持ちを聞かせてくれた。
　ゆっくりと体を離して、向き合うこと数秒。
　覚悟を決めたように、真っ直ぐな目を私に向けて。
「ヒナだけを想っていたはずなのに……、いつの間にか、同じぐらい妃芽のことを意識しはじめてる自分がいた」
　校舎の方から遠く聞こえてくる、チャイムの音。
　静寂の中、ゆっくりと紡がれる光希の言葉に、時間が静止したような錯覚を覚えた。
「……嘘」
　放心しつつも、とっさに本音が漏れて、慌てて口を塞ぐ。
「普通はそう思われても仕方ないよね」

苦笑いしながら、肩をすくめる光希自身も気持ちの変化に戸惑っているようで、どう説明したらいいのか考え込んでいる様子だった。
「だって、いつから？　そんなの信じられないよ……」
　予想もしない発言に軽いパニックを起こした私は、目を瞬かせて、混乱する頭を抱えながら質問攻めする。
「光希はヒナちゃんが好きで、私はヒナちゃんを想う光希が好きで……だから、絶対に」
　絶対に、振り向いてもらえるわけがないと。
　そう言い聞かせて、諦めていたのに——。
「……うん。正直、自分でも驚いてる」
　気まずそうに首の後ろを押さえて、光希が苦笑いする。
　それからすぐ優しい目をして、だけど、と私に微笑みかけた。
「妃芽に触れたあの日から、ずっと妃芽の存在が頭の中から消えてくれないんだ」
「……っ」
「妃芽がほかの男と話してるのを見るだけで嫉妬したり、合コンの話を聞いてカッとなったり……。あげくの果てに、混乱してる自分を認めたくなくて、妃芽にひどいこと言った」
「…………」
「『もう友達だなんて思ってない』なんて傷つけるようなこと言って、ごめん」
　じわじわと体の内側から全身に微熱が広がって、頬が赤

く染まっていく。
　光希の言葉を信じたいのに、まだ半信半疑の状態で素直に受け止められず、ただ呆然と彼を見上げている。
「——でも、」
　背を屈めて、光希が下から私の顔を覗き込んでくる。
　真摯な眼差しからは、嘘偽りのない誠意が伝わってきて。
　目の前の現実を拒もうとする私に、淡い期待をしてもいいのだと告げているようだった。
「多分もう、妃芽のこと特別な目でしか見れない」
　心なしか、光希の頬が赤らんで見えて。
　彼の両手に頬を挟むようにして持ち上げられて、鼓動が高く跳ね上がる。
「今更、好きになりはじめても遅い？」
　顔を傾けて、唇同士が触れ合うスレスレの距離で質問してくるのはずるいよ。
　少し不安そうに。
　だけど、私がどう返事するのか絶対的な確信を持っているとしか思えない余裕たっぷりの笑顔で聞いてくるなんて。
「……っ、遅くない、よ」
　まるで誘導尋問されているみたいに、わかりきってる答えを告げた私に、光希はとびきり嬉しそうな顔で「よかった」とはにかんだ。
　照れくさそうな、かわいい笑顔。
　そんな表情、はじめて見るよ。

こんな時に新しい一面を見せてくるなんてずるいよ。
　聞きたいことはほかにもたくさんあるのに、全部どうでもよくなる。
「キスは好きな相手としろって言っておいて、結局自分がするのかよって軽蔑する？」
「……しないよ」
　顔を見合わせて、同時に噴き出す。
　だけど、次の瞬間にはお互いから笑みが消えていて。
「だって、光希のことが大好きだから……」
　光希の胸に手をついて、そっと爪先立ちする。
　ゆっくり瞼を閉じたら、柔らかな感触を唇に感じて、甘く痺(しび)れるような感情に包まれた。

　つらかったね。
　長く苦しい恋をしてきたね。
　最初から最後まで、決して想いを告げることなく胸に秘めていようと決意したのに。
　相手を想えば想うほど、どんどん苦しくなって、正直な気持ちを抑えきれなくなっていた。
　悲しい時、そばにいてくれたね。
　嬉しい時、一緒になって喜んでくれたね。
　どんな時も支え合ってきたから。
　これから先もずっと、誰よりも近くで。
　大好きだよ、光希。
　今日から『友達』じゃなくなるけれど。

これからは『恋人』として、ふたりで幸せな時間をたくさん過ごせますように……。

　　　　　　　　　　　　　　　　　　　　end

番外編

2度目のクリスマス

「ん～っ、ようやく全部さばけた！　今年は妃芽ちゃんが売り子係を引き受けてくれたおかげでスムーズに接客出来たわ。本当にありがとう」

　私の手を両手でぎゅっと包み込んで、光希のお母さんが笑顔でお礼してくれる。
「そんな、私の方こそ仕事に不慣れでたくさんご迷惑をおかけしてしまって……」
「ふふっ。な～に言ってるの。毎年、クリスマスの2日間は人手が足りなくて困ってたから、本当に助かっちゃった」

　光希と付き合いはじめてから、はじめて迎えるクリスマス。

　12月24日の今日は、私の17回目の誕生日でもあり、光希の実家が営むケーキ屋さん『bonheur』が1年で最も忙しい日でもある。

　クリスマスケーキを求めにくるお客さんが殺到するので、24日と25日の2日間だけは、毎年バイトを募集しているんだけど。

　今年は、少しでも光希の役に立ちたかった私が自ら志願して、売り子のお手伝いをさせてもらえることに。

　去年、光希が着ていたように、ミニスカサンタの衣装に着替えさせられて、同じくサンタクロースの格好をした光希とふたりで店頭販売した。

今は、ようやく完売して、片付け終えたところ。
　更衣室で私服に着替えなおして、閉店した店内で上原家の家族とのんびり談笑している。
「母さん。約束どおり商品を売りきったから、早めに上がらせてもらうよ」
　同じく私服に着替えなおした光希が、厨房から姿を現して母親に確認を取ると、光希のお母さんは「はいはい」と口元に手を添えながら微笑み、私達ふたりを交互に見て、
「このあとデートするんでしょ？　いいわねぇ、若いって。ねえ、私達もこれから出かけましょうよ」
　と意味深な視線を近くにいた光希のお父さんに向けて、父親を照れさせていた。

「今日はせっかくの誕生日なのに、朝から手伝いに駆り出してごめん」
「ううん。うちのお母さんも出張中だし、光希の仕事が終わるのを家で待つより、ずっと有意義だったから」
　アルバイト代ももらっちゃったしね、とにっこり微笑む私に、光希はいとしいものを見るような優しい目を向けて「それならよかった」と安堵の息を漏らす。
　あれから、『bonheur』をあとにした私達は、駅前のイルミネーションを見にきていた。
　駅前広場にはクリスマスソングが流れていて、たくさんの家族連れやカップルで賑わっている。
「そういえば、朝から忙しくて言い忘れてたけど、今日の

格好かわいいね」
「あっ、ありがとう……」
　不意打ちで私服を褒められ、かあぁっと耳朶が熱くなる。
　髪を切ってからは、もっぱらカジュアルな服装をしていたけど、この日ぐらいは女の子らしい格好をしたくて、久しぶりにガーリー系の服を着てきたんだ。
　ファー付きのダッフルコートは、かわいいキャメルカラー。
　前開きにしているコートの下には、オフホワイトのタートルネックに、赤チェックのミニスカート、それからロングブーツを履いている。
　それに合わせて、髪も毛先を緩く巻いてイヤリングを付けたり。
　以前、光希からもらったクローバーをモチーフにしたクリスタルのビーズリングを左手の薬指にはめている。
「そういう光希もカッコいいよ」
　周りの話し声にかき消されないよう、爪先立ちして耳打ちすると、光希も照れたようにはにかんで。
「ありがと」
　そう言って、背を屈めて私の顔を覗き込んでくる。
　両手で頬を持ち上げられ、ゆっくり目を閉じた時。
　時計の時刻表示が21時ジャストになると同時に、七色に光っていた巨大ツリーがピンク一色に切り替わり、周囲からワッと歓声が上がった。
　瞬間、そっと唇同士が重なって。

同じタイミングで、頭上から粉雪が降ってきた。
　その時、ふと思い出したのは、去年、光希が教えてくれたこのツリーに伝わるちょっとしたいい話。
　ひとつは、21時になってから1分間の間、ピンクにライトアップされたツリーの前でキスした恋人達は永遠に結ばれるというもの。
　そして、もうひとつは、ピンク色に光っている間にした願い事は叶うというもの。
　唇が離れて、ゆっくり目を開けたら、とろけるような甘い笑顔を浮かべた光希が、慈しむように私を見つめていて。
「光希、大好き」
　つられるように、私も満面の笑顔で告白したら。
「うん。──俺も好き」
　そっと体を抱き締められて、耳元で甘く囁かれた。
　帰ったら、誕生日のお祝いをしようとはにかんで。
　このあとご馳走になる光希お手製のバースデーケーキを楽しみにしながら、光希の広い背中に腕を回して、ぎゅっと抱き締め返した。

　私の願い事は、ただひとつ。
　これから先も、大好きな光希とずっと一緒にいられますように……。

end

書籍限定番外編

一泊二日の温泉旅行！（妃芽side）

「妃芽……」

耳元で甘く囁かれて、ゾクリと肌が粟立つ。

後ろからそっと私の体を抱き締めると、光希はうなじ部分に唇を押し当てながら「耳まで真っ赤」と小さく噴き出した。

「だ、駄目だよ光希……。今日は勉強するためにうちに来たんでしょ？」

「んー、それはあとで……」

ちゅっ、と短いリップ音を立てて、うなじから耳朶へと移動していく唇の動きに全身が熱くなる。

今日は、放課後、私の家で光希に勉強を教える予定だったんだけど。

部屋に入るなり、光希はいつものように私のベッドに横になって、枕元に置いていた雑誌を広げてゴロゴロしだした。

なので、ベッド前のローテーブルに勉強道具を広げて「そろそろ始めるよ？」と声がけしたら、突然後ろからぎゅっと抱きつかれて。

振り向く間もなくうなじや耳朶を甘嚙みされて、心臓が破裂しそうなぐらいドキドキしていた。

「はは。ガッチガチだね」

「み、光希が急に変なことするから……っ」

もう、と頬を膨らませて、後ろを向くなり光希を潤んだ目でにらむ。
「なんで？　いつもしてることじゃん」
　でも、余裕たっぷりの光希は、甘い顔でニンマリ笑うだけ。
　スッと私の首元に手を伸ばすと、制服のネクタイをシュルリと外されてしまう。
「だ、駄目だよ……。今日は勉強するって……」
「うん。ちゃんとするよ。……終わったあとで」
　聞く耳も持たず、今度はカーディガンの中に手を差し込まれてピクッとなる。
　するすると脱がされていく衣服に、これ以上は駄目だと思っているのに、毎度のことながら雰囲気に流されてしまいそうな自分がいる。
　でも……。
「や、やっぱり駄目」
　私が着ているシャツのボタンを外そうとしていた光希の手を上から掴んで、弱々しく抗議する。
「き、昨日も一昨日も、いっぱいしたのに……」
　今にも泣きそうな顔で訴えると、光希が唾を呑んで。
　それからすぐ、余裕を取り戻したようにふっと口角を持ち上げて笑うと、
「腰痛い？」
　なんて、とんでもないことを質問してきて、ボッと火が点いたように顔が熱くなった。

「な、ななな……」
　サラッとなんてこと言って──!?
　込み上げる羞恥心に卒倒しそうになっていると、下からインターホンの音が聞こえてきて、慌てて平常心を取り戻した。
「し、下行ってくるっ」
　光希の腕の中から離れて、すっくと立ち上がるなり、乱れた制服を整えながら急いで階段を下りる。
　危ない、危ない。
　またいつもみたいに流されるところだった……。
　光希と付き合いはじめてから、約半年。
　恋人になって知ったのは、光希は意外と甘えたいタイプで、ふたりきりになるとすぐくっつきたがるということ。
　はじめの頃は、人目を気にせず、どこでも触れてこようとするので、学校や街中でイチャつくのは禁止にして、誰もいない場所でのみOKを出したんだけど……そもそもそれが間違いだったというか。
　今日みたいに、お互いの家族が留守中に部屋でふたりきりになった時は、必ずと言っていいほど手を出してこようとするんだ。
　嫌がるそぶりを見せると何もしてこないんだけど。
　……まあその、私の方が、もっと触れていたくなってしまって、ずるずる流されてしまうというか。
　結局、好きな人と過ごせる甘いひと時に身を委ねてしまうんだ。

だって、好きなんだもん……。
　だからといって、やるべきことはおろそかに出来ないし、今日はちゃんと勉強しなくちゃ。
　英語が苦手な光希は、先週の小テストで赤点を取って、課題プリントをどっさり出されたんだよね。
　今日は、その問題の解き方を教えるために、私の家に呼んだんだから。
　よしっと気合いを入れなおし、1階のリビングに下りて、誰が来たのかインターホンのモニターで確かめる。
　すると──。

「妃芽ちゃあああ──んっ!!」
　ガチャッと玄関のドアを開けるなり、突進する勢いで私に抱きついてきたのは──光希の幼なじみ・ヒナちゃんだった。
「ヒ、ヒナちゃん？」
　突然の来訪に驚き、目を瞬かせる。
　童顔で小柄なヒナちゃんは、まるで子犬がしっぽを振り回すように瞳をキラキラさせながら「コレ！」と『ある物』を突き出してきた。
「温泉宿泊券……？」
　ヒナちゃんが私に見せてきたのは、4枚の温泉宿泊券。
　これは一体どういうことなのかと首を傾げていると。
「あのねっ、さっき商店街の福引でガラガラしたらね、コローンって金色の玉が転がり落ちてね。一等賞のコレが当

たったの！」
　ヒナちゃんは「えっへん」と腰に両手を当てて、得意げに胸を張って。
「えっ、すごい！　一等なんてなかなか当たらないのに、ヒナちゃんくじ運強いんだねぇ」
　感心する私に「もっと褒めて！」とでも言いたげに嬉しそうな顔をしていた。
　相変わらず無邪気でかわいいなぁとほのぼのしていると、ヒナちゃんが「それでね」と話しはじめて。
「4枚もらったからね、私と蛍くんと、妃芽ちゃんとみっちゃんの4人で行けたらなって思って」
　はいコレ、と2人分の宿泊券を渡して、
「詳しいことはあとでまた連絡するね〜！」
　と、私の返事も待たずに、嵐のような勢いで走り去っていってしまった。
「えっ、ヒナちゃん!?」
　呼び止める間もなく、あっという間に角を曲がって姿が見えなくなってしまう。
　行き場のない手を宙に浮かせていると、騒ぎを聞きつけた光希が2階から下りてきて、玄関先で呆然と立ち尽くす私を見て「どうしたの？」と話しかけてきた。
「今、ヒナって言ってなかった？」
「う、うん。今、来たんだけど――」
　一瞬の出来事だったものの、ヒナちゃんとのやりとりを説明して、これどうしようかと温泉宿泊券を差し出す。

「んー。俺達も参加していいんじゃない？　持ち主たっての希望なんだし。それに、もうすぐ春休みだしね」

　チケットを1枚抜き取り、唇に当てながらにっこり笑う光希。

　その笑顔が、なんとなく悪だくみしているように見えて、ゾクリと鳥肌が立ったものの、次の瞬間にはいつもと同じ態度になっていたので、気のせいかなと自分に言い聞かせた。

　——そう。
　実は、この半年の間に変化したことが、もうひとつあって。
　それは、光希と付き合いはじめてすぐの頃。
"彼女"として改めてヒナちゃんと緒方くんに私を紹介してくれた時の話なんだけど……。
『みっちゃん、本当に本当によかったねぇ……っ』
　いつもニコニコしているヒナちゃんが、大号泣しながら祝福してくれて。
『妃芽ちゃんも、これから仲良くしてねっ』
　そう言って、私にも気さくに笑いかけてくれたんだ。
　緒方くんもヒナちゃんが隣にいたからか、普段人前では見せない穏やかな目をして、光希の肩を片手で軽く小突いていた。
　以来、幼なじみ3人の中に私が加わる形で、みんなで登下校したり、休日遊んだりと4人で過ごす時間が増えて、

今ではすっかり打ち解けた関係に。
　特に、妹みたいにかわいいヒナちゃんは、私によく懐いてくれて、光希がいない時でもひとりでうちまで来て、楽しくお喋りしている。

　——そんなヒナちゃんから、商店街の福引で当たった温泉宿泊券をもらった私達は、春休みの今日、みんなで一泊旅行しにきていた。
「わ〜っ、すご〜い!!　見て見て、蛍くん！　あっちにお土産屋さんや食べ物屋さんがいっぱい並んでるよっ」
「コラッ、走るな！」
　バスから降りるなり、一目散に駆け出すヒナちゃんを、彼女の分の荷物を抱えた緒方くんが追いかけていく。
　そんなふたりの姿をクスクス笑いながら見つめていると、手に持っていたボストンバッグを光希がひょいと持ってくれて、「あのふたりも相変わらずだよね」と苦笑した。
「光希も荷物があるんだから、自分の分ぐらい自分で持つよ？」
「旅館まですぐだし。気にしないで」
　クスッと笑みを零し、優しく笑いかけてくれる光希。
　付き合って半年以上経つのに、いまだにドキッとしてしまうのは、それぐらい彼のことが好きだからなんだろうな。
「あ、ありがと……」
　頬が熱くなるのを感じながら、素直にお礼を言うと、光希も満足げにうなずき返してくれた。

本日訪れたのは、明治時代に創業された木造三階建ての老舗旅館。

　100年以上の歴史を誇る旅館で、外観や内装も重厚な風格が漂っている。

　旅館の前には赤い橋があって、橋を渡ると緑豊かな木々に囲まれた本館にたどり着く。

　自然に囲まれた場所で、ひと目見て「素敵だな」って思った。

「本日、ご予約を入れていただいた"緒方様"と"上原様"ですね。すぐお部屋までご案内致します」

　ロビーでチェックインの受付を済ませて、案内された部屋の前へ。旅行券は朝から部屋を利用できる特典付き。なんて贅沢なんだろう！

　受付の人が"緒方様"と"上原様"とふたりの名前をあげた時点で「ん？」と引っかかるものがあったんだけど。

「ねえ、光希。部屋の割り当てって、私とヒナちゃんが一緒じゃないの？」

　てっきり、女子と男子で別れて、2部屋取ってると思い込んでた私は、首を傾げて質問する。

　すると、見上げた光希の顔が、心なしか悪だくみの笑みを浮かべていて。

「ん？　カップルで来てるのに、俺達が離れる必要なんてないよね」

「えっ」

　まさかの衝撃発言に、思わず目を見張る。

その直後、中居さんが「こちらが【桜の間】でございます」とある部屋の前で立ち止まり、私と光希を中に通してくれた。
　慌ててヒナちゃん達の方を見ると、別の中居さんが付いたふたりは、ここから少し離れた場所で同じように部屋の説明を受けている。
　状況をのみ込めず、目を白黒させている間に、光希に手を引かれて部屋の中に連れ込まれていた。

「サイトで見た時から思ってたけど、この部屋を選んで正解だったよ。今の時期だと、満開の桜が窓から見渡せて絶景だってレビューに書いてあったんだ」
「……う、うん」
「どうしたの？　もっとこっちおいでよ」
　一緒に桜見よう、と窓辺の方から手招きしてくる光希に、私は緊張しながら近寄っていく。
「なんでそんな意識してんの？」
　やや控えめに後ろに立つと、光希がクスリと笑い、私の頭を撫でてきた。
「い、意識するよ……。だって、ひと晩中ふたりっきりってことでしょ……？」
　かあぁっと耳朶が熱くなるのを感じながら、俯いて言うと、光希が肩を揺らして楽しそうに噴き出した。
「な、なんで笑って──」
「はじめてじゃあるまいし、何度もしてるのに……反応が

初々しくてかわいいなって」
「……っ!?」
　またそういうことサラッと言う……！
　あまりの恥ずかしさに、ぷいっと視線を逸らして、両手で頬を押さえる。
「はは、今度は照れてる」
「光希が変なこと言うから」
「だって、いちいちかわいいんだもん。からかいたくもなるよね」
　ふわっと包み込むように後ろから抱き締められて、ドキンと胸が高鳴る。
「……今晩、楽しみだね？」
　ヒソリと耳元で囁かれ、艶っぽい声に腰砕けになりそう。
　どこまで本気でどこから冗談なのか、飄々とした態度の光希からは考えが全く読めず、私は潤んだ目で「もうっ」とにらみ上げるので精いっぱい。
　そんな私を機嫌良さそうに光希は見下ろしていた。

　部屋に荷物を置いて、外に出かける用意をしたあとは、再びヒナちゃん達と合流して、4人で観光スポットを見て回った。
「蛍くん、こっちこっち！　今度はお饅頭食べようっ」
「……今ソフトクリーム食べたばかりだろ」
　食べ物に目がないヒナちゃんは、緒方くんの腕を引いて、次々いろんな飲食店へ。

「夕飯食べられなくなるから、あとでにしろ」
　と注意するものの、ヒナちゃんは聞く耳持たずで、お饅頭屋の店員さんに、「くださ〜い」とニコニコ話しかけている。
　相変わらずの光景だなぁ、と微笑ましく見守っていると。
「妃芽はどれ食べたい？」
　手を繋いで歩いていた光希が、お饅頭屋さんの店頭に並んだ商品を指差した。
「うーん……コレにしようかな」
　ガラスケースを覗き込んで『人気No.1』と書かれている温泉饅頭を指差す。
「オッケー。——すみません、これを食べ歩き用でふたつください」
　私が選んだものと同じ商品を注文して、光希が会計してくれる。
　商品を受け取ると、ふたりで食べ歩きしながら感想を言い合った。
「あ、これ中に栗あんが入ってるんだ。すごくおいしい」
「本当だ。こしあんで包んでるっぽいね」
　……こんなふうに、みんなで一泊旅行なんて修学旅行みたいで楽しいな。
　お土産屋さんを覗いたり、綺麗な景色を写真におさめたり、自然と心が弾んでくる。
　何よりもすぐ隣に好きな人が……光希がいるから。
　みんなの楽しそうな顔を見ていたら、つられるように私

も笑顔になっていた。

　1、2時間ほど温泉街を見て回り、宿に戻った私達は、夕食まで時間があるので、しばらく部屋でくつろぐことに。
　光希と他愛ない会話をしていると、コンコンとドアがノックされて。
「妃芽ちゃん、先に温泉入ろう……！」
　ドアを開けたら、温泉に入る準備を整えたヒナちゃんが、笑顔で私を迎えにきてくれた。
「うんっ。私もすぐ用意するね」
　事前に準備しておいたお風呂セットや、着替えを持って、光希にひと声かけてからヒナちゃんと大浴場へ。
　午前中に宿に着いて、観光時間も短かったので、時刻はまだお昼で、そのおかげか私達以外ほかの利用客の姿は見当たらなかった。
「わ〜っ、すごい！　貸し切り状態だぁ!!」
　大浴場に入るなり、大はしゃぎで駆け出そうとするヒナちゃんの腕を慌てて掴み「転んじゃうよ」とやんわり注意する。
「はっ、そうだった。前も家のお風呂が壊れて近所の銭湯に行った時ね、ダダダダーって走って、思いきりステーンって転んで、お母さんとお婆ちゃんに怒られたんだった」
　良く言えば無邪気で天真爛漫、悪く言えば注意力が散漫で、目を離すとすぐ怪我してる——と、彼女の性格を語ってくれた緒方くんの話を思い出し、なるほどと納得する。

楽しそうなことが目の前にあると、そのことで頭がいっぱいになって、注意力が欠如しちゃうんだろうな。
　そんなところもちっちゃい子みたいでかわいいんだけどね。
「……緒方くんも大変だなぁ」
　緒方くんの気苦労を想像してポツリと呟く。
「ん？　なんか言った～？」
「ううん。なんでもないよ」
　小さく首を振って、場所取りがてら荷物を置きにいき、入浴前にシャワーを浴びる。
　ひととおり浴室内の温泉につかると、ふたりで露天風呂に移動した。
「天気が良くて気持ちいいね～、ヒナちゃん」
「見て見て！　ここからの眺め、すっごく綺麗だよっ」
　まぶしい太陽に照らされ、キラキラと輝く水面に、立ちのぼる湯気。
　緑豊かな大自然に囲まれた絶景スポットに、私達も思わず大はしゃぎ。
　見晴らしのいい景色を存分に楽しんだ。
「――妃芽ちゃんて、脱いだら実はすごかったんだね」
「へ？」
　露天風呂につかってのんびりしてたら、ヒナちゃんがまじまじと私の胸元を凝視してきて目を丸くした。
「いいなぁ。胸が大きくて……。私なんてつんつるてんのお子様体形だもん。寄せて集めて、ギリギリA。まさに、

まな板カップだよぅ」
「ヒ、ヒナちゃん!?」
　自分の胸を両手で押さえながら、ズドーンと暗い顔をするヒナちゃん。
　唇を突き出して、しょんぼりした様子で俯いている。
「毎日ね、牛乳たくさん飲んで、雑誌で読んだバストアップ体操もしてるのに、全然成長する兆しが見えないの……」
「そ、そんな気にしなくても、ヒナちゃんは今のヒナちゃんのままで十分かわいいよ!?」
「うう……、ありがとう妃芽ちゃん。でも──」
　いつも明るいヒナちゃんが、めずらしく思いつめた顔してる。
　そのことが心配になって「どうしたの？」と訊ねたら、口までお湯につかってブクブクしてから、ヒナちゃんがチラリと上目遣いで私を見てきた。
「あのね……変な質問だけど、妃芽ちゃんってはじめてしたのいつだった？」
「!?」
　思わぬ質問に、思わず「ゲホッ」とむせてしまい、片手で喉を押さえる。
「そ、それは要するに……あ、あのこと、だよね？」
「……うん」
　話題が話題だけに、ふたり揃って赤面する。
　今までこういう話をしたことがなかったので、どう答え

るべきか迷ったけど、彼女の真剣な目を見て、正直に話すことにした。
「……私の場合はね、その……付き合う前にしたんだ」
「えっ!?　相手はもちろんみっちゃんだよね？」
「うん……」
　衝撃発言に、ガーンとショックを受けているヒナちゃん。
　そりゃそうだよね。
　普通は付き合う前とか、聞いて驚くに決まってる。
　自分自身、まさかあんなふうに初体験を迎えるとは思わなかったもん……。
「私ね、光希にずっと片想いしてて。でも、光希は違う人を見ていたから、自分の想いは叶わないと思ってたの」
「妃芽ちゃん……」
「ふふ。ヒナちゃんがそんな顔しないで。今はご存知のとおり……ね？　すっごく幸せだから」
　柔らかく笑う私に、ヒナちゃんがほっとしたように笑い返してくれる。
　ヒナちゃんは誰よりも純粋で優しい子だから、自分のせいで人が傷付く姿を想像しただけで胸が苦しくなったに違いない。
　……本当に素直でいい子だなって思う。
「それでね、友達としてそばにいる以上、自分の気持ちを隠し通す気でいたんだけど……やっぱり駄目で。踏んぎりをつけて前に進むために、自分からお願いしたの」
　好きな人の腕に抱かれて、震えるほど幸せだった。

たとえ、手に入らないとわかっていても、十分すぎるぐらい、光希は大切に扱ってくれたんだ。
「──こうなった今思い返すと、あの頃が懐かしいなって感じるけど。あの頃も、今も、光希と過ごした時間はどれも大切だから、後悔してないよ」
　切ない片想いをしていた頃は、こんな未来が訪れるなんて想像すらしてなかった。
　過去のトラウマが原因で人を信じられなくなっていた私を救ってくれた光希。
　困った時、いつもそばにいて助けてくれた。
　心からの笑顔を浮かべられるようになったのは、光希が見守っていてくれたおかげだから。
「妃芽ちゃんは、みっちゃんと付き合えてすごく幸せなんだね」
　優しく目を細めて、ヒナちゃんがにっこり笑う。
　どうやら、無意識のうちに表情が緩んで、口元が綻んでいたらしい。
　照れ隠しで頬を火照らせながら「うん」と正直にうなずいたら、ヒナちゃんが「ふたりが幸せだと私も幸せ」って喜んでくれた。
「ところで、ヒナちゃんの方はどうなの？」
　緒方くんとどこまで進展してるのか興味本位で質問してみたら、ヒナちゃんの顔がみるみるうちに赤くなって、恥ずかしそうに俯いてしまった。
「ヒナちゃん……？」

八の字に下がった眉を見て、何かあったのかと心配していると。
「……この前ね、バレンタインの日に、蛍くんの部屋にチョコを渡しにいったの」
「うんうん」
「そしたらね、蛍くんにベッドの上に押し倒されて、いつもと違う強引なキスされて、びっくりして大声上げて逃げ出しちゃったの」
「うんう——って、んんっ!?」
「でも蛍くん、そのあとも普段と変わらない態度で接してくるから、どう謝ったらいいのかわからなくて。……嫌だったんじゃなくて、いきなりでびっくりしちゃっただけなの」
　あ、あの緒方くんが襲いかかる姿なんて想像出来ない。
　常に冷静沈着で、ヒナちゃんの前以外ではポーカーフェイスなので、そんな荒っぽい一面があることに驚いた。
　なんでも話に聞くところによると、バレンタインの夜、お風呂上りのパジャマ姿で緒方くんの部屋を訪れたらしく、日頃の感謝を込めて『蛍くんが私にしてほしいことや望んでることがあったらなんでも言ってね』と発言して、彼に抱きついたらしい。
　それも『……大好きな蛍くんのためならなんでもするからね』と耳元で囁いて。
　その瞬間、理性が崩壊したように緒方くんがヒナちゃんの体をベッドの上に押し倒し、獣のように襲いかかってきたそうなんだけど。

普段と違う、荒々しい姿に驚いたヒナちゃんは、思わず反射的に緒方くんの胸を両手で突き飛ばして、その場から逃げ出してしまったそうだ。
「それは……緒方くんもお気の毒というか……」
　無自覚とはいえ、天然の色じかけとは恐ろしすぎる。
　あの緒方くんが理性を失うくらいなんだから、よっぽど限界を超えたんだろう。
　その状況を察して、心の中でそっと緒方くんに手を合わせた。
「でも、ヒナちゃんは嫌じゃなかったんだよね？」
「……うん。むしろ、ちょっと嬉しかったんだ」
「嬉しかった？」
「私って、ちんちくりんな見た目でしょう？　中身も幼いって自覚してるし、こんなんだから異性として意識してもらえることないってどこかで思い込んでる部分があって。……でも、蛍くんの中ではちゃんと『女の子』なんだなって思ったら、ほっとして。でも、急だったから、気持ちが追い付かなくて逃げ出しちゃったの」
「そっか……。ヒナちゃんは、突然の出来事に戸惑っちゃったんだね」
「そうなの……」
　しょんぼりと肩を落とすヒナちゃんの目は、不安げに揺れていて、きっと今も緒方くんを傷付けたかもしれない事実を後悔しているんだと思った。
　でも、普段の姿を見る以上、緒方くんの態度が良くも悪

くも変わらないということは——。
「緒方くんもきっと、ヒナちゃんを驚かせたって思ってるからこそ、あえてギクシャクしないよう普段どおりでいてくれてるんだと思うよ？」
「あえてギクシャクしないように……？」
「そう。だって、はたから見ても、緒方くんがヒナちゃんを特別大切に扱ってるのはわかるし。それだけ大事なんだもん。ヒナちゃんが困らないよう、気を使ってくれてるだけだよ」
　私の言葉に、ヒナちゃんは瞳を潤ませながら「本当？」と聞いてきたので、優しく微笑み返した。
　ほかの人が入る隙もないぐらい仲良しなふたりでも不安に感じることはあるんだ。
　真剣に悩んでいるヒナちゃんには失礼かもしれないけど、そう考えると微笑ましく見えて、思わずヒナちゃんの頭をよしよしと撫でてしまった。
「ヒナちゃんは緒方くんと——って、まだ考えられない？」
　無理に焦ってする必要もないし、お互いの気持ちを確認し合った上でするものだから、ふたりのペースでいいと思うけど。
　今の話から、てっきりまだ覚悟が出来てないのかと思いきや、予想外にもヒナちゃんはキッパリと「ううん」と首を振って、正直な気持ちを教えてくれた。
「こんなこと言ったらおかしいかもだけど……正直ね、今日の旅行でそうなれたらいいなって思ってるの」

両手で頬を押さえながら、照れくさそうに笑うヒナちゃん。その目には、しっかり覚悟が現れていて、彼女の中で答えはもう出ていたんだなって気付いた。
　多分、あともう一歩だけ背中を押してほしくて私に相談してきたに違いない。
「今日の部屋割りもね、みっちゃんに頼んで蛍くんと同じ部屋にしてもらったの。お母さん達には、妃芽ちゃんと一緒のふたり部屋って嘘ついてるから内緒ね？」
　シーッ、とヒナちゃんが人さし指を唇に当てて言うので、私も同意を込めて同じポーズを取りながら「内緒ね」とうなずく。
「じゃあ、今日が素敵な記念日になるといいね」
　そう言ったら、ヒナちゃんは嬉しそうに笑って、
「まだちょこっと緊張するけどね」
　と照れ気味にはにかんだ。

　温泉を満喫したあとは、脱衣所でほどよく髪を乾かして浴衣に着替えた。
「じゃあ、またあとでね。……うまくいくよう応援してるよ」
「えへへ。ありがとう、妃芽ちゃん」
　せっかくカップルで来てるんだし、緒方くんとのんびりしたいだろうなと思い、ヒナちゃんとは夕食まで別行動することに。
　エレベーターを降りたところで別れて、自分の部屋に戻ると……あれ？　光希がいない。

もしかして、光希達も温泉に行ってるのかな？
　だったら、しばらく外の景色でも眺めていようと、スマホのカメラアプリを起動して、窓の外の桜の木々を撮影していたら。
　——ふわり。
　後ろから優しく誰かに抱き締められて、鼓動が大きく波打った。
　うなじに触れる、サラサラの髪の毛。
　ほんのりと鼻腔をくすぐる甘い香り。
　後ろを振り返ったら、思ったとおり光希がそこにいて。
　顔を上げて目が合うなり、「おかえり」と微笑んだ。
「光希の髪もしっとりしてるってことは、温泉に行ってきたの？」
「うん。妃芽達が行ってすぐ、蛍を誘って」
「女風呂は貸し切り状態だったけど、そっちは？」
「こっちも貸し切り。あ、でも露天風呂から中に戻った時にはほかの利用客もいたな」
「そうなんだ——って、光希？」
　私の首筋に顔をうずめて、うなじに口づけてくる光希。
　びっくりした私は、くるりと前に向きなおり、彼の頬を両手で挟んでストップをかける。
　えーっと若干不満げな顔する光希に、なんて言おうか散々迷って。
　耳のつけ根まで熱くなるのを感じながら、「……夜まで駄目」と呟いた。

「！」
　とたんに、目を輝かせる光希を見て、やっぱり選択を誤ったかなってギクリとしたけど。
　でも、好きな人が自分のことで一喜一憂してくれるのは単純に嬉しいから。
「じゃあ、キスはいい？」
「……うん」
　背を屈めて、下から顔を覗き込んでくる光希は、なんだかとっても嬉しそう。
　ドキドキしながらうなずいた直後、彼の顔がゆっくり近付いて、唇にそっと甘いキスが落ちてきた。
　何度か角度を変えて唇を重ね合ううちに、結局その場の雰囲気に流されて、ずるずると畳の上に押し倒されていたけれど――そこはすんでのところで止めてもらって、ふたりで「あとでね」「そうだった。あとでだった」と笑い合った。
「妃芽が好きすぎて、どうも自制が効かなくなるんだよね。……今までこんなこと1回もなかったのに」
「そうなの？」
「そうだよ。それだけ妃芽が"特別"ってこと」
　仰向けの状態で畳に寝そべっていると、後ろから私を抱き締める形で横になっていた光希が、私の腰にそっと腕を回して、「誰よりも一番好きだよ」って耳元で囁いてくれた。
　その言葉が嬉しくて、何よりも出会った頃を振り返ると、これは夢じゃないかなって疑いたくなるぐらい幸せで、心

が満ち足りていくのを感じながら。
「……私も、誰よりも一番好き。光希が大好き」
　だから、これから先もずっと一緒にいようね。
　光希の手の上に自分の手を重ねて、指先同士を絡め合う。
「なんかすごい幸せだなぁ……」
　同じことを全く同じタイミングで光希が言葉にして呟くから、思わず後ろを向いて「私も」って同意してしまった。
「私も、光希とこうしていられて幸せだなって感じてた」
「……あんまりかわいいこと言うと、前言撤回するよ？」
「へ？」
　くるりと視界が反転して、光希が私のお腹の上に跨ってくる。
　まさかと額に汗を浮かべていると、意地悪っぽく口角を持ち上げた光希が、ニンマリしながら「襲ってもいい？」と聞いてきたから、慌てて「駄目！」と制止した。
　でも、光希は「少しだけ」なんて聞く耳なしで私の額にキスを落とし、そのまま徐々に唇が瞼の上や頬、そして首筋へと降下していく。
　逃げ出そうにも光希が右手で私の両手首を拘束しているから逃げ出せないし——そもそも、逃げ出す気もないし。
　光希の浴衣がはだけて、鎖骨や胸元が見え隠れしてるの、すごく色っぽくてドキドキするから。
　す、少しだけね。少しだけ……。
　結局、自分の意志で流されているので、言い訳はやめて、素直に彼の背中に腕を回して、そっと抱き締める。

ふと窓の外を見ると、満開に咲き乱れた桜の花びらがひらひらと部屋の中に舞い込んでいて、あとでゆっくり見にいきたいなって思った。
「もっとくっついていたくなるね」
　同じことをまた同じタイミングで光希が呟くから、思わず小さく噴き出す。
　そしたら、光希は優しく目を細めて、いとおしそうに私を見つめながら、もう一度「好きだよ」って言ってくれた。
　そんな嬉しい幸せを噛み締めながら、光希の頬を両手で挟んで自分の方に引き寄せると、頬がじんわり熱くなるのを感じながら、ちゅっと自分から軽く触れるだけのキスを返した。

一泊二日の温泉旅行！（光希side）

『みっちゃん、お願いがあります！』

　幼なじみのヒナが、商店街の福引で一等賞の温泉宿泊券を当てた日の夜。

　妃芽を誘ったあと、直接俺の部屋までやってきたヒナは、ひとりでこっそり訪れたことを蛍に知られないよう警戒しながらあるお願いをしてきた。

『旅館の部屋をね、私と蛍くんを一緒の部屋にしてほしいの。もちろん、お母さんやお婆ちゃんには内緒ね？　女の子と男の子で別々の部屋割りって説明してるから』

　普段なんにも考えてなさそうにニコニコしてるヒナが、ここまで真剣な顔して頼み事してくるなんてめずらしい。

　話を聞くところによると、どうやら今よりも更に蛍と進展したいらしく、この旅行に賭けているらしい。

『だからね、無理を承知でお願い……っ』

　顔の前で手を合わせて、必死に懇願してくるヒナ。

　まさか、あのヒナがそういう悩みを抱く日がくるなんて——と、まるで父親目線で複雑なような、同世代として共感出来るような不思議な気持ちになりつつ、ふと気付く。

　ああ、自分の中でヒナに対する想いは完全に終わったんだなって。

　もし、彼女を好きだった頃に同じ相談をされたら、胸が張り裂けそうなぐらい苦しくて、こんな余裕でいられな

かった。
　でも、今は違う。
　ヒナと蛍の仲を誰よりも応援してるし見守ってる。
　大切な幼なじみのふたりには、誰よりも幸せになってほしいって願ってるんだ。
『いいよ』
　にっこりと笑顔で快諾すると、ヒナはぱあっと瞳を輝かせて『本当!?』と喜んでくれた。
『うん。——それに、その方がこっちもいろいろと都合いいしね』
『へ？』
『ううん、なんでもない。それより、ヒナは思ってることが全部顔に出るから、当日まで蛍にバレないよう気を付けるんだよ。妃芽には当日俺から事情説明するから黙ってて』
　正直、彼女と一緒に旅行するのに何が悲しくて男ふたりで同室にならなきゃいけないんだって感じだったし、こっちとしてもヒナの申し出は好都合だった。
　だって、お互いの家族や、門限を気にすることなくひと晩中一緒にいられるわけだしね。
　そんな機会、みすみす見逃すわけないでしょ。
　……なんて俺が邪なことを考えているとは夢にも思っていないのか、ヒナに『やっぱりみっちゃんは優しいね！』と素直に感謝されて、心の中でこっそり謝っておいた。

　　　　　　＊　　＊　　＊

──そして迎えた当日。
　宿に着いてから、オレと妃芽、蛍とヒナに別れてそれぞれの部屋を確認し、ヒナが妃芽を誘って大浴場に向かったあと。
　俺も蛍の部屋を訪れ、着替えの浴衣と入浴道具を腕に抱えて「蛍、温泉行こうよ」とにこやかに話しかけた、ら。
　──ダン……ッ!!
　ドアが開いて、玄関口に上がった瞬間、怒りの形相を浮かべた蛍に思いきり胸ぐらを掴み上げられ、そのままの勢いでドアに背中を叩きつけられた。
「いって……っ、急に何す──」
「どういうつもりだお前」
　眉間に皺を寄せて、見る者が凍りつきそうなぐらい冷淡な眼差しを向けてくる蛍。
　うわぁ、怒ってる怒ってる。
　ヒナと勝手におなじ部屋にしたこと、めっちゃ怒ってるよ〜。
「どうもこうも、普通に考えたら自然なことでしょ？　俺は彼女とラブラブしてたいし、何が悲しくて蛍とふたりで夜を明かさなきゃなんないわけ？」
　こうなることを予期して、さももっともらしく言い訳を口にすると、蛍が一瞬「ぐ」と詰まり、言葉を飲み込んだ。
「それに、せっかくの旅行だよ？　蛍もヒナとイチャつきたくないの？」

「……婚前の男女がふしだらな関係を結ぶのは、ヒナのためにもよくないだろ」
　出たよ、ド真面目。
　道徳の教科書でも背負って歩いてるのかお前は、って突っ込みたくなるぐらい、相変わらず貞操観念に厳しい奴だなほんと。
「そんな堅苦しく考えないで。いくら優等生発言したって、しょせんは高校生だよ俺達？　もっと自分の気持ちに正直になってもいいんじゃないの？」
　おそらく、誰よりも大事にしてきたヒナを自分の手で汚してしまうことにためらってるんだろうけど。
　実際、そういうことってお互いの気持ちを深め合うためのものだし、蛍が考えるほど深刻なものじゃないよとやんわり伝えて、蛍の肩をポンと叩く。
　まあ、俺も実際にそう実感したのは、ここ最近だけど。
　気持ちがあるのとないのじゃ、同じことをしてても全然違うことを、妃芽と付き合ってから知ったんだ。
　ていうか、それ以前に、蛍って性欲あるよね？
　ヒナの前以外、常に仏頂面で、そういう話題に乗ってこないから心配しちゃうんだけど。
　……って言ったら、今度こそ半殺しにされるんだろうなぁ。
　はは、と内心で苦笑いしつつ、
「ほら。俺達も温泉行こうよ」
　そう言って、まだ渋った様子の蛍を強引に大浴場に連れ

出した。

　――そして、洗い場で体を洗い、気持ちいい天気なので露天風呂につかって、景色を楽しみながら蛍とのんびりしていた時だった。
『天気が良くて気持ちいいね～、ヒナちゃん』
『見て見て！　ここからの眺め、すっごく綺麗だよっ』
　壁の向こう側から、聞き覚えのある女の子達の声が聞こえてきて、俺と蛍はピシリと石のように固まり、すぐさまほかの利用客がいないか周囲を窺った。
　よかった。俺達以外、誰もいないみたいだ。
　ほっと胸を撫で下ろしたのは、女風呂から響いてきた声が妃芽とヒナだったから。
　どうやらふたりも露天風呂に移動してきたらしい。
　聞き耳を立てるつもりはないけど、向こうの話し声が自然と耳に入ってきて、蛍とふたりで沈黙してしまう。
　出るに出にくいなー、これ。
　なんて考えていると。
『――妃芽ちゃんて、脱いだら実はすごかったんだね』
『へ？』
　ヒナの仰天発言に慌てて蛍の耳を塞ごうとするものの。
『いいなぁ。胸が大きくて……。私なんてつんつるてんのお子様体形だもん。寄せて集めて、ギリギリA。まさに、まな板カップだよっ』
　――ガッ!!

その前に、ヒナの言葉に反応した蛍が、即座に俺の首を片手で締め上げてきた。
「……想像したら殺す」
　今にも人を殺しそうな迫力でにらみつけながら。
　想像も何も、普通に見たらわかるし——とはさすがに言えないので、コクコクと何度も首を縦に振る。
　やっとのことで解放されて息を吸い込んでいると——。
『あのね……変な質問だけど、妃芽ちゃんってはじめてしたのいつだった？』
『!?』
『そ、それは要するに……あ、あのこと、だよね？』
『……うん』
　更なる爆弾発言が投下されて、ピシャーン！と激しい落雷が落ちてきた。
　俺以上に衝撃を受けているのか、蛍なんてめずらしく目を見開いて動揺している。
　おそらく、ヒナの口からそういう話題が出るなんて想像すらしてなかったんだろうなー。
　どこかでヒナのことを神聖化して見てる節があるし、よほど驚愕したに違いない。
　長年、保護者目線で付き添ってきた弊害《へいがい》なのかもね。
　滅多に見られない蛍の様子を完全他人事で楽しみながら観察していたら——。
『……私の場合はね、その……付き合う前にしたんだ』
『えっ!?　相手はもちろんみっちゃんだよね？』

『うん……』
　女の子達の会話は、なかなか生々しい内容に。
　さっきまで余裕こいて笑っていた俺もスッと表情が消えて、おそるおそる隣に目をやると、まるで信じられないものを目にしたような呆れた表情でこっちを見ているジト目の蛍と目が合った。
「……最低だな」
　蛍は聞こえよがしにボソリと呟き、フンと鼻であざ笑ってくる。
　いかにもな軽蔑の眼差しを浴びて、何も言い返せず、片手で顔面を覆う。
　うるさいよ童貞、と言い返したいところだけど、この件に関しては確実に自分に非があるので、人に責められて当然だと思う。
　なかなか出るに出られなくなっちゃったな、と若干困っていると……。
『私ね、光希にずっと片想いしてて。でも、光希は違う人を見ていたから、自分の想いは叶わないと思ってたの』
『妃芽ちゃん……』
『ふふ。ヒナちゃんがそんな顔しないで。今はご存知のとおり……ね？　すっごく幸せだから』
　想いのこもった妃芽の言葉にピクリと肩が反応して、ゆっくりと顔を上げる。
『それでね、友達としてそばにいる以上、自分の気持ちを隠し通す気でいたんだけど……やっぱり駄目で。踏んぎり

をつけて前に進むために、自分からお願いしたの』
　あの時、最低なことしたのは俺で、妃芽にはつらい思いをさせたのに……。
『──こうなった今思い返すと、あの頃が懐かしいなって感じるけど。あの頃も、今も、光希と過ごした時間はどれも大切だから、後悔してないよ』
　後悔してないとハッキリと言いきった彼女の言葉は本物で、それ以上に自分と過ごす時間を『大切』だと言ってくれたことに言いようのない嬉しさが込み上げた。
　あ、まずい。口元が緩む。
　蛍が見てる前なので平常心を保とうとするものの、目尻が垂れ下がって、顔中に熱が集まっていくのを抑えきれない。
　やばいぐらい胸が締めつけられて、改めて彼女を大切にしたいと思った。
　そんな幸福の余韻に浸っていると──。
『ところで、ヒナちゃんの方はどうなの？』
　まさかの妃芽からの逆質問に、今度は蛍の顔が強張った。
　ここで「なんにもないよ！」とか「蛍くんとはそんなんじゃないよ～」なんていつものあっけらかんとした態度で答えたら、本気で蛍に同情しそう。
　と言いつつも、さっき首を締め上げられた上に、軽蔑の言葉と視線を浴びせられた手前、ほんの少し「ざまあみろ」と思ってこの状況を楽しんでもいるんだけどね。
『……この前ね、バレンタインの日に、蛍くんの部屋にチョ

コを渡しにいったの』
『うんうん』
『そしたらね、蛍くんにベッドの上に押し倒されて、いつもと違う強引なキスされて、びっくりして大声上げて逃げ出しちゃったの』
『うんう——って、んんっ!?』
『でも蛍くん、そのあとも普段と変わらない態度で接してくるから、どう謝ったらいいのかわからなくて。……嫌だったんじゃなくて、いきなりでびっくりしちゃっただけなの』
　——って、ちょっと待て。
　すかさず蛍の方を向くと、罰が悪そうに俺から背を向けようとしていたので、前の方に回り込んでニヤニヤしながら「襲ったんだ？」ってとどめを刺しにいく。
　すると、黒歴史を掘り起こされたかのように悲壮（ひそう）な顔した蛍が、俺の後頭部を片手でわし掴みにして、水中に沈めようとしてきた。
『でも、ヒナちゃんは嫌じゃなかったんだよね？』
『……うん。むしろ、ちょっと嬉しかったんだ』
『嬉しかった？』
『私って、ちんちくりんな見た目でしょう？　中身も幼いって自覚してるし、こんなんだから異性として意識してもらえることないってどこかで思い込んでる部分があって。……でも、蛍くんの中ではちゃんと『女の子』なんだなって思ったら、ほっとして。でも、急だったから、気持ちが追い付かなくて逃げ出しちゃったの』

『そっか……。ヒナちゃんは、突然の出来事に戸惑っちゃったんだね』
『そうなの……』
　ふたりの会話を聞いて、蛍の手が止まる。
『ヒナちゃんは緒方くんと──って、まだ考えられない？』
　核心を突いた妃芽の質問に息を呑む気配がして、蛍が緊張してるのが伝わってきた。
『こんなこと言ったらおかしいかもだけど……正直ね、今日の旅行でそうなれたらいいなって思ってるの』
　照れくさそうにはにかんでるだろうヒナの言葉に、あの仏頂面の男の顔がみるみるうちに赤く染まっていく。
　首から上、耳のつけ根まで全部真っ赤になって、思わず「ぷっ」と笑ってしまった。
　だって、いつも冷静沈着な蛍がこんなに取り乱してる姿、はじめて見たんだもん。
『今日の部屋割りもね、みっちゃんに頼んで蛍くんと同じ部屋にしてもらったの。お母さん達には、妃芽ちゃんと一緒のふたり部屋って嘘ついてるから内緒ね？』
　きっと、ヒナのことだから人さし指を唇に当てて、内緒のポーズをしながらお願いしているんだろう。
　蛍も同じことを想像したのか、濡れた前髪を掻き上げた瞬間、ほんのわずかに口角が持ち上がっているのが見えた。
　すごく嬉しそうな顔しちゃってわかりやすいねぇ。
　ふたりの幸せを願ってる身としてはとても嬉しい光景なので、なんだか自分まで嬉しい気分になっていた。

「あっ、蛍くん！ お風呂セットがなくなってたから、温泉に入ってると思って待ってたんだよ」

紺色(こん)の男湯の暖簾(のれん)をくぐって、自販機の並んだ休憩所に出ると、蛍を待ち構えていたらしい浴衣姿のヒナが近くのベンチから立ち上がって、ぴょこんとそばにやってきた。

「ほら、蛍くん。部屋に戻ろうっ」

「あ、ああ」

覚悟を決めたとばかりに瞳を輝かせて意気込むヒナとは対照的に、人一倍彼女のことになると慎重になる蛍の対比が面白くて、ついつい背を向けて噴き出してしまう。

みんなは蛍に隙がないって言うけど嘘だよね。

なんだかんだ俺達3人の中で一番強いのはヒナだよなぁ、とつくづく実感する。

「じゃあ俺も、妃芽が待ってることだし部屋に戻るか」

蛍から見えないよう、ヒナにだけこっそり「頑張れ」と口パクで応援しながらひらひら手を振ると、ヒナも嬉しそうにうなずき返してくれた。

「タジタジになってる蛍、おかしかったなぁ」

クックッと思い出し笑いしながら部屋の前に戻り、ルームキーを差し込んで静かにドアを開ける。

すると、窓辺に立って外の景色を眺めている妃芽の姿を見つけて、綺麗な横顔に見惚れてしまった。

桜に見入っているのか、うっとりした顔つきで窓の外を見つめている妃芽。

お風呂上りでしっとり濡れた髪に、ほんのり上気した肌が色っぽくて、不覚にも喉仏を鳴らしてしまう。
　かわいいとか綺麗とか、いろんな単語が浮かぶけど、今の彼女を表現する言葉がなかなか見つからなくて。
　たくさんの女の子と遊んでいた時は、心がこもっていなかったからこそ簡単に彼女達に褒め言葉を口に出来ていたのだと実感し、改めて過去の自分は最低だなと思った。
　……なのに、そんな男を一途に想い続けてくれて、真っ直ぐ向き合ってくれた彼女がいとしくて。
　気が付いたら、足音を忍ばせながら妃芽に近付き、背後からそっと抱き締めていた。
　瞬間、ふわりと甘い香りがして、小さく鼓動が跳ねる。
　何度もこの腕に抱いているのに、日を増すごとに彼女を想う気持ちがどんどん深まっていることを実感する。
『――あの頃も、今も、光希と過ごした時間はどれも大切だから、後悔してないよ』
　さっき妃芽が話していた言葉が、こんなにも自分を満たしてくれるから。
　ゆっくり振り返って、俺の顔を見るなり「おかえり」と柔らかく微笑む彼女を見て、こっそり誓う。
　つらい思いをさせてきた分、これから先の未来は、たくさんの幸せを与えてあげると。
　今の自分が心から幸せを感じていられるのは、全部妃芽のおかげだから……。
「誰よりも一番妃芽が好きだよ」

だから、何度だって想いを込めて伝えよう。
大切な君に、ずっと"好き"って言い続けるよ。

            end

あとがき

はじめましての皆様、そして、これまでにもサイトや書籍で著書を読んで下さったことのある皆様、こんにちは。

この度は「君に好きって言いたいけれど。」をお手に取って下さり、誠にありがとうございます。

まずはじめに、この本の制作に携わって下さった担当編集者の飯野様、佐々木様、前作に引き続きイラストを担当して下さったなま子様、デザイナーの金子様、スターツ出版の皆様、関係各位の方々に深くお礼申し上げます。

今作は、1月に発売された「ほんとはずっと、君が好き。」のスピンオフ作品となります。1冊だけでも、どちらから読んでも大丈夫なように編集していますが、「君に好きって言いたいけれど。」と合わせて読んで下さった方により楽しんでいただけるようお話をリンクさせています。

「君好き」を書こうと思ったきっかけは、「ほん君」を書き終えたあとから『光希を幸せにしてあげたい』と思い始め、彼のためにお話を作ろうと考えたからでした。

過去のトラウマから心に傷を抱える妃芽と、長年苦しい恋に悩んできた光希。そんなふたりだからこそ、これからたくさん幸せになってほしいな、と親目線で願っています。

そんな思いを込めて、文庫限定書き下ろしの番外編では、

かつてないほど『イチャ甘』要素が強いお話を収録させていただきました。「ほん君」のヒナと蛍、「君好き」の妃芽と光希の4人で何かする話が書きたかったので、一泊二日の温泉旅行に連れて行くことが出来て大満足です！笑

　番外編を書き下ろしながら、こうしてみると4人ともバラバラの性格なんだなぁと改めて再発見することが出来て、書いていてとても楽しかったです。

　ピンクレーベルからは3冊目の出版となるのですが、その全てのイラストを担当して下さったなま子先生には、何度頭を下げても足りないぐらいいつも感謝しています。

　なま子先生が手掛けて下さった大事な子達だからこそ、手に取って下さった方に「絵と話がぴったりでよかったね！」と感じていただけるよう、毎回気合いを入れて編集作業に務めていました。

　なま子先生、いつも本当にありうございます！そして、今後とも、どうぞよろしくお願い致します(˘ω˘)♡

　最後に、このお話を最後まで読んで下さった読者さん1人1人に心から感謝しています。書くことが楽しいと思えるのは、読んで下さる方がいてこその感情なので、これからも少しでも皆さんに楽しんでいただけるようなお話を作れるよう、精一杯頑張って参ります。

　それでは、またの機会にお会いできることを祈って。

2018.5.25　善生茉由佳

この物語はフィクションです。
実在の人物、団体等とは一切関係がありません。

善生茉由佳先生への
ファンレターのあて先

〒104-0031
東京都中央区京橋1-3-1
八重洲口大栄ビル7F

スターツ出版(株) 書籍編集部 気付
善生茉由佳先生

君に好きって言いたいけれど。

2018年5月25日　初版第1刷発行

著　者	善生茉由佳
	©Mayuka Zensho 2018
発行人	松島滋
デザイン	カバー　金子歩未（hive&co.,ltd.）
	フォーマット　黒門ビリー&フラミンゴスタジオ
ＤＴＰ	朝日メディアインターナショナル株式会社
編　集	飯野理美
	佐々木かづ
発行所	スターツ出版株式会社
	〒104-0031　東京都中央区京橋1-3-1　八重洲口大栄ビル7F
	TEL 販売部03-6202-0386（ご注文等に関するお問い合わせ）
	http://starts-pub.jp/
印刷所	共同印刷株式会社
	Printed in Japan

乱丁・落丁などの不良品はお取り替えいたします。上記販売部までお問い合わせください。
本書を無断で複写することは、著作権法により禁じられています。
定価はカバーに記載されています。

ISBN 978-4-8137-0458-4　C0193

ケータイ小説文庫　2018年5月発売

『この幼なじみ要注意。』みゅーな**・著

高2の美依は、隣に住む同い年の幼なじみ・知紘と仲が良い。マイペースでイケメンの知紘は、美依を抱き枕にしたり、ほっぺにキスしてきたりと、かなりの自由人。そんなある日、知紘が女の子に告白されているのを目撃した美依。ただの幼なじみだと思っていたのに、なんだか胸が苦しくて…。

ISBN978-4-8137-0459-1
定価:本体560円+税

ピンクレーベル

『新装版 太陽みたいなキミ』永瑠・著

楽しく高校生活を送っていた麗紀。ある日病気が発覚して余命半年と宣告されてしまう。生きる意味見失った麗紀に光をくれたのは、同じクラスの和也だった。だけど、麗紀は和也や友達を傷つけないために、病気のことを隠したまま、突き放してしまい…。大号泣の感動作が、新装版で登場！

ISBN978-4-8137-0461-4
定価:本体590円+税

ブルーレーベル

『きみと、春が降るこの場所で』桃風紫苑・著

高校生の朝はある日、病院から抜け出してきた少女・詞織と出会う。放っておけない雰囲気をまとった詞織に「友達になって」とお願いされ、一緒に時間を過ごす朝。儚くも強い詞織を好きになるけれど、詞織は重病に侵されていた。やがて惹かれ合うふたりに、お別れの日は近づいて…。

ISBN978-4-8137-0460-7
定価:本体530円+税

ブルーレーベル

『恋愛禁止』西羽咲花月・著

ツムギと彼氏の竜季は、高校入学をきっかけに寮生活をスタートさせる。ところが、その寮には『寮生同士が付き合うと呪われる』という噂があって…。噂を無視して付き合い続けるツムギと竜季を襲う、数々の恐怖と怪現象。2人は別れを決意するけど、呪いの正体を探るために動き出すのだった。

ISBN978-4-8137-0462-1
定価:本体570円+税

ブラックレーベル

ケータイ小説文庫　好評の既刊

『ほんとはずっと、君が好き。』善生茉由佳・著

高1の雛子は駄菓子屋の娘。クールだけど面倒見がいい蛍と、チャラいけど優しい光希と幼なじみ。雛子は光希にずっと片想いしているけど、光希には「ヒナは本当の意味で俺に恋してるわけじゃないよ」と言われてしまう。そんな光希の態度に雛子は傷つくけど、蛍は不器用ながらも優しくて…？
ISBN978-4-8137-0386-0
定価：本体590円＋税

ピンクレーベル

『この想い、君に伝えたい』善生茉由佳・著

中2の奈々美は、クラスの人気者の佐野くんに密かに憧れを抱いている。そんな佐野くんを知らない奈々美の兄が、突然彼を家に連れてきて、ふたりは急接近。ドキドキしながらも楽しい時間を過ごしていた奈々美だけど、運命はとても残酷で…。ふたりを引き裂く悲しい真実と突然の死に涙が止まらない！
ISBN978-4-8137-0338-9
定価：本体590円＋税

ブルーレーベル

『泣いてもいいよ。』善生茉由佳・著

友達や母に言いたいことが言えず、悩んでいた唯は、第一志望の高校受験の日に高熱を出し、駅で倒れそうになっているところを、男子高校生に助けられる。その後、滑り止めで入った高校近くの下宿先で、助けてくれた先輩・和泉に出会って…？　クールな先輩×真面目少女の切ない同居ラブ‼
ISBN978-4-8137-0184-2
定価：本体590円＋税

ピンクレーベル

『はつ恋』善生茉由佳・著

高2の杏子は幼なじみの大吉に昔から片想いをしている。大吉の恋がうまくいくことを願って、杏子は縁結びで有名な恋蛍神社の"恋みくじ"を大吉の下駄箱に忍ばせ、大吉をこっそり励ましていた。自分の気持ちを隠し、大吉の恋と部活を応援する杏子だけど、大吉が後輩の舞に告白されて…？
ISBN978-4-8137-0138-5
定価：本体590円＋税

ブルーレーベル

ケータイ小説文庫　2018年6月発売

『無気力な幼馴染みがどうやら本気を出したみたいです。』みずたまり・著

柚月の幼馴染み・彼方は、美男子だけどやる気0の超無気力系。そんな彼に突然「柚月のことが好きだから、本気出す」と宣言される。"幼馴染み"という関係を壊したくなくて、彼方の気持ちから逃げていた柚月。だけど、甘い言葉を囁かれたりキスをされたりすると、ドキドキが止まらなくて!?

ISBN978-4-8137-0478-2
予価:本体 500 円+税

ピンクレーベル

『君と私のレンアイ契約』Ena.・著

お人よし地味子な高2の華子は、校内の王子様的存在・葵に、期間限定で彼女役をさせられることに。本当の恋人同士ではないけれど、次第に距離を縮めていく2人。ところが期間終了まで1ヶ月という時、華子は葵に「終わりにしよう」と言われ…。イケメン王子と地味子の恋の行方は!?

ISBN978-4-8137-0477-5
予価:本体 500 円+税

ピンクレーベル

『透明な0.5ミリ向こうの世界へ』岩長咲耶・著

幼い頃の病気で左目の視力を失った翠。高校入学の春に角膜移植をうけてからというもの、ある少年が泣いている姿を夢で見るようになる。学校へ行くと、その少年が同級生として現れた。じつは、翠がもらった角膜は、事故で亡くなった彼の兄のものだとわかり、気になりはじめるが…。

ISBN978-4-8137-0480-5
予価:本体 500 円+税

ブルーレーベル

『新装版　桜涙』和泉あや・著

小春、陸人、奏一郎は、同じ高校に通う幼なじみ。ところが、小春に重い病気が見つかったことから、陸人のトラウマや奏一郎の家庭事情など次々と問題が表面化していく。そして、それぞれに生まれた恋心が"幼なじみ"という関係を変えていき…。大号泣の純愛ストーリーが新装版で登場！

ISBN978-4-8137-0479-9
予価:本体 500 円+税

ブルーレーベル

書店店頭にご希望の本がない場合は、
書店にてご注文いただけます。